FOLIO BIOGRAPHIES
collection dirigée par
GÉRARD DE CORTANZE

Rimbaud

par

Jean-Baptiste Baronian

Gallimard

Crédits photographiques :

1, 2, 5, 6, 7 et 14 Musée-Bibliothèque Arthur Rimbaud, ville de Charleville-Mézières. 3 et 18 : Archives Gallimard. 4 : Musée Carnavalet/Roger-Viollet. 8, 9, 11, 12, 13 et 15 : BnF, Paris. 10 : Albert Harlingue/Roger-Viollet. 16 : Akg-images/Hypnos. 17 : Photo 12.com/Oasis.

Né en 1942 à Anvers dans une famille d'origine arménienne, Jean-Baptiste Baronian est l'auteur d'une soixantaine de livres : romans, recueils de contes et de nouvelles, essais, anthologies, albums pour enfants. Dans ses romans, notamment *La Nuit, aller-retour*, *Le Vent du nord*, *L'Apocalypse blanche*, *Les Papillons noirs* ou *Quatuor X*, il aime mêler le réel et l'étrange et mettre en scène des personnages confrontés à des crimes mystérieux. Grand spécialiste de la littérature fantastique et policière (il assura la direction littéraire des éditions du Fleuve Noir) ainsi que de Georges Simenon et de son œuvre auxquels il a consacré deux ouvrages et de très nombreux articles, il est membre de l'Académie royale de langue et de littérature françaises de Belgique. Il a publié, dans la collection « Folio Biographies », une biographie de Baudelaire et une autre de Verlaine.

Une femme de devoir

À Charleville, dans les Ardennes, au début des années 1860, lorsqu'on parle de Mme Rimbaud, de Vitalie Rimbaud, c'est d'ordinaire pour se demander comment elle arrive à élever ses quatre enfants, alors que son mari, le capitaine Frédéric Rimbaud, n'est presque jamais à la maison.

Les avis sont partagés. D'aucuns disent qu'elle a un courage fou — un courage hérité de ses ancêtres, de solides cultivateurs ardennais, un courage acquis et forgé dès l'âge de cinq ans, après le décès inopiné de sa mère en 1830, à Roche, un village situé dans la vallée de l'Aisne, entre Vouziers et Attigny, la petite localité où jadis les rois mérovingiens possédaient une importante résidence et où Charlemagne lui-même devait recevoir la soumission de Witikind, le redoutable chef saxon.

On laisse entendre qu'à seize ans déjà, Mme Rimbaud s'occupait de tout à la ferme familiale : de son vieux père, Jean Nicolas Cuif, de ses deux frères, des ouvriers agricoles, de la basse-cour, du bétail, de la cuisine, du lavage, des approvisionnements, des dépenses à faire et à ne pas faire... Sans jamais économiser ses efforts et sans jamais se lamenter. Sans jamais non plus s'accorder la moindre distraction, ne serait-ce que participer aux fêtes saisonnières de Vouziers ou de Voncq, le village voisin, sur la rive opposée de l'Aisne. On raconte que de ces années de labeur et de servitude, elle a gardé le sens du devoir et du travail bien fait, le goût de l'ascèse.

Très chrétienne, très catholique au surplus, respectueuse de tous les commandements et de tous les préceptes de Rome. Rigoriste même, veillant à toujours assister à la messe dominicale dans la toute nouvelle église Notre-Dame, en compagnie de ses enfants, et à communier. Pas bigote, mais presque.

Elle a le teint discrètement basané, le front large, les yeux bleu clair, le nez droit, la bouche mince, l'allure d'une femme fière et énergique qu'on aurait du mal à berner. Un tempérament, dit-on volontiers à son sujet. En tout cas, une mère qui inspire le respect et qu'on respecte.

Aux yeux de nombreuses autres personnes, en revanche, Vitalie Rimbaud est à plaindre, et on déblatère sur son mari qui la laisse seule avec ses enfants, sous prétexte qu'il doit servir la Nation française dans de lointaines garnisons, Lyon, Annonay, Valence, Dieppe ou encore Grenoble.

Au fait, qui est exactement ce militaire de carrière portant des moustaches blondes à l'impériale, cet *étranger* de taille moyenne, au nez court et aux lèvres charnues, né à Dole en 1814 et militaire à l'âge de dix-huit ans ? Les rumeurs prétendent qu'il serait fort instruit, qu'il jonglerait avec la grammaire et qu'il connaîtrait plusieurs langues, en particulier l'arabe qu'il aurait appris en Algérie où il a été affecté, avec le grade de sous-lieutenant, dans un bataillon de chasseurs à pied, en 1841.

Mais qu'est-ce qui l'a poussé, en février 1853, alors qu'il était caserné à Mézières, à jeter son dévolu sur Vitalie Cuif, après l'avoir rencontrée lors d'un concert public donné par l'orchestre du 47e régiment d'infanterie de Givet, sur l'agréable place de la Musique à Charleville ?

Un coup de foudre ?

Non, on n'y croit pas trop, et d'autant moins que Vitalie n'est ni jolie, ni attirante, ni fortunée. Ni d'un naturel liant. Peut-être parce qu'à vingt-huit ans elle était toujours célibataire et que lui, aux approches de la quarantaine, il l'était aussi...

Pour les mauvaises langues, Frédéric Rimbaud est tout juste bon, en tant que mari, à *fabriquer* des marmots entre deux permissions et, ensuite, à laisser tout le poids de leur éducation à sa femme ! Qui sait s'il n'a pas des enfants d'un autre lit, dans une autre ville de garnison, au fin fond de la France ? Qui sait s'il ne serait pas bigame ? Est-ce là la raison pour laquelle on ne l'a plus jamais revu ni à Charleville ni à Mézières, après une ultime visite chez les siens, en automne 1860 ?

Certaines personnes racontent que s'il est parti à jamais, c'est parce qu'il en avait assez d'avoir une épouse autoritaire et dominatrice, une matrone tranchante et tyrannique, et qu'il n'arrêtait pas de se disputer avec elle. On dit même qu'à chacune de leurs retrouvailles, ils multipliaient les scènes de ménage, que les voisins pouvaient les entendre s'insulter, pousser des cris et des hurlements et se jeter des objets à la figure !

Quoi qu'il en soit, tout se passe comme si Vitalie Rimbaud était une veuve — une veuve de fait — flanquée de quatre petits drôles. Le premier, elle l'a eu le 2 novembre 1853, au bout de dix mois de mariage. Comme son père, il se prénomme Frédéric. Puis, dans l'ordre, sont venus Arthur, le 20 octobre 1854, Victorine Vitalie en 1857, décédée malheureusement à trois mois, Vitalie tout court le 15 mai 1858, et enfin Isabelle, la dernière, le 1er juin 1860. Deux garçons donc, les aînés, et deux filles, les cadettes.

Dans le quartier où ils habitent, rue Bourbon, une artère populeuse alignant des maisons étriquées et dénuées de charme, Frédéric et Arthur jouent volontiers avec les innombrables gosses du quartier, le plus souvent des gosses de familles ouvrières, des pauvres vêtus de haillons, sales, puants, chétifs, braillards, insolents, grossiers, sauvages, canailles... Ce qui ne plaît guère à Mme Rimbaud qui est convaincue que ses fils valent mieux. Même si son mari n'est plus là, elle se dit que ses épousailles auraient dû au moins lui assurer une promotion sociale, la faire vivre parmi les bourgeois et la bonne société carolopolitaine.

Fondée en 1606 par Charles de Gonzague, alors gouverneur de Champagne et prince d'Arches, seconde ville du département des Ardennes après Sedan, Charleville n'est qu'un simple chef-lieu de canton. Toutefois, grâce à une active population d'industriels et de commerçants, grâce à ses établissements de crédit, elle est en train de devenir une cité florissante. Elle l'emporte de beaucoup sur la vieille ville militaire de Mézières avec laquelle cependant elle forme, au point de vue géographique, économique et en partie administratif, une seule et même agglomération. On va d'ailleurs de Charleville à Mézières sans même s'en rendre compte, en passant soit par le cours d'Orléans, soit par l'avenue Nationale, puis en enjambant le pont d'Arches sur la Meuse *.

Par chance, Mme Rimbaud a pu conserver la ferme familiale de Roche, après la mort de son père en 1858. Dès qu'elle en a l'occasion, mais en général durant les vacances scolaires, elle s'y rend, traînant derrière elle sa progéniture. Il y fait bon vivre et, aux alentours, la nature n'est pas dénuée d'agrément. Arthur aime bien cet endroit. Sa chambre, qui donne sur la cour intérieure de la ferme et qu'il partage avec son frère, est au premier étage. D'une fenêtre percée à l'arrière, il a tout le loisir d'admirer la campagne environnante où, au loin, se distingue un vallon resserré. Et il ne s'en prive pas, le soir surtout avant de se mettre au lit, entre chien et loup, quand le paysage est plongé dans la brume.

Comme elle pense à l'avenir de ses deux fils, Vitalie Rimbaud les fait inscrire en octobre 1861 à l'institut libre Rossat. Avec plus de trois cents élèves, cette école, fondée quelques années auparavant par un universitaire aux idées modernes, ori-

* Les deux communes ont été unifiées en 1966.

ginaire de Strasbourg, est la meilleure institution privée de la ville, et elle s'enorgueillit d'être fréquentée par les enfants des familles les plus aisées. Sa façade, rue de l'Arquebuse, se détache assez peu des autres maisons bourgeoises du quartier, non loin du palais de justice. À un détail près : elle est pourvue d'une grande porte d'entrée peinte en vert.

Bien qu'il ait souvent l'air maussade et qu'il ne se lie pas aisément avec ses camarades de classe, Arthur ne se sent pas trop malheureux à l'institut Rossat, et il se révèle plutôt bon élève. La première année, en neuvième, il obtient trois prix et trois nominations ; la deuxième année, en huitième, il décroche cinq prix, sept nominations ainsi que le prix d'honneur de la division inférieure ; et la troisième année, en août 1864, il a encore quatre prix. Dont un en récitation classique et lecture — une preuve sans doute qu'il est moins réservé et moins timide qu'il n'en a l'air.

Autant de distinctions que viennent matérialiser des livres qui lui sont offerts à la proclamation annuelle des prix et qu'il s'empresse de lire : *Les Beautés du spectacle de la nature* de l'abbé Pluche, *L'Habitation du désert ou aventures d'une famille perdue dans les solitudes de l'Amérique* du romancier irlando-américain, le capitaine Mayne Reid, avec des vignettes de Gustave Doré, *Les Robinsons français ou la Nouvelle-Calédonie* de J. Morlent, *Le Robinson de la jeunesse* de Mme Fallet. Ou encore *Histoire descriptive et pittoresque de Saint-Domingue* du prolifique M. de Marlès, dont les ouvrages de vulgarisation sont très appréciés dans les écoles...

Ces lectures le font rêver, attisent son imagination. Et l'incitent à écrire des petits récits d'aventures, à noter dans des cahiers de brouillon ce qui lui passe par la tête. Il trace ainsi un rapide portrait de ses parents — son père, « officier dans les armées du roi », dont il se souvient qu'il était « grand » et « maigre », qu'il paraissait plus vieux que son âge, qu'il était « d'un caractère vif, bouillant, souvent en colère et ne voulant rien souffrir qui lui déplût », et qu'il lui promettait des sous, des jouets ou des friandises s'il faisait bien tous ses devoirs ; et sa mère, une « femme douce, calme, s'effrayant de peu de choses, et cependant tenant la maison dans un ordre parfait [1] * »... Il aligne également quelques considérations sur le latin et sur le grec, et se demande dans quel but ces deux langues mortes sont enseignées à l'école.

Pourquoi, me disais-je, apprendre du grec, du latin ? Je ne le sais. Enfin on n'a pas besoin de cela ! Que m'importe à moi que je sois reçu... à quoi cela sert-il d'être reçu, rien, n'est-ce pas ? Si pourtant on dit qu'on n'a une place que lorsqu'on est reçu. Moi, je ne veux pas de place, je serai rentier. Quand même on en voudrait une, pourquoi apprendre le latin ; personne ne parle cette langue. Quelquefois j'en vois sur les journaux, mais dieu merci, je ne serai pas journaliste.

Pourquoi apprendre et de l'histoire et de la géographie ? On a, il est vrai, besoin de savoir que Paris est en France, mais on ne demande pas à quel degré de latitude. De l'histoire, apprendre la vie de Chinaldon, de Nabopolassar, de Darius, de

* Les notes bibliographiques sont regroupées en fin de volume, p. 275.

Cyrus, et d'Alexandre et de leurs autres compères remarquables par leurs noms diaboliques, est un supplice !

Que m'importe, moi qu'Alexandre ait été célèbre ? Que m'importe… Que sait-on si les latins ont existé ? C'est peut-être quelque langue forgée ; et quand même ils auraient existé, qu'ils me laissent rentier et conservent leur langue pour eux ! Quel mal ai-je fait pour qu'ils me flanquent au supplice.

Passons au grec… cette sale langue n'est parlée par personne, personne au monde !… Ah ! saperlipotte de saperlipopette ! sapristi moi je serai rentier ; il ne fait pas si bon de s'user les culottes sur les bancs… saperlipopettouille !

Pour être décrotteur, gagner la place de décrotteur, il faut passer un examen, car les places qui vous sont accordées sont d'être ou décrotteur ou porcher ou bouvier. Dieu merci, je n'en veux pas, moi, saperlipouille !

Avec ça des soufflets vous sont accordés pour récompense, on vous appelle animal, ce qui n'est pas vrai, bout d'homme, etc.

Ah ! saperpouillotte ! La suite prochainement.

ARTHUR[2]

À côté de quoi, il ébauche, au fil des pages de ses cahiers, toute une série de dessins à la plume qu'il assortit de commentaires facétieux et de légendes mélodramatiques. Par exemple un garçon tirant un traîneau où se trouve une fillette, deux gamines agenouillées sur des prie-Dieu, comme si elles assistaient à un office religieux, une barque où ont pris place deux écoliers levant les bras et criant « au secours ! Nous allons naufrager ! »… Ou bien une scène qu'il baptise *Le Siège* et représentant un homme, une femme et deux garçons lançant divers projectiles sur des gens dans la rue, tandis qu'un quidam, coiffé d'un haut-de-forme, lève le bras et lance : « Faudra s'plaindre de ça. » Sur un autre dessin, intitulé *La Balançoire*, il y a une fillette en déséquilibre sur une chaise accrochée à la poignée d'une porte. « Ah ! je tombe », s'exclame-t-elle, tandis que son frère lui dit : « Tins-toi d'une main. »

Pourtant, Mme Rimbaud n'est pas contente de l'institut Rossat. Elle estime que son directeur est trop progressiste, trop disposé à accueillir dans son établissement des courants de pensée inédits (donc dangereux), qu'il est trop enclin à mettre au programme des nouvelles matières. Et également beaucoup trop laxiste. Elle en veut pour preuve les textes rédigés par Arthur où il est question de ne pas exercer de métier et d'être rentier. Et elle regrette que l'instruction religieuse n'ait droit, dans le programme des cours de l'école, qu'à la portion congrue. Aussi, en 1865, elle prend la décision de retirer ses deux fils de l'institut et de les inscrire au collège. Et, pour ne pas manquer l'ascension sociale à laquelle elle aspire, elle quitte son logis de la rue Bourbon et va s'installer avec sa famille rue Forest.

Arthur, alors, a dix ans et demi.

Place du Sépulcre

Le collège de Charleville où Vitalie Rimbaud a fait admettre ses deux fils, à Pâques 1865, n'a rien à voir avec l'institut Rossat. Non seulement il accueille des élèves *ordinaires*, des enfants issus de la petite bourgeoisie locale, mais en outre des séminaristes (à titre d'externes), le séminaire jouxtant les vieux bâtiments de l'école, quai du Sépulcre et place du Sépulcre, à deux pas de la bibliothèque municipale. On y enseigne en priorité les matières classiques : le français, le latin, le grec, l'histoire, la religion. Quant aux sciences, même si elles ne sont pas négligées, elles ne constituent jamais que des matières secondaires.

Mme Rimbaud est satisfaite. Au début, chaque matin, elle conduit elle-même Frédéric et Arthur au collège, et elle vient les prendre à leur sortie, en compagnie de Vitalie et d'Isabelle se tenant sagement par la main. Dès qu'ils sont à la maison, elle leur prépare un frugal goûter. Puis, sans perdre une minute, elle veille à ce qu'ils fassent correctement leurs devoirs et étudient leurs leçons. Ensuite, à l'instar d'une maîtresse d'école intransigeante et scrupuleuse, l'œil sévère, le buste droit, elle les interroge et n'hésite pas à les sanctionner quand elle estime qu'ils ne connaissent pas bien leurs leçons ou qu'ils les ont mal apprises. Ça peut aller jusqu'à les priver, le soir, de repas chaud, jusqu'à ne leur donner à manger que du pain sec.

Parallèlement, elle veille à ce que Frédéric et Arthur n'aient pas de mauvaises fréquentations et ne subissent pas, au contact de leurs camarades de classe, des influences néfastes. Que le plus jeune de ses fils soit attiré par les livres la rassure un peu, mais ce ne doit pas être une raison pour qu'il se mette à lire tout et n'importe quoi ! Par exemple ces *Confessions d'un enfant du siècle* d'Alfred de Musset, un ouvrage des plus lugubres qu'elle a vu un jour entre les mains d'Arthur et qu'un de ses condisciples, sûrement un gosse espiègle, lui aurait prêté. Ou cette *Dame aux camélias* d'Alexandre Dumas fils dont une édition à bon marché vient juste de paraître en librairie.

Et que dire du trop envahissant Victor Hugo et de ses immondes *Misérables* ? Comment est-ce possible qu'un pareil roman, si long et si irréligieux, soit autant commenté et rencontre autant de succès ? Si elle venait à savoir que certains professeurs du collège conseillent Musset, Dumas fils ou Hugo à leurs inoffensifs élèves, elle irait tout de suite s'en plaindre à la direction !

Au vrai, Mme Rimbaud n'est pas mécontente des résultats obtenus par Arthur. Son insertion s'étant déroulée sans heurts, le garçon obtient en cinquième un premier prix (récitation classique) et deux accessits (religion et langue française) ; en quatrième, deux premiers prix (religion et récitation classique), deux deuxièmes prix (versification latine et histoire et géographie) et un accessit (allemand). Puis, en troisième, de nouveau deux premiers prix (de nouveau religion et récitation classique) ainsi que plusieurs accessits. Dans ce beau palmarès, ce qui la met en confiance, c'est qu'Arthur brille à ses examens d'instruction religieuse et que ses excellentes dispositions en la matière laissent augurer qu'il pourrait entrer au séminaire sans difficulté aucune.

Par contraste, Frédéric fait figure de cancre. Mais, d'un autre côté, il est d'un abord plus accommodant et d'un caractère beaucoup plus sociable que son frère. D'ailleurs, il ne lui ressemble pas : il est robuste, il a toujours l'air insouciant et jovial, bien qu'à cause de ses mauvais résultats au collège il se fasse très souvent gronder, gifler et punir par sa mère. Tout l'opposé d'Arthur, invariablement sombre et taciturne. Ce qui ne les empêche pas de s'entraider et, victimes des mêmes épreuves sous le toit familial, d'être très complices.

Un jour, comme Frédéric, par maladresse, a cassé son parapluie et qu'il craint à juste titre les foudres de sa mère, Arthur se solidarise avec lui en brisant le sien ! En guise de punition, Mme Rimbaud ne trouve rien de mieux que d'obliger ses deux fils à sortir dans la rue avec leur parapluie en morceaux...

Depuis la rentrée de 1868, comme leur maman

ne les escorte désormais plus de la rue Forest à la place du Sépulcre, Arthur et Frédéric prennent souvent ensemble le chemin des écoliers — d'habitude, à proximité du collège, un bras de la Meuse où ils ont du plaisir à s'attarder et où il leur arrive de se glisser en catimini dans la barque d'un pêcheur et de la faire ballotter, comme si elle était sur un océan furieux, en se gardant bien toutefois de mouiller leurs vêtements propres (col blanc rabattu, veston noir, pantalon de drap bleu ardoise), de perdre leur chapeau melon ou de salir leurs bottines. Et là, la plupart du temps, ils y retrouvent un ami commun, Ernest Delahaye.

De deux mois plus âgé que Frédéric, Ernest Delahaye habite Mézières, dans le quartier Saint-Julien, près du cimetière de la ville et du lieu dit Bois d'Amour, le long d'une des boucles de la Meuse. Il est le fils d'un modeste fonctionnaire normand, contrôleur du timbre, et d'une paysanne d'origine bourguignonne. Il a trois sœurs et, au collège où il est entré en 1866 et qui est à deux kilomètres à pied de son domicile, il est un fort bon élève.

C'est surtout Arthur qui s'entend bien avec lui. Il aime lui parler, lui confesser ses pensées, ses envies, ses goûts, ses détestations, et notamment lui dire qu'à la maison l'atmosphère est oppressante, qu'il ne s'y passe jamais rien, qu'il a l'impression d'étouffer sous la férule maternelle. Il aime également s'évader en sa compagnie, à l'insu de tout le monde et, comme un héros téméraire de Mayne Reid, explorer les rives du fleuve, au pied du plateau de Bertaucourt. Ou alors gravir le mont Olympe qui culmine à plus de deux cents mètres d'altitude et où s'élevait autrefois une forteresse détruite sur ordre de Louis XIV, et dont il ne reste aujourd'hui que quelques débris de muraille, jusqu'au belvédère perché à son sommet.

Et puis, de plus en plus, il aime parler avec Ernest Delahaye de ses lectures et, davantage encore, de poésie, un domaine totalement imperméable à Frédéric et totalement suspect aux yeux de Mme Rimbaud pour qui seule compte la Bible. Il cite Victor Hugo, Théophile Gautier, Charles Baudelaire, Théodore de Banville... Déjà, il a rédigé quelques vers qu'il montre à son ami. Dans l'un d'eux, il évoque un cirque, des dompteurs, des amazones, des pierrots, des clowns, toute une faune en cage, toute une musique trépidante, un pot-pourri de bruits, de couleurs et de fantasmagories dont il se proclame le maître...

Sa seconde, Arthur l'entame en octobre 1868. À présent, il fait partie des élèves les plus doués du collège et il éblouit la majorité de ses professeurs, à commencer par son jeune nouveau titulaire, Paul Duprez, un Ardennais qui a obtenu sa licence de lettres à la faculté de Douai, qui est la gentillesse même et est féru aussi bien de poésie française que de poésie latine. Rapidement, Paul Duprez réalise qu'Arthur a quelque chose de plus que ses condisciples, y compris les séminaristes avec lesquels, du reste, il ne fraie pas et qu'il considère avec dédain. Il devine que le garçon est orgueilleux, que son orgueil, cet orgueil inébranlable et presque démesuré qu'il tient de sa mère et de ses ancêtres ardennais, ne constitue pas chez lui un défaut. Et il n'est pas dupe : il n'ignore pas que le bougre profite de ses incomparables talents pour faire les compositions de certains autres camarades de sa classe. Non sans leur réclamer en retour de l'argent.

Au concours général annuel, pour le devoir imposé de versification latine sur des *Odes* d'Horace, le petit prodige qu'est Arthur laisse même pantois Paul Duprez, après lui avoir rendu, au bout de trois heures et demie de travail, une copie impeccable, soit quatre-vingts vers plus parfaits les uns que les autres, des vers chantant la liberté, la nature et les pouvoirs infinis de l'imagination. Fier de son élève, le titulaire les envoie aussitôt à l'Académie de Douai qui, en date du 15 janvier 1869, les publie dans son bulletin officiel, le *Moniteur de l'enseignement secondaire, spécial et classique*.

Fier, très fier même, Arthur l'est aussi, bien entendu. Et il l'est plus encore lorsqu'un deuxième de ses devoirs, intitulé *L'Ange et l'enfant* et inspiré d'un obscur poème de l'écrivain nîmois Jean Reboul (cinquante-cinq vers cette fois), est inséré dans le même bulletin, en date du 1er juin. Puis, en août, lorsqu'il décroche huit premiers prix : religion, excellence, narration latine, version latine, versification latine, version grecque, histoire et géographie, récitation. Ombre au tableau : les mathématiques. Une *terra incognita*, plus mystérieuse, plus inaccessible pour lui que l'île perdue de Robinson Crusoé.

Oui, Rimbaud se sent différent. Pas forcément

supérieur aux autres, mais destiné à devenir poète, authentique poète pouvant rivaliser, tôt ou tard, avec tous ces auteurs figurant chaque mois dans *Le Parnasse contemporain*, la revue des « vers nouveaux ». Ce sont là des fascicules de seize pages qui paraissent depuis 1866, chez l'éditeur Alphonse Lemerre à Paris, et dont il a acheté des numéros, grâce aux sous gagnés auprès de ses camarades, à la librairie Prosper Letellier, au rez-de-chaussée de sa maison natale, 12 rue Napoléon. Dans cette même librairie, il a aussi découvert divers petits journaux satiriques et, à travers eux, des caricaturistes comme Honoré Daumier, André Gill ou Albert Humbert.

La morgue qu'il lui arrive d'afficher n'est cependant pas du goût de tous ses professeurs. Certains prédisent que le garçon, tout calé qu'il soit en latin et en poésie française, finira mal. D'autres le jugent hautain, distant, sournois, enclin à mystifier son entourage. Sans savoir justement qu'en mars 1869, pour un de ses devoirs de version latine, un passage du *De natura rerum* de Lucrèce, il n'a fait que recopier, à certains minimes détails près, une traduction réalisée par Sully Prudhomme et publiée chez Alphonse Lemerre à peine quelques semaines plus tôt. Des professeurs le tiennent même pour un garçon lubrique et païen lorsqu'ils lisent son poème *Invocation à Vénus* :

Mère des fils d'Énée, ô délices de Dieux,
Délices des mortels, sous les astres des cieux,

Vénus, tu peuples tout : l'onde où court le navire,
Le sol fécond : par toi tout être qui respire
Germe, se dresse, et voit le soleil lumineux !
Tu parais... À l'aspect de ton front radieux
Disparaissent les vents et les sombres nuages :
L'Océan te sourit ; fertile en beaux ouvrages,
La Terre étend les fleurs suaves sous tes pieds ;
Le jour brille plus pur sous les cieux azurés !
Dès qu'Avril reparaît, et, qu'enflé de jeunesse,
Prêt à porter à tous une douce tendresse,
Le souffle du zéphir a forcé sa prison,
Le Peuple aérien annonce ta raison :
L'oiseau charmé subit ton pouvoir, ô Déesse ;
Le sauvage troupeau bondit dans l'herbe épaisse,
Et fend l'onde à la nage, et tout être vivant,
À ta grâce enchaîné, brûle en te poursuivant !
C'est toi qui, par les mers, les torrents, les montagnes,
Les bois peuplés de nids et les vertes campagnes,
Versant au cœur de tous l'amour cher et puissant,
Les portes d'âge en âge à propager leur sang !
Le monde ne connaît, Vénus, que ton empire !
Rien ne pourrait sans toi se lever vers le jour :
Nul n'inspire sans toi, ni ne ressent d'amour !
À ton divin concours dans mon œuvre j'aspire [1] !...

Ces mêmes professeurs sont extrêmement surpris en découvrant que *La Revue pour tous*, un hebdomadaire dominical parisien très populaire, a fait paraître, dans sa livraison du 2 janvier 1870, un autre poème de Rimbaud, *Les Étrennes des orphelins*, un poème larmoyant qui totalise cent quatre vers et qui est le premier de ses textes publié en français. Mais ils ignorent que leur élève, ici, a puisé son inspiration non plus chez Sully Prudhomme, mais chez François Coppée. Et qu'à certains endroits, il n'a pas hésité à reprendre des termes, des expressions et des tournures utilisés par le chantre du Parnasse dans son recueil *Poèmes modernes* et sa pièce de théâtre *Le Passant*, édités six mois auparavant et toujours chez Alphonse Lemerre…

Rimbaud est en rhétorique depuis la rentrée d'automne quand, à la mi-janvier 1870, la direction du collège nomme un nouveau titulaire. Celui-ci s'appelle Georges Izambard. Né à Paris en décembre 1848, il a été élevé par les sœurs d'une famille amie à Douai, à la suite du décès de sa mère, foudroyée par le choléra, quelques mois après sa naissance, et il est le cadet d'une famille de quatre enfants dont le père est voyageur de commerce. Licencié ès lettres à dix-neuf ans, il a commencé sa carrière de professeur à Hazebrouck, dans le Nord. Il est d'un naturel timide, sans doute à cause des deux handicaps dont il souffre, la myopie et une surdité partielle, mais pas au point d'être inhibé dans sa tâche de professeur. Presque aussitôt, entre lui et Arthur, se tissent des liens profonds et obscurs, d'abord une sorte d'entente mutuelle tacite, puis, au fil des semaines, une vraie connivence.

À l'instar de Paul Duprez, Georges Izambard voit bien que ce rhétoricien-là, « Petit-Poucet rêveur, menu et timide », sort réellement du lot, qu'il a quelque chose de singulier, et même d'exceptionnel, qu'il incarne « au superlatif le type de la bête à concours ».

Pour sa part, comme galvanisé par cet homme,

Rimbaud redouble de zèle et s'efforce d'être meilleur encore, de lui remettre des devoirs irréprochables. Et déjà il n'a plus qu'une envie : devenir son ami.

Tyrannie domestique

Ce qui est sûr, c'est qu'en s'attachant à Georges Izambard, en prêtant attention à ses opinions et ses recommandations, Rimbaud se transforme insensiblement et commence à s'épanouir. Chez lui à la maison avec les siens, à l'école avec ses rares camarades de classe, il se montre de moins en moins maussade, de moins en moins renfermé et secret. Et à présent, il n'a plus peur de dire à qui veut l'entendre, et en particulier à son indomptable mère, que seule la poésie compte à ses yeux.

Mais quel auteur faut-il lire de préférence pour pénétrer en profondeur cet art si mystérieux, ce monde à la fois si magnifique, si riche, si étourdissant, si vaste et si plein de vérités premières ?

François Villon, Pierre Ronsard, André Chénier, Victor Hugo, Alfred de Musset, Théophile Gautier, Aloysius Bertrand, Charles Baudelaire, Théodore de Banville, Albert Glatigny — la liste des noms prestigieux donne le tournis… Et puis il y a tous ces nouveaux auteurs qu'il a découverts dans les numéros du *Parnasse contemporain*, et dont il a admiré les vers, que ce soit Leconte de

Lisle, François Coppée, Emmanuel des Essarts, Ernest d'Hervilly, Jean Aicard ou Léon Dierx, sans doute, le plus mélancolique, le plus élégiaque de tous...

Izambard ne tranche pas. Il veille uniquement, simplement, à ce que son protégé se gave de lectures, poésie ou prose, rhapsodies ou romans, même les œuvres qui lui semblent les plus anodines. Il est persuadé qu'il n'y a pas de meilleure école pour quiconque veut apprendre à écrire, à se familiariser avec l'immense empire des lettres. Et Rimbaud ne demande pas mieux que de suivre ses conseils et de dévorer des livres tant et plus.

Ce changement significatif dans l'attitude de son fils, Mme Rimbaud ne peut pas ne pas le voir. Loin de s'en réjouir toutefois, elle s'en inquiète et découvre bientôt, après avoir mené sa petite enquête, qu'Arthur se *dévergonde* en se délectant en cachette d'ouvrages contraires à la morale, d'écrivains mis à l'index. Au début du mois de mai 1870, elle écrit à Izambard :

Monsieur,

Je vous suis on ne peut plus reconnaissant de tout ce que vous faites pour Arthur. Vous lui prodiguez vos conseils, vous lui faite [*sic*] faire des devoirs en dehors de la classe, c'est autant de soins auxquels nous n'avons aucun droit.

Mais il est une chose que je ne saurais approuver, par exemple la lecture du livre comme celui que vous lui avez donné il y a quelques jours (les misérables V. Hugot [*sic*]) vous devez savoir mieux que moi monsieur le professeur, qu'il faut beaucoup de soin dans le choix des livres qu'on veut mettre sous les yeux des enfants. Aussi j'ai pensé qu'Arthur s'est procuré celui-ci à votre insu, il serait certainement dangereux de lui permettre de pareilles lectures.

J'ai l'honneur monsieur de vous présenter mes respects.

V. RIMBAUD [1]

En même temps, elle va trouver le principal du collège et, courroucée à l'extrême, elle charge Izambard. Lequel est prié par ses supérieurs d'aller le plus vite possible s'expliquer avec elle. Il a beau pourtant invoquer son honnêteté et sa bonne foi, dire que c'est *Notre-Dame de Paris* qu'il a prêté au jeune Arthur, et non pas *Les Misérables*, afin que le garçon fasse « provision de couleur locale [2] » dans le cadre d'un devoir de français, Mme Rimbaud poursuit ses diatribes, affirme qu'il est un homme impie et qu'il a rendu son pauvre et innocent garçon complice de ses odieuses apostasies.

L'incident a une conséquence à laquelle Mme Rimbaud ne s'attendait certainement pas : il resserre les liens entre Arthur et Izambard qui a pris conscience que son élève favori est la victime d'une « tyrannie domestique [3] ». De son côté, Rimbaud n'hésite plus à lui présenter les textes qu'il compose et à lui réclamer son avis, un avis sincère et détaillé, sur chacun d'entre eux : *Sensation*, *Credo in unam*... (plus de cent soixante alexandrins), *Ophélie*, *Le Bal des pendus*, *Le Châtiment de Tartuffe*... Et même *Les Étrennes des orphelins*, le poème paru dans *La Revue pour tous* et dont il est si fier. L'hebdomadaire n'a-t-il pas ouvert ses pages à des écrivains aussi célèbres qu'André Chénier, Victor Hugo, Marceline Desbordes-Valmore ou Alfred de Musset ?

Ou encore *À la musique*, un poème en neuf strophes à travers lequel Arthur a pris un vif plaisir à stigmatiser, avec un heureux mélange de justesse, de sagacité, de malice et de sensualité, les bons bourgeois « poussifs » de Charleville « qu'étranglent les chaleurs », les « rentiers à lorgnons », les « grosses dames », les « clubs d'épiciers retraités » tisonnant le sable avec leur canne à pomme, les « pioupious » rendus « amoureux par le chant des trombones » et caressant « les bébés pour enjôler les bonnes »... tous réunis, les jeudis soir, autour du kiosque et de ses « mesquines pelouses », place de la Gare.

Dans les trois dernières strophes d'*À la musique*, il se met lui-même en scène :

— Moi, je suis, débraillé comme un étudiant
Sous les marronniers verts les alertes fillettes :
Elles le savent bien, et tournent en riant,
Vers moi, leurs yeux pleins de choses indiscrètes.

Je ne dis pas un mot : je regarde toujours
La chair de leurs cous blancs brodés de mèches folles :
Je suis, sous le corsage et les frêles atours,
Le dos divin après la courbe des épaules.

J'ai bientôt déniché la bottine, le bas...
— Je reconstruis les corps, brûlé de belles fièvres.
Elles me trouvent drôle et se parlent tout bas...
— Et je sens les baisers qui me viennent aux lèvres [4]...

Tous ces poèmes trahissent peu ou prou l'influence de François Villon, de Victor Hugo et de Théodore de Banville, mais sur un ton si personnel qu'il exclut toute imitation. Izambard est fasciné.

Et il ne peut qu'adresser de sincères compliments à son élève.

Encouragé de la sorte, Rimbaud rêve d'être publié à son tour dans *Le Parnasse contemporain*. Le 24 mai, il ose même envoyer *Ophélie* et *Credo in unam*... à Banville, son aîné de trente ans, avec cette lettre, aux bons soins de l'éditeur Alphonse Lemerre, passage Choiseul à Paris :

Cher Maître,

Nous sommes aux mois d'amour ; j'ai presque dix-sept ans *. L'âge des espérances et des chimères, comme on dit, — et voici que je me suis mis, enfant touché par le doigt de la Muse, — pardon si c'est banal, — à dire mes bonnes croyances, les espérances, mes sensations, toutes ces choses des poètes — moi j'appelle cela du printemps.

Que si je vous envoie quelques-uns de ces vers, — et cela en passant par Alph. Lemerre, le bon éditeur ; c'est que j'aime tous les poètes, tous les bons Parnassiens, — puisque le poète est un Parnassien, — épris de la beauté idéale ; c'est que j'aime en vous, bien naïvement, un descendant de Ronsard, un frère de nos maîtres de 1830, un vrai romantique, un vrai poète. Voilà pourquoi, — c'est bête, n'est-ce pas, mais enfin ?...

Dans deux ans, dans un an peut-être, je serai à Paris. — Anch'io, messieurs du journal, je serai Parnassien ! — Je ne sais ce que j'ai là... qui veut monter... — Je jure, cher Maître, d'adorer toujours les deux déesses, Muse et Liberté.

Ne faites pas trop la moue en lisant ces vers :

... Vous me rendriez fou de joie et d'espérance, si vous vouliez, cher Maître, faire faire à la pièce Credo in unam une petite place entre les Parnassiens.

... Je viendrais à la dernière série du Parnasse : cela ferait le Credo des poètes !... — Ambition ! ô Folle !

ARTHUR RIMBAUD [5]

* C'est faux, il n'en a en réalité que quinze et demi.

Il fait suivre son mot et ses deux poèmes d'un post-scriptum :

> Si ces vers trouvaient place au *Parnasse contemporain* ?
> — ne sont-ils pas la foi des poètes ?
> — je ne suis pas connu ; qu'importe ? Les poètes sont frères.
> Ces vers croient ; ils aiment ; ils espèrent : c'est tout.
> — Cher maître, à moi : levez-moi un peu : je suis jeune : tendez-moi la main [6]...

Bien que les deux poèmes soumis à l'appréciation de Banville ne soient pas retenus par *Le Parnasse contemporain* et que le « Maître » ne lui réponde pas, Rimbaud ne baisse pas les bras et se rapproche davantage d'Izambard. Il est même prêt à suivre son exemple, lorsque son professeur de rhétorique, dans un élan de patriotisme, souhaite s'engager dans l'armée de Napoléon III, après la déclaration de guerre contre la Prusse, le 19 juillet.

C'est alors qu'Izambard, qui n'a pas été mobilisé à cause de sa mauvaise vue et sa mauvaise ouïe, décide de passer ses vacances à Douai, dans sa famille adoptive, la famille Gindre, où il a été élevé depuis l'âge de six mois, et laisse à la disposition de Rimbaud les clefs de son petit appartement, aux Allées, une des belles artères bourgeoises de Charleville. Afin, lui confie-t-il, de « lui permettre de s'enfermer avec [ses] livres — [...] d'honnêtes livres — chaque fois [que] le cœur lui en [dira] [7] ».

Son professeur parti, Rimbaud se sent tout à coup très seul, démuni, déboussolé, comme abandonné au bord du vide. Il a bien la possibilité de bavarder avec le camarade Ernest Delahaye, mais ces discussions-là ne le satisfont plus guère.

Le plus terrible, c'est justement quand il se retrouve dans les mètres carrés où a habité Izambard ces huit derniers mois et où, malgré les ouvrages qu'il a sous la main et qui sont tous des « planches de salut », il a le sentiment d'être malheureux. Sans opérer le moindre tri, il lit *Castal l'Indien* du capitaine Mayne Reid, *La Robe de Nessus*, un roman du prolifique et spirituel Amédée Achard publié une première fois en 1855 et réédité en 1868, *Les Glaneuses* de Paul Demeny, un ami d'Izambard, *Les Épreuves*, le troisième recueil poétique de Sully Prudhomme, *Don Quichotte* de Miguel de Cervantès traduit par Louis Viardot et illustré par Gustave Doré... Ou encore *Le Diable à Paris : Paris et les Parisiens à la plume et au crayon*, un collectif réunissant des contributions de quelques-uns des plus grands écrivains romantiques français (Sand, Balzac, Musset, Nerval...) et contenant de nombreux dessins (entre autres de Grandville et de Gavarni). S'il apprécie les planches de Gustave Doré, il estime que celles exécutées par Grandville sont *idiotes*...

Plus les jours et les nuits passent, plus il voudrait fuir le monde qui l'entoure — cette ville qu'il déteste et dans les rues desquelles l'on voit pérégriner des gens insupportables, « deux ou trois cents de pioupious, cette benoîte population [qui] gesticule, prudhommesquement spadassine, bien autrement que les assiégés de Metz et de Strasbrourg », ces « épiciers retraités qui revêtent l'uniforme », « les notaires, les vitriers, les percepteurs, les menuisiers et tous les Ventres, qui, chassepot au cœur, font du patrouillotisme aux portes de Mézières », cette « patrie qui se lève », alors qu'il aimerait mieux, lui, « la voir assise », partant du « principe » qu'il ne faut pas remuer les « bottes[8] ».

Toutes choses *effrayantes* qu'il écrit, le 25 août, à Izambard dans une longue lettre à laquelle il joint *Ce qui retient Nina* *, un poème découpé en vingt-huit quatrains qu'il a composé quelques jours auparavant, sur le mode badin (faussement et malicieusement badin) de Glatigny — le Glatigny du recueil *Les Flèches d'or* paru en 1864 —, alors même que tous les Carolopolitains sont sur le qui-vive et que d'alarmantes rumeurs se mettent à courir sur la présence de soldats prussiens à Boulzicourt, à une dizaine de kilomètres seulement de la ville.

Une manière d'exorcisme ?

Une provocation ?

Dix-sept ans ! Tu seras heureuse !
Oh ! les grands prés !
La grande campagne amoureuse !
— Dis, viens plus près ! ...

— Ta poitrine sur ma poitrine,
Mêlant nos voix,
Lents, nous gagnerions la ravine,
Puis les grands bois !...

* En volume, ce poème sera intitulé *Les Reparties de Nina*, alors que *Credo in unam...*, lui, deviendra *Soleil et chair*.

Puis, comme une petite morte,
Le cœur pâmé,
Tu me diras que je te porte,
L'œil mi-fermé...

Je te porterais, palpitante,
Dans le sentier :
L'oiseau filerait son andante :
Au Noisetier...

Je te parlerais dans ta bouche :
J'irais, pressant
Ton corps, comme une enfant qu'on couche,
Ivre du sang

Qui coule, bleu, sous ta peau blanche
Aux tons rosés :
Et te parlant la langue franche...
Tiens ! ... — que tu sais...

Nos grands bois sentiraient la sève
Et le soleil
Sablerait d'or fin leur grand rêve
Vert et vermeil[9].

Dans cette même lettre du 25 août sur l'enveloppe de laquelle il note les mots « très pressé », il se dit « dépaysé, malade, furieux, bête, renversé », lui qui espérait des « bains de soleil, des promenades infinies, du repos, des voyages, des aventures, des bohémienneries »... À leur place, il en est réduit à l'« honorable » *Courrier des Ardennes*, un journal qui « résume les aspirations, les vœux et les opinions de la population[10] » et dont le propriétaire, le gérant, le directeur, le rédacteur en chef et le rédacteur unique ne sont qu'un seul et même homme !

À la fin, il parle aussi avec enthousiasme de deux recueils de poèmes dont il aurait eu connaissance par hasard : *Les Fêtes galantes* de Paul Verlaine, un « joli in-12 écu » qu'il juge « fort bizarre, très drôle », plein de « fortes licences », et *La Bonne Chanson*, « un petit volume de vers du même poète » qui a été édité — un signe qui ne trompe pas — chez Alphonse Lemerre. Mais ce second ouvrage, il dit ne pas l'avoir encore lu, « rien » selon lui n'arrivant à Charleville, Paris se moquant « joliment » de sa ville natale, une ville « supérieurement idiote entre les petites villes de province ».

Bohémienneries

Quatre jours après avoir expédié sa lettre à Georges Izambard, Rimbaud profite du fait que sa mère est très occupée avec ses deux sœurs pour quitter subrepticement la maison familiale, depuis peu 5 bis quai de la Madeleine, en face du pavillon du Vieux-Moulin, et pour gagner à la hâte la gare de Charleville.

Malin comme il est, il n'a aucune peine à esquiver les contrôles. Le trafic sur la ligne en direction de la capitale étant interrompu à cause de la guerre, il monte dans un train qui va à Vireux d'où, sur la ligne de chemin de fer de l'Entre-Sambre-et-Meuse, il en prend un autre pour Charleroi, en Belgique. Puis, de la métropole du bassin houiller, et à nouveau en douce, il se glisse dans un troisième train à destination d'Erquelines, Laon, Soissons, Villers-Cotterêts et Paris.

Un coup de tête ?

Pas vraiment. Oui, bien sûr, il y a la terrible « tyrannie domestique », l'atmosphère oppressante de la vieille cité ardennaise, mais il y a surtout un extraordinaire, un irrésistible besoin d'évasion —

un besoin qui couve en lui depuis de longs mois. N'a-t-il pas précisément écrit à son professeur vénéré qu'il espérait « des bohémienneries[1] » ?

Mais il y a aussi l'idée, l'idée tenace, qu'à Paris il sera dans la ville même de tous les dieux de la poésie, de tous ces écrivains qui le passionnent. Pourquoi n'irait-il pas passage Choiseul, là où Alphonse Lemerre a son officine et édite *Le Parnasse contemporain* ? Pourquoi ne se présenterait-il pas à la rédaction d'un journal et ne lui proposerait-il pas ses services ?

Dans le compartiment bourré de soldats venus pour la plupart de Sedan, c'est à cela que songe Rimbaud — à son existence future, à sa liberté. Et déjà il se voit aux côtés de Théodore de Banville, lequel lui parlerait en long et en large, comme il le ferait à un vieux compagnon de route, des *Études lyriques*, *nouvelles odes funambulesques*, son dernier recueil poétique publié chez Alphonse Lemerre. Ou bien aux côtés de ce mystérieux et étrange Paul Verlaine dont la poésie si aérienne, si pure, si musicale, est un enchantement...

Quand le train arrive à Paris, au terme d'un voyage de plus de dix heures, les choses se passent tout autrement. Les employés du chemin de fer constatent que Rimbaud n'a ni billet ni argent sur lui, et qu'il est donc un resquilleur. À moins qu'il ne soit carrément un déserteur, ses traits, quoique juvéniles, pouvant laisser croire qu'il serait plus âgé qu'il n'y paraît. Par les temps qui courent, c'est très fréquent.

On le conduit sans plus de procès en voiture cellulaire à la maison d'arrêt de Mazas. Bâtie sur le boulevard du même nom, en regard du chemin de fer de Lyon, au numéro 23, cette maison d'arrêt, ouverte depuis 1850, reçoit des individus incarcérés sur mandat d'amener, des condamnés frappés d'une peine de courte durée et, par faveur, des condamnés qui demandent à subir leur peine en cellule individuelle. Elle en totalise mille deux cent soixante, réparties sur six corps de logis principaux de trois étages.

À peine Rimbaud y est-il incarcéré qu'on le bombarde de questions. Qui est-il ? Quel âge a-t-il ? A-t-il été enrôlé à Sedan et dans quel régiment ? Comment envisage-t-il de s'y prendre pour payer son voyage clandestin, soit treize francs ?

Rimbaud est plutôt vague et imprécis dans ses réponses. À certains moments, il a l'air d'une bête traquée. À d'autres, il se montre presque méprisant et hautain. Une attitude qu'en aucun cas on ne saurait tolérer à Mazas. Et qui lui vaut d'être prestement mis au cachot.

Il y compose presque aussitôt un sonnet patriotique, dans l'esprit des *Châtiments* de Victor Hugo, sans lui donner de titre :

Morts de Quatre-vingt-douze et de Quatre-vingt-treize,
Qui, pâles du baiser fort de la liberté,
Calmes, sous vos sabots, brisiez le joug qui pèse
Sur l'âme et sur le front de toute humanité ;

Hommes extasiés et grands dans la tourmente,
Vous dont les cœurs sautaient d'amour sous les haillons,

Ô Soldats que la Mort a semés, noble Amante,
Pour les régénérer, dans tous les vieux sillons ;

Vous dont le sang lavait toute grandeur salie,
Morts de Valmy, Morts de Fleurus, Morts d'Italie,
Ô million de Christs aux yeux sombres et doux ;

Nous vous laissions dormir avec la République,
Nous, courbés sous les rois comme sous une trique :
— Messieurs de Cassagnac nous reparlent de vous[2] !

Après avoir rongé son frein plusieurs jours, il se décide, le 5 septembre, à adresser un mot à l'unique personne en laquelle il a une confiance absolue : Georges Izambard. Il le supplie d'intervenir sans délai en sa faveur, d'aller voir le procureur pour lui, de payer sa dette, de venir le chercher à Mazas et d'écrire à sa « pauvre » mère afin de la consoler, elle qui est sans nouvelles de lui depuis cinq jours et qui doit être morte d'inquiétude. Il conclut son appel au secours en lui disant qu'il l'aime « comme un frère » et qu'il l'aimera « comme un père[3] ».

Ému, Izambard s'empresse d'envoyer à Rimbaud l'argent et les recommandations nécessaires. Le surlendemain, il va l'accueillir à la gare de Douai, accompagné par son ami Paul Demeny, le jeune poète (il a vingt-six ans) des *Glaneuses* et auteur d'une comédie en un acte, *La Flèche de Diane*, deux ouvrages édités à la Librairie artistique, rue Bonaparte à Paris, dont le directeur est un ami de la famille.

On se congratule, on évite les sujets qui fâchent. Bien qu'il soit un peu penaud, Rimbaud est heureux de retrouver son professeur de rhétorique. Il est heureux de pouvoir aller chez lui, une agréable maison de deux étages, rue de l'Abbaye-des-Prés, de pouvoir être son hôte et de faire également la connaissance de Paul Demeny, un homme qui a déjà eu le bonheur d'être édité et qui jouit à Douai (où il est né) d'une enviable réputation.

De Paris, leur dit-il, il n'a rien vu, sinon quelques rares et fugitives images à travers le grillage de son panier à salade et l'étroite fenêtre de sa cellule. Et il n'a même pas pu acclamer l'avènement de la Troisième République, le 4 septembre ! Mais, par bonheur, il a eu l'occasion, ajoute-t-il, d'écrire l'un ou l'autre texte sur des petits bouts de papier qu'il sort aussitôt de sa poche. Et il ne cache pas que les deux premiers des huit quatrains du poème qu'il a intitulé *Roman* peuvent s'apparenter à une confession :

On n'est pas sérieux, quand on a dix-sept ans.
— Un beau soir, foin des bocks et de la limonade,
Des cafés tapageurs aux lustres éclatants !
— On va sous les tilleuls verts de la promenade.

Les tilleuls sentent bon dans les bons soirs de juin !
L'air est parfois si doux, qu'on ferme la paupière ;
Le vent chargé de bruits, — la ville n'est pas loin, —
A des parfums de vigne et des parfums de bière [4]...

Durant les jours qui suivent, Rimbaud, Izambard et Demeny devisent tranquillement de poésie, comme si de rien n'était, comme si, depuis le 2 septembre, l'armée française, après avoir capitulé à Sedan, n'était pas en déroute et comme si Paris n'était pas assiégé par les Prussiens. Souvent, Rimbaud reste enfermé des heures entières dans la chambre qu'on a mis à sa disposition et passe le plus clair de son temps soit à lire (les *Essais* de Montaigne notamment), soit à écrire ou à mettre au net chacun de ses poèmes.

Jusqu'au jour où Izambard se rappelle que Rimbaud n'a jamais que seize ans et qu'il est toujours, guerre franco-prussienne ou pas, sous l'autorité légale de sa mère.

Après avoir échangé quelques lettres délicates avec elle, Izambard, à la fin du mois, se résout à ramener personnellement son protégé à Charleville, *via* la Belgique.

Sur le quai de la gare, Mme Rimbaud est seule. Elle a des rides sous les yeux, elle est pâle. Lorsqu'elle voit son fils descendre du train, elle doit faire un effort sur elle-même pour ne pas laisser transparaître ses émotions. Elle toise Izambard, l'accuse derechef d'avoir débauché son malheureux garçon et de lui avoir mis dans la tête des idées de fugue. Ensuite, « très au vinaigre [5] », elle se tourne vers Arthur et, sans la moindre hésitation, le gifle. Et elle lui promet d'autres raclées, et un régime à la dure, si jamais lui venait l'envie stupide de recommencer...

Et c'est ce que fait justement Rimbaud, à peine dix jours plus tard, comme s'il lançait un superbe et cinglant défi à sa mère !

Mais cette fois, avant de filer, il a pris la précaution de vendre certains de ses livres à la librairie de Prosper Letellier, et il a de quoi payer un billet de chemin de fer. Il s'en procure un à destination de Fumay, une cité mosane au nord de Charleville, où il va rendre visite à un de ses anciens camarades du collège, apprenti poète, lui aussi, Léon Billuart, chez qui il se restaure et qui lui offre le gîte.

Le lendemain, muni de quelques provisions, il poursuit à pied son périple aventureux, par les petites routes et les chemins accidentés des Ardennes, et atteint Vireux. Il gagne ensuite Aubrives et arrive le soir à Givet où il va tout de suite à la caserne du Grand Quartier que domine l'imposante citadelle de Charlemont, l'ami Billuart lui ayant dit qu'un de ses cousins, sergent de la garde mobile, serait en mesure de lui procurer un lit. Malgré l'absence de cet homme, il passe la nuit à la caserne. Puis, le jour suivant, il franchit la frontière belge, et prend en train la direction de Charleroi.

Dans le wagon qui l'y conduit, il écrit un agréable poème qu'il intitule *Rêvé pour l'hiver* :

L'hiver, nous irons dans un petit wagon rose
Avec des coussins bleus.
Nous serons bien. Un nid de baisers fous repose
Dans chaque coin moelleux.

Tu fermeras l'œil, pour ne point voir, par la glace,
Grimacer les ombres des soirs,
Ces monstruosités hargneuses, populace
Des démons noirs et de loups noirs.

Puis tu te sentiras la joue égratignée...
Un petit baiser, comme une folle araignée,
Te courra par le cou...

Et tu me diras : « Cherche ! » en inclinant la tête ;
— Et nous prendrons du temps à trouver cette bête
— Qui voyage beaucoup [6]...

Il ne se rend pas à Charleroi sous l'effet d'un caprice, il s'y rend parce qu'il sait que le père d'un autre de ses condisciples, Jules des Essarts, y possède *Le Journal de Charleroi*, le quotidien le plus important de la ville hennuyère. Son rêve serait d'y collaborer. Mieux : d'y être engagé en tant que journaliste.

Bien qu'il soit tout étonné de voir débarquer Rimbaud, Jules des Essarts le présente à son père, Xavier des Essarts, un Français émigré en Belgique depuis 1827, un homme fort imbu de lui-même et nourrissant des idées passéistes, mais « ne manquant pas de qualités de cœur [7] ».

Lors d'un dîner qui les réunit, Rimbaud parle plaisamment de littérature puis, presque sans transition, se lance soudain dans un véhément et injurieux discours au cours duquel il traite les hommes politiques français de pignoufs, de sauteurs et de maringouins ! Ce qui a le don de déplaire fortement à Xavier des Essarts. Mais Rimbaud ne s'en rend pas compte et, le lendemain, il court se présenter à la rédaction du journal, 20 rue du Collège, juste à côté de la Taverne du Cercle où, entre deux papiers, se retrouvent les courriéristes. On lui dit qu'on n'a besoin de personne et on le congédie. Poliment.

Cette déconvenue le désoriente. Toute la journée, et une grande partie de la nuit, il erre dans la ville puis va dormir quelques heures à la belle étoile, sur une berge de la Sambre. Au petit matin, il finit par franchir le seuil d'un cabaret qui ne passe pas inaperçu à Charleroi, le Cabaret Vert, qu'on appelle aussi la Maison Verte, rue de la Station, en face de la gare, étant donné qu'elle a une façade peinte en vert ainsi que des salles, des meubles et des décorations de la même couleur.

Depuis huit jours, j'avais déchiré mes bottines
Aux cailloux des chemins. J'entrais à Charleroi.
— *Au Cabaret Vert* : je demandai des tartines
De beurre et du jambon qui fût à moitié froid.

Bienheureux, j'allongeai les jambes sous la table
Verte : je contemplai les sujets très naïfs
De la tapisserie. — Et ce fut adorable,
Quand la fille aux tétons énormes, aux yeux vifs,

— Celle-là, ce n'est pas un baiser qui l'épeure ! –
Rieuse, m'apporta des tartines de beurre,
Du jambon tiède, dans un plat colorié,

Du jambon rose et blanc parfumé d'une gousse
D'ail, — et m'emplit la chope immense, avec sa mousse
Que dorait un rayon de soleil arriéré [8].

Et s'il tentait sa chance à Bruxelles ?

N'ayant plus un sou, il est bien obligé de parcourir à pied les soixante kilomètres séparant Charleroi de la capitale du royaume. Dès qu'il y arrive, il se rend directement rue Fossé-aux-Loups, près de la rue Neuve et de la place de la Monnaie, chez une relation d'Izambard, Paul Durand, qui lui offre aimablement l'hospitalité durant deux jours, dans la maison où il vit avec sa mère et son frère aîné, et lui remet du linge et des vêtements propres, ainsi que des bonnes chaussures de marche.

Après avoir recouvré ses forces et reçu un peu d'argent, Rimbaud se promène sur les nouveaux boulevards du centre de la ville *, en quête des bureaux d'un journal où, pense-t-il, on pourrait lui proposer du travail. Très vite toutefois, il renonce à ce projet et décide de rentrer en France.

Son but, c'est de retrouver Izambard, son ami, son frère, son père de cœur. Il est plus que jamais convaincu que son professeur de rhétorique est le seul être au monde capable de lui prodiguer de précieux conseils. Des conseils, quels qu'ils soient, qu'il se promet de suivre.

Il gagne la station du Midi, place de la Constitution, à l'extrémité du boulevard du Hainaut, et avec ce qui lui reste du viatique que lui a donné Paul Durand, il se munit d'un titre de transport pour Douai.

* Leur construction, entreprise par une société anglaise, a duré de 1867 à 1871.

Dans la grisaille

Avec les beaux habits neufs que lui a remis Paul Durand — faux col à la mode à coins cassés, cravate en soie mordorée —, Rimbaud ressemble à s'y méprendre à un dandy, lorsqu'il se présente chez son ex-professeur de rhétorique, rue de l'Abbaye-des-Prés à Douai.

Il y est accueilli par les trois sœurs Gindre, Caroline, Henriette et Isabelle, respectivement âgées de trente-neuf, quarante-quatre et quarante-sept ans. Elles lui annoncent que Georges Izambard s'est rendu à Charleville, et qu'il est à sa recherche depuis une bonne semaine. Ce n'est pas grave, leur assure-t-il, il l'attendra. Et plein d'aplomb, il leur demande l'hospitalité. Puis, peu de temps après, il réclame de l'encre et du papier d'écolier afin de pouvoir calligraphier les poèmes qu'il a écrits dans les Ardennes, à Charleroi et à Bruxelles, au cours des semaines qui viennent de s'écouler. Méticuleux, presque maniaque, il ne tolère aucune tache, aucune faute, aucune rature.

Outre *Au Cabaret Vert* et *Rêvé pour l'hiver*, il s'applique à mettre au net *La Maline* (prononciation ardennaise de maligne), *L'Éclatante Victoire de Sarrebruck* (un poème que lui a inspiré une gravure belge « brillamment coloriée », vendue à Charleroi au prix de « 35 centimes »), *Le Buffet* ou encore *Ma bohème*, un sonnet qui constitue également une sorte de confession intime et qui donne le ton de ses multiples vagabondages.

Je m'en allais, les poings dans mes poches crevées ;
Mon paletot aussi devenait idéal ;
J'allais sous le ciel, Muse ! et j'étais ton féal ;
Oh ! là ! là ! que d'amours splendides j'ai rêvées !

Mon unique culotte avait un large trou.
— Petit-Poucet rêveur, j'égrenais dans ma course
Des rimes. Mon auberge était la Grande-Ourse.
— Mes étoiles au ciel avaient un doux frou-frou.

Et je les écoutais, assis au bord des routes,
Ces bons soirs de septembre où je sentais des gouttes
De rosée à mon front, comme un vin de vigueur ;

Où, rimant au milieu des ombres fantastiques,
Comme des lyres, je tirais les élastiques
De mes souliers blessés, un pied près de mon cœur[1].

À son retour, Izambard est à la fois surpris, soulagé de revoir Rimbaud en excellente santé et fort mécontent de son attitude qu'il réprouve. Il est d'autant plus embarrassé qu'il est lui-même harcelé par Mme Rimbaud, laquelle continue de croire, dur comme fer, qu'ils sont tous les deux de mèche : elle a exigé que son fils, « le petit drôle » ainsi qu'elle le désigne dans ses lettres, soit remis entre les mains des gendarmes et rapatrié, manu militari, à Charleville ! De son point de vue, il n'y a pas d'autre solution. Finalement, Izambard s'y rallie. Et il n'est pas fâché, somme toute, de ne plus devoir subir les écarts et les caprices de cet élève hors du commun.

Reconduit à Charleville sous bonne escorte, Rimbaud réintègre la maison familiale, la mort dans l'âme. Il devine que les jours qui l'attendent seront moroses et ennuyeux, que vivre sous la coupe de sa mère sera une continuelle épreuve. Mme Rimbaud est au demeurant dans tous ses états. Elle est sans nouvelles de son fils aîné, Frédéric, qui a choisi, à l'image de son père, le dangereux métier des armes. Des voisins lui ont rapporté que le régiment dans lequel il a été incorporé serait parti en Lorraine ou en Alsace.

Une des consolations de Rimbaud, c'est le camarade Ernest Delahaye. Chaque fois qu'il en a l'occasion, il court le rejoindre, d'ordinaire à son domicile à Mézières ou au Bois d'Amour planté de vieux tilleuls, à quelques encablures de là, alors même que la ville est en émoi et qu'à chaque carrefour, on dresse des barricades et des fortins. Ensemble, ils parlent de la guerre, des défaites successives de l'armée française à Sedan et à Metz, des bombes, des obus et des boulets qui, dit-on, sillonnent sans discontinuer le ciel enflammé de Strasbourg, du siège de Paris dont les tristes échos n'arrivent dans les Ardennes que par bribes et morceaux.

Ils pensent savoir que les Parisiens n'auraient

plus la possibilité de se rendre au bois de Boulogne, ni davantage à Meudon, à Saint-Cloud, à Ville-d'Avray, à Versailles, à Vincennes, à Charenton et sur les berges de la Marne. Intra muros, les jardins des palais auraient été transformés en « campements et en parcs d'artillerie », tandis qu'au Champ de Mars s'aligneraient « de longues files de baraquements en planches destinés à loger les soldats[2] ». Des baraquements militaires, il y en a aussi au chevet de Notre-Dame.

À la fin du mois d'octobre, Rimbaud et Delahaye entrent en contact avec la rédaction du *Progrès des Ardennes*, un nouveau journal républicain (« politique, littéraire, agricole et industriel ») créé pour concurrencer le trop traditionnel *Courrier des Ardennes* qui a été fondé en 1833, et se déclarent prêts à lui offrir leur collaboration. Le fondateur du *Progrès des Ardennes*, Émile Jacoby, un radical originaire du Gers, est une petite célébrité à Charleville où il a publié un traité d'arithmétique et où il possède un atelier de photographie bien achalandé. C'est dans cet atelier d'ailleurs que Rimbaud et son frère Frédéric ont posé côte à côte le jour de leur première communion.

Émile Jacoby accueille chaleureusement Rimbaud et Delahaye, leur laisse entendre qu'il fera appel à eux si jamais son quotidien trouvait une large clientèle. Tout dépendra de la situation politique… Entre-temps, il est disposé à faire paraître *Le Dormeur du val*, un sonnet *champêtre* dans lequel Rimbaud décrit un jeune soldat étendu dans l'herbe et dont le propos lui semble de circonstance.

C'est un trou de verdure où chante une rivière
Accrochant follement aux herbes des haillons
D'argent ; où le soleil, de la montagne fière,
Luit : c'est un petit val qui mousse de rayons.

Un soldat jeune, bouche ouverte, tête nue,
Et la nuque baignant dans le frais cresson bleu,
Dort ; il est étendu dans l'herbe, sous la nue,
Pâle dans son lit vert où la lumière pleut.

Les pieds dans les glaïeuls, il dort. Souriant comme
Sourirait un enfant malade, il fait un somme :
Nature, berce-le chaudement : il a froid.

Les parfums ne font pas frissonner sa narine ;
Il dort dans le soleil, la main sur la poitrine
Tranquille. Il a deux trous rouges au côté droit[3].

Dans le département, l'atmosphère reste sombre et le grand froid qui s'est installé dès le début de l'hiver n'arrange rien. Le 2 novembre, Rimbaud se plaint de demeurer oisif et inactif dans une lettre qu'il écrit à Izambard et où il se considère comme un être « sans cœur » :

[...]

Je meurs, je me décompose dans la platitude, dans la mauvaiseté. Que voulez-vous, je m'entête affreusement à adorer la liberté libre, et... un tas de choses que « ça fait pitié », n'est-ce pas ? — Je devais repartir aujourd'hui même ; je le pouvais : j'étais vêtu de neuf, j'aurais vendu ma montre, et vive la liberté ! — Donc, je suis resté ! je suis resté ! — et je voudrai repartir encore bien des fois. — Allons, chapeau, capote, les deux poings dans les poches, et sortons ! — Mais je resterai, je resterai. Je n'ai pas promis cela. Mais je le ferai pour mériter votre affection : vous me l'avez dit. Je la mériterai

La reconnaissance que je vous ai, je ne saurais pas vous l'exprimer aujourd'hui plus que l'autre jour. Je vous la prouverai. Il s'agirait de faire quelque chose pour vous, que je mourrais pour le faire, — je vous en donne ma parole. — J'ai encore un tas de choses à dire[4]...

En dessous de sa signature, il ajoute :

Guerre : — Pas de siège de Mézières. Pour quand ? On n'en parle pas. — [...] Par-ci, par-là, des franc-tirades — Abominable prurigo d'idiotisme, tel est l'esprit de la population. On en entend de belles, allez. C'est dissolvant[5].

Ce qui console aussi Rimbaud, c'est la bibliothèque municipale de Charleville. Il s'y rend souvent et réclame au vieux bibliothécaire, Jean-Baptiste Hubert — un homme irritable et toujours imprévisible — des ouvrages qu'il n'a pas trouvés dans l'appartement d'Izambard ou qu'il n'a pas pu acheter chez Prosper Letellier, faute d'en avoir eu les moyens. Il épluche Jean-Jacques Rousseau, Helvétius, d'Holbach, Proudhon... tous des auteurs rebelles, des réfractaires, d'authentiques *francs-tireurs* justement, des hommes qui s'insurgent contre la religion, la morale convenue, l'éducation, l'autorité, l'argent...

Dans le silence de la salle de lecture où il n'y a jamais grand monde, il écrit également des poèmes — des textes traduisant pour la plupart sa douloureuse difficulté d'être, ses troubles, ses rêves inassouvis de volupté, ses râles, ses détestations, tantôt sous l'influence plus ou moins directe des Parnassiens (*Tête de faune*), tantôt sous l'influence de personne, avec des mots, des formules, des métaphores, des néologismes, des trouvailles qui lui sont propres, comme « les doigts boulus », « le sinciput plaqué de hargnosités vagues », « les soleils vifs percaliser leur peau », « des grappes d'amygdales », « des fleurs d'encre crachant des pollens en virgule », « des calices accroupis » (*Les Assis*)... Les brouillons, les ébauches, il les jette, tant il désire que ses manuscrits soient parfaits.

Le 30 décembre, les Allemands commencent à bombarder Mézières. Avec les hautes murailles grises et les saillants de sa fière citadelle, la ville est devenue un camp retranché d'où il est impossible de sortir. Comme il n'arrête pas de neiger, le spectacle est hallucinant. Des panaches de feu, de briques et de terre se mêlent aux intempéries, et l'on ne sait plus trop ce qui tombe du ciel.

Le brouhaha des canons, le fracas des obus, Rimbaud les entend du quai de la Madeleine à Charleville où sa mère l'a enfermé avec ses deux sœurs. Toutes ses pensées vont vers Ernest Delahaye dont il se demande à quel endroit il a réussi à trouver un abri. Sans nul doute, se dit-il, dans la cave de la maison de ses parents, grelottant de froid et de peur. Et l'épouvantable et assourdissant vacarme dure des heures et des heures. Jusqu'au petit jour où Mézières, déchiquetée par des milliers d'obus, décide de capituler.

Dès le lendemain matin, les troupes allemandes

commencent à occuper Mézières et Charleville. Vers minuit, précédées par les tambours, elles quadrillent la place Ducale. Pour Rimbaud, c'est comme une « défaite sans avenir[6] ». Comme si ses illusions sur la vie, sur les êtres humains avaient définitivement basculé. La mort, il la voit, il en a l'odeur âcre et détestable dans ses narines, il la renifle sur sa peau, sur ses mains, comme si elle allait s'insinuer en lui et prendre possession de tout son corps.

Où qu'il regarde, il voit les décombres de cette guerre dont le sens exact et les véritables raisons politiques lui échappent.

La maison des Delahaye n'est qu'un amas de ruines, mais par bonheur Ernest et sa famille sont sains et saufs. Et dans les haras de Mézières qui ont été transformés en camp sanitaire, il y a, tous pauvres drilles qui ont survécu au carnage, des blessés, des mutilés, des manchots, des souffreteux, les traits hagards, en pleine désespérance.

Paris aussi, apprend-il quelques jours plus tard, a connu des bombardements qui ont fait plus de six cents victimes. La nouvelle déprime Rimbaud presque davantage encore.

Et bientôt l'obsède.

Et si, malgré tous ces événements tragiques, il retournait à Paris ?

N'est-il pas temps qu'il montre ses poèmes à des écrivains de renom, qu'il les soumette à des éditeurs, par exemple aux dirigeants de la Librairie artistique, là où Paul Demeny a déjà publié deux livres ?

Le 25 février 1871, il repart en train vers la capitale, muni d'un billet de chemin de fer en bonne et due forme, grâce à de l'argent obtenu chez un horloger à qui il est allé vendre sa montre. Et tant pis si, après son escapade à Douai, il a promis à Izambard, pour mériter son affection, qu'il ne quitterait plus jamais sa maison à l'insu de sa mère !

La guerre est bien finie, oui, mais Paris est comme exsangue, épuisé par les rigueurs du siège. Poussés par la famine, les Parisiens sont même allés jusqu'à se nourrir des bêtes du Jardin des Plantes — et sur les cartes des restaurants figurent des mets bizarres aux drôles de noms : côtelettes de tigre, jambon d'ours, bosses de bison, râbles de kangourou, chauds-froids de toucan, foies d'autruche, marinades de crocodiles...

La désolation est partout, mais Rimbaud essaie de ne pas y prêter attention. Du reste, personne ne s'intéresse à lui. Et à la Librairie artistique, bien qu'il se recommande de Paul Demeny, on l'écoute à peine. Il se rend alors passage Choiseul dans l'espoir de rencontrer Alphonse Lemerre, mais il n'est pas reçu. Il arpente sa librairie, consulte des livres qui viennent de paraître et qui concernent tous les événements récents : *Lettre d'un mobile breton* de François Coppée, *Le Sacre de Paris* et *Le Soir d'une bataille* de Leconte de Lisle, *Colère d'un franc-tireur* de Catulle Mendès, *L'Invasion* d'André Theuriet, *Poèmes de guerre* d'Émile Bergerat, le gendre de Théophile Gautier...

Il en parcourt quelques pages, se dit qu'il pourrait mieux faire, mieux exprimer les déroutes et les sanglantes catastrophes provoquées par la guerre. Puis il jette un coup d'œil sur la dernière livraison du *Parnasse contemporain* et sur celle de *L'Éclipse* dont l'attirante couverture est ornée d'une caricature en couleurs d'André Gill.

Ce caricaturiste qui est âgé de trente ans et qui a débuté en février 1866 à *La Lune*, un autre hebdomadaire satirique (sis 333, Voie lactée, au fond de la cour !), Rimbaud l'a découvert à la librairie de Prosper Letellier, et il s'est tout de suite enflammé pour ses portraits-charge des principales personnalités du Second Empire, qu'il s'agisse de Victor Hugo, de Victorien Sardou, de Léon Gambetta, d'Alexandre Dumas fils, de Gustave Courbet, de Jacques Offenbach représenté à cheval sur son violon, battant la mesure, suivi du tourbillon de tous les personnages de ses opérettes... Ou encore du photographe Nadar, saisi avec d'immenses jambes se cramponnant à son ballon *Le Géant*.

Est-ce que par hasard, l'employé d'Alphonse Lemerre, ou quelqu'un de la maison, connaîtrait l'adresse d'André Gill ?

Tout le monde la connaît, lui répond l'employé, André Gill étant, bien que très fier de ses succès dans la presse, un homme affable et insouciant, et ayant pris la fort bonne habitude, depuis ses débuts à *La Lune*, de pratiquer la politique de la porte ouverte : boulevard d'Enfer. Aussitôt, Rimbaud se précipite chez le dessinateur et lui fait part en termes sincères de son admiration. Non sans ajouter qu'il n'a aucune relation à Paris, que ses moyens de subsistance sont des plus précaires. Là-dessus, il reçoit un peu d'argent avec lequel il a la possibilité de se nourrir quelques jours. En revanche, il ne dépense pas un sou pour coucher à l'hôtel, préférant dormir la nuit sous les ponts ou se réfugier dans des péniches à charbon amarrées le long de la Seine.

Durant la journée, il déambule sur les quais et s'autorise de longues stations chez les bouquinistes. Il leur parle. Il leur pose une multitude de questions. Qu'est-ce que les gens lisent ? Quels sont les poètes qu'ils aiment ?

Et cette errance se prolonge près de deux semaines.

Le 10 mars, sale, dégoûtant, sans le moindre centime en poche, il traverse les faubourgs de Paris et regagne à pied Charleville.

S'encrapuler

Voir surgir son fils tout crotté, sentant mauvais, la chevelure lui tombant sur les épaules, laisse Mme Rimbaud sans voix, presque sans réaction. Elle voudrait le gifler de nouveau, le gronder, lui crier à quel point, pendant qu'il se baladait Dieu sait où et avec Dieu sait qui, elle était rongée d'inquiétude, mais, sur le moment, elle en est incapable. Elle finit par lui dire qu'il ferait bien de se laver et de changer de vêtements. Et elle court s'enfermer dans sa chambre pour tenter de recouvrer ses esprits.

Le soir même de son retour à Charleville, Rimbaud est instruit par sa mère qu'il doit absolument poursuivre ses études, à présent que la guerre est finie et que, depuis le 15 avril, les établissements scolaires ont rouvert leurs portes. Il proteste. Il dit, il répète qu'il a de nombreux projets et qu'aucune école, supérieure ou pas, ne lui apprendra plus rien. Au bout d'une dizaine de jours d'atermoiements, il lui annonce, mais sans en avoir la certitude, qu'il sera bientôt engagé par Émile Jacoby au *Progrès des Ardennes* dont la parution a été interrompue, à la fin de l'année 1870.

Dans son for intérieur, il s'y voit déjà. Il s'y voit parler de la Commune qui a été proclamée à Paris le 18 mars et qui l'excite beaucoup. Ce qu'elle prône, le grand vent de liberté qu'elle fait souffler, les idéaux généreux qu'elle défend, mélange hétéroclite d'utopie à la manière de Charles Fourier, de matérialisme, de socialisme, d'humanisme et de messianisme primitif, les aspirations du Comité central composé d'ouvriers, correspondent assez bien aux siens, à ses élans personnels et à sa vision de la société française. Du reste, il voudrait être aux côtés des communards. Il voudrait participer à leurs débats, clamer avec eux que l'ordre est vaincu, que le pays, débarrassé de l'obscurantisme, est à présent en marche vers le progrès, l'égalité, l'égalité pure et simple, et la fraternité.

La Commune l'enthousiasme tellement qu'il lui consacre un vibrant poème auquel il donne un titre des plus explicites : *Chant de guerre parisien.*

Le Printemps est évident, car
Du cœur des Propriétés vertes,
Le vol de Thiers et de Picard
Tient ses splendeurs grandes ouvertes.

Ô Mai ! quels délirants culs-nus !
Sèvres, Meudon, Bagneux, Asnières,
Écoutez donc les bienvenus
Semer les choses printanières !

Ils ont shako, sabre, tam-tam,
Non la vieille boîte à bougies
Et des yoles qui n'ont jam, jam...
Fendent le lac aux eaux rougies !

Plus que jamais nous bambochons
Quand arrivent sur nos tanières
Crouler les jaunes cabochons
Dans des aubes particulières !

Thiers et Picard sont des Éros,
Des enleveurs d'héliotropes,
Au pétrole ils font des Corots :
Voici hannetonner leurs tropes...

Ils sont familiers du Grand Truc !...
Et couché dans les glaïeuls, Favre
Fait son cillement aqueduc,
Et ses reniflements à poivre !

La grand'ville a le pavé chaud,
Malgré vos douches de pétrole,
Et décidément, il nous faut
Vous secouer dans votre rôle...

Et les Ruraux qui se prélassent
Dans de longs accroupissements,
Entendront des rameaux qui cassent
Parmi les rouges froissements[1] !

Durant la première quinzaine du mois d'avril, Rimbaud éprouve une des plus grandes joies de sa jeune existence : alors qu'il n'a pas encore dix-sept ans, il est nommé au secrétariat du *Progrès des Ardennes*, même s'il n'est chargé que du dépouillement de la correspondance. Il espère toutefois insérer tôt ou tard dans les colonnes du journal certains de ses poèmes ainsi que divers petits articles qu'il aimerait signer par dérision Jean Baudry, du nom d'un des personnages créés en 1863 par le dramaturge et échotier Auguste Vacquerie, très prisé dans les milieux parisiens.

Au poste qu'il occupe, il peut en tout cas côtoyer des journalistes, sympathiser avec eux. En leur compagnie, il se met à fréquenter les estaminets sous les belles arcades de la place Ducale dont la construction remonte à la fondation de la ville, en 1606. Les discussions y sont en général très vives, très orageuses. Et parfois, des clients de passage ou des habitués s'en mêlent et y vont de leurs commentaires. Par exemple l'excentrique Paul-Auguste Bretagne, alias Charles Bretagne, que Rimbaud a connu grâce à Georges Izambard, quelques mois auparavant.

Charles Bretagne est un pilier du café Dutherme. Né à Vouziers en 1837, il travaille à la sucrerie du Petit Bois de Charleville où il est commis principal de seconde classe des Contributions indirectes (son père, lui, avait été haut fonctionnaire aux Contributions directes).

Avec sa barbe noire, ses grosses joues, son gros ventre, ses yeux pétillants et sa voix tonitruante, il est une espèce d'attraction locale. Tous ses proches l'appellent le père Bretagne. « Jacobin en diable et furieusement anticlérical[2] », mélomane, amateur de musique de chambre, assez porté sur les sciences occultes et la magie, infréquentable aux yeux de la bonne bourgeoisie carolopolitaine, il aime bien Rimbaud qu'il surnomme volontiers « l'enfant sublime » et auquel il lui arrive de prêter des livres ou de prodiguer quelques conseils de lecture. Il a d'ailleurs lu la plupart de ses poèmes et les a appréciés.

Hélas, moins d'une semaine après avoir été embauché par Émile Jacoby, Rimbaud apprend que le préfet des Ardennes interdit par arrêté la parution du trop socialiste *Progrès des Ardennes*, considérant que les sympathies de ce journal pour la Commune sont trop marquées et qu'elles risquent d'amener de l'agitation, voire de l'insurrection, dans le département.

Il a du mal à s'en remettre. Il se demande une fois encore s'il ne devrait pas retourner à Paris et se joindre aux communards. Il tente d'entraîner Delahaye dans sa nouvelle escapade, mais en vain. Il hésite. Il a entendu dire que les chemins de fer, les gares et les routes sont surveillés par les Prussiens, que des patrouilles sillonnent à tout moment les environs et les portes de la capitale, que des barrages ont été dressés çà et là, et notamment à l'entrée des villages et des hameaux.

En dépit des dangers qu'il encourt, n'y tenant plus, il prend un beau matin, et à pied, la route de Rethel puis celle de Neuchâtel et de Soissons. De là, il se dirige vers Villers-Cotterêts. Il se dit que si la nécessité s'en faisait sentir, il pourrait se cacher dans les forêts alentour. Les quatre-vingts kilomètres qu'il lui reste à parcourir jusqu'à Paris sont cependant les plus périlleux. Il y aurait, au dire de certains voyageurs qu'il interroge, de très nombreux contrôles et des arrestations en série *.

Envahi par le découragement et la lassitude, Rimbaud renonce à aller plus loin et rebrousse chemin. Il éprouve une sensation, celle de ne s'être jamais senti aussi seul, aussi démuni, aussi coupé de ses rêves.

Mon triste cœur bave à la poupe,
Mon cœur est plein de caporal :
Ils y lancent des jets de soupe,
Mon triste cœur bave à la poupe :
Sous les quolibets de la troupe
Qui pousse un rire général,
Mon triste cœur bave à la poupe,
Mon cœur est plein de caporal !

Ithyphalliques et pioupiesques
Leurs insultes l'ont dépravé !
À la vesprée, ils font des fresques
Ithyphalliques et pioupiesques.
Ô flots abracadabrantesques,
Prenez mon cœur, qu'il soit sauvé !
Ithyphalliques et pioupiesques
Leurs insultes l'ont dépravé !

Quand ils auront tari leurs chiques,
Comment agir, ô cœur volé ?
Ce seront des refrains bachiques
Quand ils auront tari leurs chiques :
J'aurai des sursauts stomachiques
Si mon cœur est ravalé :
Quand ils auront tari leurs chiques,
Comment agir, ô cœur volé [3] ?

* Dans *Les Deux Amis*, Guy de Maupassant montre deux pêcheurs, lesquels, pris pour des espions, sont fusillés sur-le-champ.

Quand il rentre à Charleville, c'est pour s'*encrapuler*. Dans une nouvelle lettre qu'il adresse le 13 mai à Georges Izambard, toujours à Douai chez les trois sœurs Gindre, il le dit le plus clairement du monde :

> Maintenant, je m'encrapule le plus possible. Pourquoi ? Je veux être poète, et je travaille à me rendre *voyant* : vous ne comprendrez pas du tout, et je ne saurais presque vous expliquer. Il s'agit d'arriver à l'inconnu par le dérèglement de *tous les sens*. Les souffrances sont énormes, mais il faut être fort, être né poète, et je me suis reconnu poète. Ce n'est pas du tout ma faute. C'est faux de dire : Je pense : on devrait dire On me pense. — Pardon du jeu de mots. –
>
> Je est un autre. Tant pis pour le bois qui se trouve violon, et Nargue aux inconscients qui ergotent sur ce qu'ils ignorent tout à fait[4] !

Le mot de *voyant** qu'il a lu un jour dans *La Recherche de l'absolu* de Balzac, Rimbaud se l'approprie et en fait son credo. Et il a la certitude que rien ni personne ne l'empêchera de s'y conformer corps et âme. Quitte à tomber dans la folie. Quitte à finir « en bocal, monstre au Muséum[5] », comme le craint Izambard dans la réponse qu'il envoie à Rimbaud et où il le met en garde sur sa théorie du *voyant* — une théorie qu'il juge inepte et qui consiste à ses yeux à prendre les « pensées les plus incohérentes » et les « mots les plus hétéroclites », et à les accoupler ensuite « tant bien que

* Le mot, dans le sens rimbaldien, se trouve aussi dans une nouvelle d'Ernest Fouinet, *Le Pâtre Andéol*, publiée en 1842.

mal » pour en faire « un délicieux petit fœtus[6] ». Être absurde, affirme Izambard, est à la portée de tout le monde.

Le 15, dans une autre lettre qu'il adresse cette fois à Paul Demeny et à laquelle il joint quelques-uns de ses poèmes, il reparle de *voyant* et explique ce qu'il entend par là :

> Je dis qu'il faut être *voyant*, se faire voyant.
>
> Le Poète se fait *voyant* par un long, immense et raisonné *dérèglement de tous les sens.* Toutes les formes d'amour, de souffrance, de folie ; il cherche lui-même, il épuise en lui tous les poisons, pour n'en garder que les quintessences. Ineffable torture où il a besoin de toute la foi, de toute la force surhumaine, où il devient entre tous le grand malade, le grand criminel, le grand maudit, et — le suprême Savant ! — Car il arrive à l'inconnu ! puisqu'il a cultivé son âme, déjà riche, plus qu'aucun ! il arrive à l'inconnu, et quand, affolé, il finirait par perdre l'intelligence de ses visions, il les a vues ! Qu'il crève dans son bondissement par les choses inouïes et innommables : viendront d'autres travailleurs ; ils commenceront par les horizons où l'autre s'est affaissé !
>
> [...]
>
> Donc le poète est vraiment voleur de feu.
>
> Il est chargé de l'humanité, des animaux même ; il devra faire sentir, palper, écouter ses inventions ; si ce qu'il rapporte de là-bas a forme, il donne forme ; si c'est informe, il donne de l'informe. Trouver une langue[7].

Dans sa détermination, désormais inébranlable, Rimbaud est encouragé autant par Delahaye que par Bretagne qu'il rencontre de plus en plus souvent au café Dutherme, et avec lequel il ne refuse jamais de trinquer. C'est au demeurant Bretagne qui lui annonce que l'armée des versaillais, l'armée du sinistre *petit* Thiers, est entrée dans Paris le 21 mai, et qu'elle mène contre les communards d'atroces et sanglants combats de rue, surtout au nord et à l'est, à proximité du Père-Lachaise, de Belleville, de Ménilmontant et des Batignolles. Et déjà Thiers aurait à la hâte constitué un conseil de guerre qui jugerait et ferait exécuter séance tenante tous les pétroleurs reconnus coupables d'avoir tué des soldats.

Selon les informations dont Bretagne aurait eu vent, il y aurait des dizaines, des centaines de cadavres. Et des incendies dans tous les quartiers névralgiques, rue Royale, place de la Concorde où, tout autour de l'obélisque de Louksor, des statues en morceaux jonchent les pavés, rue de Rivoli, rue du Bac, rue de Lille... La Banque de France aurait brûlé, paraît-il. Tout comme le ministère des Finances, la Cour des comptes, le Théâtre-Lyrique, les Tuileries, l'Hôtel de Ville... Sans oublier le Louvre. En vidant sa chope, Bretagne dit ignorer d'une voix lugubre s'il s'agit des bâtiments du musée ou du grand magasin. À moins que ce ne soient les deux.

Le 28, à la fin des hostilités, de cette folie sanguinaire dont Paris a été l'immense champ de bataille, on dénombre chez les communards plus de vingt mille morts. Parmi ceux qui ont eu la chance de survivre, près de sept mille sont bientôt déportés. D'autres prennent la fuite et se cachent là où ils le peuvent, au fin fond d'une province, en Belgique ou en Angleterre. L'Assemblée nationale, elle, déclare qu'Adolphe Thiers, le président de la République, « a bien mérité de la patrie »...

Comme pour conjurer la « Fatalité », Rimbaud se jette avec plus d'entrain encore dans la poésie. Ce sont des textes d'inégale longueur, tantôt un menu quatrain (*L'Étoile a pleuré...*), tantôt des cantilènes à l'instar de *L'Orgie parisienne ou Paris se repeuple* (un poème d'inspiration communarde) et *Ce qu'on dit au poète à propos de fleurs* qui comprend cent soixante vers divisés en cinq sections et qui est dédié à Théodore de Banville.

Cette dernière pièce, il la lui envoie à Paris. Dans son courrier, il précise qu'il n'est qu'un « imbécile » et, mensonge anodin, se prétend cette fois âgé de dix-huit ans.

Il envoie également quelques-uns de ses poèmes à Paul Demeny ainsi qu'à Jean Aicard, un écrivain provençal qui a vingt-trois ans, dont il a lu le premier recueil paru chez Alphonse Lemerre en 1867, *Jeunes croyances*, et qui est un des auteurs du *Parnasse contemporain*. En retour, il reçoit des lettres polies. Rien d'engageant. Les formules traditionnelles de ce genre de correspondance.

Un soir d'août, il est au café Dutherme, toujours à la table de Bretagne. À un moment donné, il évoque les *Poèmes saturniens* de Paul Verlaine. Un chef-d'œuvre, affirme-t-il. Et il renchérit sur les magnifiques, les extraordinaires, les géniales *Fêtes galantes*. Depuis Baudelaire, il en a la profonde conviction, personne n'a fait mieux

Bretagne tend l'oreille. Puis il confesse à son jeune compagnon qu'il a connu le dénommé Paul

Verlaine, à l'époque où lui-même travaillait dans une autre sucrerie, aux environs d'Arras. Et il conseille vivement à Rimbaud de lui faire parvenir un échantillon de ses œuvres. Il peut au besoin, dit-il encore, ajouter un petit mot de recommandation de sa main.

Rimbaud ne temporise pas. Tout de suite, il écrit à Verlaine aux bons soins de l'éditeur Alphonse Lemerre. Plusieurs poèmes qu'il a méticuleusement calligraphiés sont annexés à sa lettre. Ceux qu'il juge les meilleurs : *Les Effarés*, *Le Cœur volé*, *Accroupissements*, *Les Assis*...

Après deux jours, bouillant d'impatience, et craignant que cette lettre ne se soit perdue entre Charleville et Paris, il en envoie une deuxième avec un autre choix de ses poèmes comme *Mes petites amoureuses*, *Les Premières Communions*, *Les Pauvres à l'église*, *L'Orgie parisienne ou Paris se repeuple*, *Le Bateau ivre*... Et cette fois, en ce qui le concerne, au lieu d'« imbécile », il préfère se donner le nom de « petite crasse ». Une « petite crasse » ne rêvant que d'une seule chose : aller à Paris pour y rencontrer les poètes qu'il admire.

Les premiers jours de septembre, Verlaine lui répond : « Venez, chère grande âme, on vous appelle, on vous attend[8]. »

Dans le boudoir de Mathilde

La lettre de Verlaine procure à Rimbaud une intense satisfaction et il a tôt fait de la monter fièrement à Ernest Delahaye. Il serait enchanté, lui dit-il, s'ils faisaient ensemble le déplacement à Paris. Mais Delahaye, prudent et toujours un tantinet frileux quand il s'agit de prendre une décision importante, décline la proposition ; le jour du départ, au petit matin, il se contente d'escorter Rimbaud jusqu'à la gare de Charleville, après être allé le chercher, quai de la Madeleine.

Pour la circonstance, Rimbaud s'est appliqué à soigner sa mise. Sur l'insistance, il est vrai, de sa mère qui ne s'est pas du tout opposée à ce voyage et qui a compris à quel point son entêté de fils y tenait. Ce qui la rassure un peu, c'est que ce M. Paul Verlaine a glissé dans sa lettre un mandat couvrant les frais du billet de chemin de fer en troisième classe.

Durant le trajet de Charleville à Paris, Rimbaud est presque dans un état second. Il n'a jamais connu ça. Il a l'étrange impression que le train survole les rails et plane au milieu des airs. Le paysage qui défile lentement sous ses yeux et qui lui paraît sans aucune limite, il le discerne comme à travers un voile.

Vers quatre heures de l'après-midi, il débarque à la gare de Strasbourg au milieu d'une foule énorme.

Est-ce que Verlaine dont il n'a jamais vu les traits, dont il ignore à quoi il pourrait ressembler, s'il est jeune ou âgé, est venu l'attendre ? Est-ce qu'il va se précipiter à sa rencontre ?

Comment le reconnaître ?

Rimbaud regarde à gauche, à droite, devant, derrière, et, son baluchon sur l'épaule pour tout bagage, se dirige sans se presser vers la salle des pas perdus. D'un bout à l'autre du quai, les gens se congratulent, s'embrassent, poussent des cris de joie. Parmi eux, il y a beaucoup de militaires retrouvant leur famille et beaucoup de jeunes filles ou de jeunes femmes venues les accueillir. Mais il a beau tourner les yeux dans tous les sens, il ne voit personne qui daigne s'intéresser à lui.

Cela ne le perturbe guère, car il a retenu par cœur l'adresse de Verlaine. Elle est inscrite sur l'enveloppe de la lettre qu'il a reçue à Charleville : 14 rue Nicolet. Après avoir consulté un plan de Paris, il est tout heureux de constater que cette rue n'est pas très éloignée de la gare de Strasbourg et, aussitôt, il en prend à pied le chemin. C'est sur la butte Montmartre, un quartier où il s'est hasardé à plusieurs reprises, lors de son récent et infructueux séjour dans la capitale. Et même s'il était alors terriblement démuni, il en a gardé quelques excellents souvenirs.

La température est agréable en cet après-midi de septembre, au moment où il arrive rue Nicolet, une artère pentue, entre la rue Ramey et la rue Bachelet. L'immeuble portant le numéro 14 est un petit hôtel particulier de deux étages, au fond d'une courette où s'élèvent, à gauche et à droite de la maison, deux dépendances.

Sans marquer la moindre hésitation, il agite la sonnette.

L'instant suivant, une servante d'une cinquantaine d'années surgit à la grille. Il décline son nom, dit qu'il vient voir Paul Verlaine et qu'il est attendu. La servante s'éclipse une trentaine de secondes. Puis reparaît et le conduit dans un petit boudoir, au rez-de-chaussée. La pièce, coquette et tout en style Louis-Philippe, exhale une forte odeur de cire.

Soudain, il entend un bruit de pas sur le parquet et se retourne.

C'est une très jeune femme. Une femme enceinte. Elle se présente : Mme Paul Verlaine. Elle avoue ne pas comprendre ce qui se passe. Comment se fait-il que Rimbaud soit seul, alors que son époux et un de ses amis, Charles Cros, sont allés vers les trois heures l'attendre ensemble à la gare de Strasbourg ?

Il répond qu'il ne sait pas, que personne ne l'a abordé à sa descente du train venant de Charleville. Et, en même temps, il réalise qu'il ne sait rien non plus de la vie privée de Verlaine, qu'il ne s'est jamais soucié de savoir quoi que ce soit à son sujet. Il a été ébloui, fasciné, en lisant et en relisant *Poèmes saturniens* et *Fêtes galantes*, et il en est resté à ce double éblouissement, à cette double fascination.

Il ignore ainsi que Verlaine est né à Metz en 1844, fils unique d'un père militaire originaire de Bertrix, dans les Ardennes belges, et d'une mère née à Fampoux près d'Arras, et qu'en 1851 toute la petite famille s'est installée à Paris. Il ignore que ce poète qu'il trouve à la fois tellement extraordinaire et tellement *bizarre* a effectué des études de droit, et que, par la suite, il a été nommé commis expéditionnaire dans les bureaux de la municipalité parisienne puis, plus tard, chef du bureau de la presse durant la Commune. Il ignore que Verlaine, très tôt, a fréquenté de nombreux écrivains, qu'il est même allé rendre visite à Victor Hugo à Bruxelles, avant de donner quelques-unes de ses premières œuvres au *Parnasse contemporain* puis, en 1866, de publier son recueil *Poèmes saturniens* à compte d'auteur, chez Alphonse Lemerre. Et il ignore aussi que Verlaine est marié depuis une année environ avec cette femme plutôt frêle qui est entrée dans le boudoir, qui a l'air d'une gamine, et qui est aujourd'hui enceinte de près de huit mois...

De son nom de jeune fille, elle s'appelle Mathilde Mauté de Fleurville, une particule que son père, Théodore Mauté, a fabriquée de toutes pièces, et elle est née, elle, en 1853, à Nogent-le-Rotrou. Verlaine, elle l'a rencontré ici même, rue Nicolet, en octobre 1867, et c'est son propre demi-frère, le musicien Charles de Sivry né en 1848, qui s'est aimablement chargé de les présenter l'un à l'autre. Au début de leur mariage (auquel a assisté la communarde Louise Michel), en août 1870, ils ont habité rue du Cardinal-Lemoine, en face de la Seine ; hélas, après les événements catastrophiques de la Commune, Verlaine a perdu son emploi à la mairie, et cette maison où ils logent à présent est celle de M. et Mme Mauté de Fleurville.

Cette cohabitation est provisoire, confie Mathilde à son visiteur. Elle laisse entendre que son mari, lui, n'est pas satisfait de demeurer chez ses beaux-parents, mais qu'à l'heure actuelle, ils n'ont pas le choix. Ils ne courent pas les rues, dit-elle timidement et un peu gênée, les poètes qui vivent de leurs écrits... Et Verlaine, ajoute-t-elle d'une voix hésitante, n'est hélas connu que dans les cercles littéraires parisiens d'avant-garde, bien qu'il ait déjà publié deux volumes de vers et qu'il ait eu les encouragements de Victor Hugo.

Mathilde et Rimbaud sont toujours à parler de Verlaine parti à la gare de Strasbourg, quand Mme Mauté de Fleurville fait irruption dans la pièce. C'est une femme de taille moyenne dont l'allure paraît inflexible. Native de Cambrai, elle a cinquante et un ans. Elle joue assez honnêtement du piano, et donne même des cours particuliers.

Ils se dévisagent en silence tous les trois. Puis Mathilde dit à sa mère qui est au juste leur visiteur et d'où il vient. Elle ne manque pas d'ajouter que le garçon écrit, lui aussi, des poèmes. Mme Mauté de Fleurville hoche la tête. Que cet Ardennais écrive des poèmes ou qu'il n'en écrive pas lui est indifférent. Elle considère ce « grand et solide garçon à la figure rougeaude », ce « paysan », ce

« jeune potache ayant grandi trop vite », avec ses « cheveux hirsutes », ses yeux d'un bleu pâle aux irisations bleu foncé, ses narines rondes et ouvertes, son pantalon qui lui paraît avoir été « écourté » et « laisse voir des chaussettes de coton bleu » [1], le maigre baluchon qu'il a déposé à ses pieds... Elle n'ouvre pas la bouche. Même pas pour lui demander s'il a fait bon voyage ou s'il a besoin de quelque chose.

Si sa fille lui avait présenté Rimbaud comme un adolescent désireux d'apprendre le piano ou le solfège, elle n'aurait pas manqué de répondre, le menton dressé, qu'elle a bénéficié dans sa jeunesse des leçons de Frédéric Chopin en personne. En général, grâce à cette prestigieuse référence, elle en impose dans tous les salons. Elle comprend tout de suite ici, en continuant de dévisager Rimbaud comme si elle avait affaire à une bête curieuse, qu'il est complètement inutile d'étaler son pedigree.

Mais voilà qu'on entend de bruyants éclats de voix du côté du vestibule.

Mathilde sursaute. Ce doit être, s'exclame-t-elle, son cher époux accompagné de son compagnon Charles Cros, et effectivement ce sont eux.

Âgé de vingt-neuf ans, Charles Cros est le cadet de trois frères très liés les uns aux autres. Il a connu Verlaine en 1863 au salon de la marquise de Ricard, boulevard des Batignolles, où ont défilé pas mal de jeunes écrivains comme Auguste Villiers de l'Isle-Adam, José Maria de Heredia, François Coppée, Léon Valade ou Albert Mérat, ainsi que des musiciens comme Charles de Sivry ou Emmanuel Chabrier.

Curieux de tout, attiré aussi bien par la littérature, par les arts que par des disciplines scientifiques comme l'acoustique, la photographie, la télégraphie ou la chimie, Charles Cros a publié en 1869 deux essais des plus originaux : *Étude sur les moyens de communication avec les planètes* et *Solution générale du problème de la photographie des couleurs*. Au même titre que Verlaine, il fait aussi partie des Vilains Bonshommes. Ce club littéraire et artistique assez informel regroupe les « anciens » du salon de la marquise de Ricard, mais aussi Jean Aicard, les journalistes Camille Pelletan et Jules Soury qui travaille à la Bibliothèque nationale, le critique Émile Blémont, le photographe Etienne Carjat, le peintre Henri Fantin-Latour, le compositeur Camille Saint-Saëns, ou encore le caricaturiste André Gill (que Rimbaud est allé voir très récemment) et le dessinateur Félix Régamey... Le nom de Vilains Bonshommes, c'est un feuilletoniste martiniquais, Victor Cochinat, qui l'a trouvé, après la première représentation du *Passant* de François Coppée à l'Odéon, le 14 janvier 1869. Comme les amis et les thuriféraires du poète applaudissaient la pièce à outrance, comme ils scandaient à tue-tête le nom de la jeune actrice débutante jouant un des premiers rôles, une certaine Sarah Bernhardt, il a écrit le lendemain dans les colonnes de sa gazette, *Le Nain jaune* : « [...] ils étaient là, les Parnassiens entourant leur Apollon chauve, Théodore de Banville, portant la lyre sous le paletot et la couronne de lierre fleuri de myrte dans le fond de leur gibus... Ah ! c'était une jolie réunion de vilains bonhommes[2] ! ».

En général, ils se réunissent à l'hôtel Camoens, rue Cassette, au passage Saint-Benoît. Parfois ou restaurant des Mille-Colonnes, rue Montpensier, ou dans un autre bon établissement de la rive gauche, mais ils n'en ont aucun d'attitré. C'est d'ailleurs à l'occasion d'un des dîners mensuels des Vilains Bonshommes, un dîner sur invitation de leur secrétaire, Léon Valade, que Verlaine a montré à certains de ses collègues les poèmes que Rimbaud lui a envoyés par la poste, aux bons soins de son éditeur, Alphonse Lemerre. Et chacun a spontanément reconnu que ces poèmes sortaient de l'ordinaire.

Verlaine et Charles Cros saluent Rimbaud avec empressement. Ils n'arrivent pas à expliquer pourquoi ils l'ont manqué à la gare de Strasbourg. Ou bien, disent-ils, ils se sont trompés de quai, ou bien ils se sont trompés dans les horaires des trains. À moins que ce ne soit à cause de la foule. Ils pensaient bien, avouent-ils, accueillir quelqu'un de jeune, mais ils ne croyaient pas qu'il pouvait l'être à ce point.

Rimbaud esquisse un léger sourire ironique. Du coin de l'œil, il ne cesse d'examiner Verlaine auquel il n'a pas arrêté de songer tous ces derniers jours, et dont il a appris par cœur plusieurs des poèmes. Il est frappé par son front qui est proéminent et sa calvitie précoce, par ses arcades sourcilières étirées et ses yeux un peu bridés qui pétillent très fort, par sa barbe roussâtre au milieu de laquelle ses lèvres semblent se perdre. D'emblée, le *personnage* lui plaît.

Bientôt, Mathilde les invite tous à dîner, au premier étage de la maison. En attendant de passer à table, Verlaine pose à son hôte une myriade de questions. Sur les siens, sur les études qu'il a effectuées, sur Charleville, sur Mézières et les combats contre les Prussiens, sur les Ardennes. Il connaît assez bien, dit-il, la partie belge de la région, grâce à la famille de son père, malheureusement décédé il y a six ans. Et Rimbaud de lui répondre, mais souvent d'un ton brusque, presque hostile, à croire que cet interrogatoire si convenu, si *bourgeois*, lui répugne.

Durant le dîner, il conserve cette attitude peu cordiale, surtout à l'endroit de Mathilde et de sa mère qui le regarde de haut. Il mange bruyamment, les coudes sur la table, le nez dans son assiette. De temps à autre, il place un mot ou continue de répondre négligemment à Verlaine qui, quant à lui, ne le quitte pas des yeux et a l'air de boire chacune de ses paroles.

À la fin du repas, sans demander la permission à quiconque, il sort de sa poche une pipe de terre, la bourre de tabac noir et l'allume avec de grands gestes gauches. Des volutes de fumée empuantissent la salle à manger.

Mathilde, Mme Mauté de Fleurville, Charles Cros font semblant de ne pas y prêter attention, et s'échangent des paroles des plus banales.

Seul Verlaine reste sous le charme.

Un hôte indésirable

Rue Nicolet, les Mauté de Fleurville ont mis à la disposition de Rimbaud une chambrette, au second étage. C'est comme s'il logeait à l'hôtel, un hôtel de luxe, car il se lève et se couche selon son bon plaisir, insoucieux des heures des repas fixées par la maîtresse de maison. Certains jours, il les prend avec Verlaine, Mathilde et les Mauté de Fleurville, ou encore avec Charles de Sivry et sa femme qui habitent dans le même immeuble ; d'autres jours, il brille par son absence. Sans que personne sache s'il se trouve dans sa chambrette ou s'il est parti en balade, s'il rentrera pour le dîner ou au beau milieu de la nuit.

Comme les températures sont encore agréables, on le voit souvent faire sa sieste, devant le perron, allongé à même les pavés de la cour. Dans ces moments-là, il ne faut surtout pas s'aviser de le déranger, ni lui dire d'aller dormir ailleurs. Pour comble, il casse des objets et se permet de dérober un christ d'ivoire ancien, bien décidé à le vendre dès qu'il croisera dans ses déambulations la boutique d'un brocanteur. Et puis il ne se lave jamais et ne change pas les vêtements qu'il porte sur lui et qui commencent à sentir mauvais.

Mal à l'aise, Verlaine n'ose pas trop s'en mêler. Il n'est pas ravi d'entendre ses beaux-parents se plaindre sans arrêt et s'indigner de la conduite de Rimbaud, mais il ne lui adresse aucun reproche pour autant. Ou alors du bout des lèvres, d'une toute petite voix, avec l'air de s'en excuser. Il lui fait comprendre que Mathilde doit bientôt accoucher, qu'elle a plus que jamais besoin de tranquillité et de repos, qu'elle est une jeune femme à la santé fragile...

Rimbaud se moque de ce genre d'argument. Il ne se prive du reste pas de le dire à Verlaine avec lequel il discute de plus en plus et qu'il accompagne à présent dans ses déplacements et ses visites, ici et là dans Paris. Il lui répète que le poète, l'authentique poète, le *voyant*, doit s'élever au-dessus des contingences quotidiennes et vivre pleinement sans la moindre attache familiale, sans le sinistre décorum bourgeois, ces lambris, ces vaisselles décorées, ces fauteuils capitonnés, ces napperons blancs sur les crédences et les commodes, ces grandes glaces sans tain, ces tentures si lourdes, si tristes, ces incommodantes odeurs de cire fraîche... Et il sent bien que cet homme est attiré par ses propos, que ses yeux s'illuminent d'un sourire attendri, toutes les fois que ces questions sont abordées.

Des propos qui dérangent, détonnent et scandalisent, il en tient aussi en public, et presque partout où l'entraîne son protecteur. Notamment dans la librairie d'Alphonse Lemerre chez qui il démolit à haute et intelligible voix les nouveautés poétiques empilées sur les tables — tous des ouvrages, déclare-t-il, dénués de valeur. Des ersatz de littérature. Ou au Tabourey, un café réputé de la rue de Vaugirard, en face du palais du Luxembourg, où il fait la connaissance des amis de Verlaine, en quelque sorte sa garde poétique rapprochée : Albert Mérat, Ernest d'Hervilly, Edmond Lepelletier et Léon Valade. Il les choque en affirmant que l'alexandrin est passé de mode, et que tous ceux qui continuent de l'utiliser sont des retardataires et des imbéciles.

Dans quelque brasserie enfumée de la rue Saint-Jacques, près de Saint-Séverin, il va jusqu'à traiter Théodore de Banville de « vieux con », après que ce dernier, expert en versification et croyant prodiguer de précieux conseils à un poète en herbe, a émis de légères critiques sur la construction rythmique de *Roman* et les curieux néologismes de *Mes petites amoureuses*. Et dire qu'au mois d'août encore, il l'appelait « Monsieur » et « Cher Maître », et lui écrivait qu'il aimerait « toujours » ses vers !

Au bout d'une quinzaine de jours, les Mauté de Fleurville n'en peuvent plus et prient instamment leur gendre de mettre Rimbaud à la porte. Il est vrai que Mathilde est sur le point d'avoir ses couches.

À contrecœur, Verlaine en appelle à son entourage.

Charles Cros est le premier à réagir. Il possède dans la rue Séguier, à deux pas de la place Saint-

Michel, un atelier où il travaille à la fabrication de pierres précieuses synthétiques, et il se dit prêt à y installer un lit de fortune pour Rimbaud. Le temps qu'on lui déniche un meilleur hébergement. Mais à son tour, il doit bientôt le chasser, Rimbaud ayant eu la désolante idée d'arracher les pages de la belle et luxueuse revue *L'Artiste* pour s'en servir comme papier hygiénique.

Pas rancunier pour un sou, le *vieux con* de Banville (il va vers ses cinquante ans) se propose alors de l'accueillir chez lui, rue de Buci, dans une chambre de bonne dépendant de l'appartement où il réside avec sa femme. Mais un soir, voilà que Rimbaud s'exhibe tout nu à la fenêtre de cette chambre sous les toits et provoque un tollé dans tout le quartier. Contraint de quitter les lieux, il court rejoindre Verlaine, rue Nicolet, et l'emmène immédiatement dans les caboulots de la butte Montmartre.

Depuis qu'il s'est marié, Verlaine a cessé de boire, en tout cas de boire comme un trou, ainsi qu'il en avait pris l'habitude avant ses fiançailles. Pourtant, cela fait quelques semaines qu'il s'y est remis et qu'il s'enivre. Quand il est éméché, quand il a avalé plusieurs verres de ce qu'il appelle son *absomphe*, un vocable qu'il préfère à « absinthe », il ne se contrôle plus, il divague et, d'ordinaire, raconte n'importe quoi, souvent en se servant d'une terminologie ordurière et obscène.

Le goût de l'alcool, Rimbaud le partage. Il aime bien ces moments où l'on se saoule, où « je » devient un autre et se découvre une identité inconnue, insolite. Dans ce caboulot de la rue de l'Abreuvoir où ils sont entrés bras dessus bras dessous, il écoute Verlaine lui susurrer des mots d'amour et il en sourit.

Personne ne lui a jamais parlé de la sorte, et lui-même n'a jamais rien dit de pareil à qui que ce soit. Si, une fois seulement, il en a eu envie, au printemps dernier, après avoir eu l'audace d'aborder une jeune fille dans le square de la gare de Charleville, et de lui proposer un rendez-vous et une promenade à la campagne... De surcroît, c'est à elle qu'il a fait allusion quand il a écrit son poème *Première soirée* :

— Elle était fort déshabillée
Et de grands arbres indiscrets
Aux vitres jetaient leur feuillée
Malinement, tout près, tout près.

Assise sur ma grande chaise,
Mi-nue, elle joignait les mains.
Sur le plancher frissonnant d'aise
Ses petits pieds, si fins, si fins.

— Je regardai, couleur de cire,
Un petit rayon buissonnier
Papillonner dans son sourire
Et sur son sein, — mouche au rosier.

— Je baisai ses fines chevilles.
Elle eut un doux rire brutal
Qui s'égrenait en claires trilles,
Un joli rire de cristal.

Les petits pieds sous la chemise
Se sauvèrent : « Veux-tu finir ! »

— La première audace permise,
Le rire feignait de punir !

— Pauvrets palpitants sous ma lèvre,
Je baisai doucement ses yeux :
— Elle jeta sa tête mièvre
En arrière : « Oh ! c'est encore mieux !...

Monsieur, j'ai deux mots à te dire... »
— Je lui jetai le reste au sein
Dans un baiser, qui la fit rire
D'un bon rire qui voulait bien...

— Elle était fort déshabillée
Et de grands arbres indiscrets
Aux vitres jetaient leur feuillée
Malinement, tout près, tout près [1].

Mais lorsque la jeune fille du square de la gare est venue, elle était chaperonnée par sa bonne, et Rimbaud est tout à coup resté à court de mots...

Aujourd'hui, c'est différent, et c'est quelque chose qui le trouble. Et l'amuse. Un peu comme s'il était mêlé contre son gré à un étrange jeu défendu et qu'à sa grande surprise, il en éprouvait un très vif plaisir.

Après avoir reconduit Verlaine ivre mort rue Nicolet, il va se terrer dans un garni minable du boulevard de la Chapelle et y dort jusqu'à midi le lendemain, réveillé par le logeur qui le fait déguerpir. Pendant des heures, il sillonne les artères de Paris. À la nuit tombante, il finit par se retrouver au Quartier latin. Il décide alors de se rendre au Cercle zutique où il est déjà allé une ou deux fois en compagnie de Verlaine, et dont le local occupe le troisième étage de l'hôtel des Étrangers, boulevard Saint-Michel, au coin de la rue de l'École-de-Médecine et de la rue Racine.

Fondé par Charles Cros avec la complicité de ses deux frères, Henri qui est sculpteur et Antoine qui est médecin, le Cercle zutique est une sorte de confrérie libre où chaque membre peut venir boire, fumer (et pas toujours du tabac), discuter de ce dont il a envie, réciter des textes, improviser des discours sur tous les sujets possibles et imaginables. Y compris les plus révolutionnaires ou les plus salaces. S'il le souhaite, chaque membre a aussi la possibilité d'écrire ou de dessiner ce qui lui passe par la tête dans un livre d'or tout naturellement baptisé *Album zutique*.

Si farfelu et subversif qu'il apparaisse, le Cercle ne tourne néanmoins que grâce à son homme à tout faire, Ernest Cabaner. Né à Perpignan en 1833, Cabaner est venu vers l'âge de vingt ans à Paris afin de suivre les cours du Conservatoire de musique. Depuis cette époque, il a composé l'une ou l'autre pièce, dont des mélodies sur des poèmes de Jean Richepin, une opérette pastorale sur des vers de Molière ainsi qu'un *Faust* sur un texte du marquis de Polignac. Avec un « pantalon noir trop large, une redingote râpée flottant sur son corps maigre, le visage émacié[2] » d'où surgissent deux grands yeux étonnés, il semble toujours venir d'ailleurs. Pour subsister, il joue du piano dans des bastringues, et en particulier une « brasserie de l'avenue de La Motte-Picquet fréquentée surtout par des filles et des tourlourous en goguette [3]».

Lorsque Rimbaud arrive au Cercle zutique ce soir-là, Cabaner est justement à son piano, en pleine séance d'improvisation, un art dans lequel il est passé maître et qui éblouit tout le monde. Ils discutent un moment, puis Cabaner lui montre un court texte dont il est l'auteur et qu'il a mis en musique : *Sonnet des sept nombres*. Il existe, lui certifie-t-il, un évident rapport entre la gamme des sons et celle des couleurs : le do correspondrait au blanc, le ré au bleu, le mi au rose, le fa au noir, le sol au vert et le si à l'orange. Et il défie Rimbaud d'écrire à son tour un sonnet, en mettant en équivalence, non pas les couleurs et les notes, mais les couleurs et les voyelles de l'alphabet...

Rimbaud, intrigué, lui promet d'y réfléchir. Avant de lui dire qu'il ne sait pas où loger. Est-ce que par hasard, il n'y aurait pas une pièce ou un gourbi dans l'immeuble où il pourrait passer la nuit ?

Cabaner n'a pas grand-chose à lui offrir, à l'exception d'un divan au fond d'une remise. Mais à condition que Rimbaud accepte de le seconder au bar, de se charger de la vaisselle et de l'entretien du local. À coup sûr, c'est mieux que rien. Et c'est la garantie de pouvoir côtoyer de près les zutistes dont la plupart ont été des sympathisants de la Commune et s'obstinent à penser qu'un autre mouvement populaire du même type resurgira avant longtemps.

Les premiers jours, Rimbaud s'acquitte assez

bien de sa tâche. Il écrit même une vingtaine de poèmes grivois ou drôles dans l'*Album zutique*. Avec ce goût de la dérision qui le caractérise, il s'amuse à signer certains d'entre eux du patronyme d'un autre poète, suivi de ses propres initiales, sinon carrément de son propre nom : Armand Silvestre, François Coppée (à plusieurs reprises), Louis Ratisbonne, Louis Belmontet, considéré comme l'« archétype parnassien », ou Léon Dierx auquel il attribue trois quatrains baptisés *Les Lèvres closes*.

Il est, à Rome, à la Sixtine,
Couverte d'emblèmes chrétiens,
Une cassette écarlatine
Où sèchent des nez fort anciens :

Nez d'ascètes de Thébaïde,
Nez de chanoines du Saint-Graal
Où se figea la nuit livide,
Et l'ancien plain-chant sépulcral.

Dans leur sécheresse mystique,
Tous les matins, on introduit
De l'immondice schismatique
Qu'en poudre fine on a réduit[4].

Il s'amuse en outre à parodier Verlaine dans l'*Album zutique* et à intituler son bref pastiche *Fête galante* :

Rêveur, Scapin
Gratte un lapin
Sous sa capote.

Colombina,
— Que l'on pina ! –
— Do, mi, — tapote

L'œil du lapin
Qui tôt, tapin,
Est en ribote [5]...

Très vite, pourtant, il profite de sa position de serveur pour vider en cachette des bouteilles de vin, de rhum, de bitter et d'absinthe. De surcroît, dès qu'il n'est pas d'accord avec quelqu'un, il l'injurie et se montre grossier et poissard. La grande majorité des zutistes ne sont pas des saints, non, mais ils trouvent que Rimbaud, le Rimbe comme Verlaine le surnomme désormais familièrement, n'a pas sa place au sein de leur joyeuse compagnie. Même Cabaner, qui se targue d'avoir les idées larges et qui est connu pour ses excentricités, est obligé d'en convenir.

Chassé une fois encore, Rimbaud se replie sur un garni sordide dans un immeuble sis à l'angle de la rue Campagne-Première et du boulevard d'Enfer, en face du cimetière du Montparnasse.

Il s'y installe avec Louis Forain, alias Jean-Louis Forain, un caricaturiste, dessinateur et peintre originaire de Reims qui est son aîné de deux ans, qu'il a rencontré au Cercle zutique et qui, comme lui, est sans moyens et sans ressources. Si ce n'est que Forain touche parfois un peu d'agent en s'adonnant à des travaux de réclame pour les journaux et en dessinant des motifs d'éventails. Sorti de l'École des Beaux-Arts où il a été élève dans la classe de

Jean-Baptiste Carpeaux, il aime les sujets étranges et confère souvent aux personnages qu'il dessine ou qu'il peint une sorte de roideur ironique. Et il ne refuse pas, dans ses aquarelles rehaussées de gouaches, des « ragoûts de couleurs studieusement épicées » afin d'obtenir, « par des mariages et des heurts inattendus de tons[6] », des effets assez spectaculaires, un peu comme chez Degas.

Rimbaud est à peine installé rue Campagne-Première qu'il apprend la naissance de Georges, le fils de Paul Verlaine et de Mathilde Mauté de Fleurville, le 30 octobre 1871.

L'ange du scandale

Rimbaud a tout de suite repéré une buvette au rez-de-chaussée de son nouveau logis, et c'est là qu'il se réfugie d'habitude. C'est là aussi que Verlaine vient le plus souvent le rejoindre.

Il est maussade, Verlaine. Sa vie a complètement changé, confesse-t-il, depuis que Rimbaud est à Paris. Il a conscience de ne plus du tout être le même homme avec sa femme. Il a cru de bonne foi que la naissance de leur fils les rapprocherait, mais non, la situation a empiré. Dans une demeure transformée en pouponnière, Mathilde et lui se disputent à longueur de journée. Quant à ses beaux-parents, il ne les supporte plus. D'ailleurs, il le reconnaît, il va très régulièrement dormir chez sa brave mère qui est veuve depuis sept ans, rue de Lécluse, aux Batignolles.

Ces jérémiades font sourire le Rimbe. Il a du mal à comprendre ce qu'attend encore Verlaine pour se séparer de sa femme et aller vivre une vraie vie, la vie téméraire, passionnée, excitante, qui devrait être celle de tout poète digne de ce nom. Il se verrait bien la partager avec lui, partir à l'aventure en sa compagnie sur les routes de la France et du monde. En quête d'autres décors, d'autres civilisations, d'autres gens. Là où « fermentent les rousseurs de l'amour », là où la nuit est « verte aux neiges éblouies », là où se produit chaque jour « l'éveil jaune et bleu des phosphores chanteurs ». En quête de :

Glaciers, soleils d'argent, flots nacreux, cieux de braises !
Échouages hideux au fond des golfes bruns
Où les serpents géants dévorés des punaises
Choient, des arbres tordus, avec des noirs parfums[1] !

Et il se verrait bien ailleurs, *bateau ivre* :

Parfois, martyr lassé des pôles et des zones,
La mer dont le sanglot faisait mon roulis doux
Montait vers moi ses fleurs d'ombre aux ventouses jaunes
Et je restais, ainsi qu'une femme à genoux...

Presque île, ballottant sur mes bords les querelles
Et les fientes d'oiseaux clabaudeurs aux yeux blonds,
Et je voguais, lorsqu'à travers mes liens frêles
Des noyés descendaient dormir, à reculons !

Or moi, bateau perdu sous les cheveux des anses,
Jeté par l'ouragan dans l'éther sans oiseau,
Moi dont les Monitors et les voiliers des Hanses
N'auraient pas repêché la carcasse ivre d'eau ;

Libre, fumant, monté de brumes violettes,
Moi qui trouais le ciel rougeoyant comme un mur
Qui porte, confiture exquise aux bons poètes,
Des lichens de soleil et des morves d'azur,

Qui courais, taché de lunules électriques,
Planche folle, escorté des hippocampes noirs,

Quand les juillets faisaient crouler à coups de triques
Les cieux ultramarins aux ardents entonnoirs ;

Moi qui tremblais, sentant geindre à cinquante lieues
Le rut des Béhémots et les Maelströms épais,
Fileur éternel des immobilités bleues,
Je regrette l'Europe aux anciens parapets !

J'ai vu des archipels sidéraux ! et des îles
Dont les cieux délirants sont ouverts au vogueur :
— Est-ce en ces nuits sans fond que tu dors et t'exiles,
Million d'oiseaux d'or, ô future Vigueur [2] ?

Il prend la main de Verlaine, la presse dans la sienne. Sans qu'il puisse expliquer la chose, il se sent terriblement attiré par cet homme malheureux, et celui-ci, comme par osmose, lui lance un regard empreint de douceur.

Quelques minutes plus tard, Rimbaud et Verlaine font l'amour dans le garni de la rue Campagne-Première. L'ivresse de la chair, la volupté des sens, Rimbaud les découvre. Il a confusément l'impression de s'être comporté en époux, en mari — un mari venant d'un coup éclipser une rivale, cette rivale qui porte le pesant prénom de Mathilde et qu'il exècre, alors même qu'elle ne lui a rien fait.

Ils ne se parlent pas. Ils écoutent en silence, étendus l'un contre l'autre, les mille et un bruits de l'immeuble, la sourde rumeur de la ville cognant contre la tabatière, au-dessus de leur tête. Jusqu'à ce que s'élèvent des craquements dans l'escalier annonçant le retour de Forain, alias Gavroche comme le surnomme son entourage.

Plus les relations avec Mathilde deviennent difficiles et tendues, plus Verlaine affecte une mise des plus négligées, passant parfois une semaine entière sans changer de linge, comme s'il tenait coûte que coûte à porter les mêmes frusques que Rimbaud, à sentir aussi mauvais que lui. En vérité, ils commencent à former un drôle de couple qu'on montre du doigt dans la rue et sur lequel on n'arrête pas de jaser, où qu'ils apparaissent de conserve à Paris.

Le 15 novembre, ils ressemblent bel et bien à des poivrots quand ils arrivent tous les deux, en se tenant par le cou, à l'Odéon, à une représentation du *Bois*, une idylle en un acte et en vers du poète et comédien normand Albert Glatigny, l'auteur des *Vignes folles* en 1860 et des *Flèches d'or* en 1864 — des recueils de poèmes que Verlaine admire énormément et qu'il n'a pas manqué de recommander au Rimbe. Par la même occasion, il n'a pas non plus manqué de lui dire que Glatigny, qui n'a jamais que trente-deux ans, a eu la chance de connaître personnellement Baudelaire et d'avoir eu droit, privilège insigne, à ses chaleureuses félicitations.

Alors que tous les autres hommes ont revêtu un bel habit noir et une cravate blanche, et que toutes les femmes, elles, se sont parées de leur plus élégante toilette, Rimbaud et Verlaine sont sales et dégoûtants. Ils rigolent sans cesse, se tapent sur les bras et les épaules. On dirait deux écoliers espiègles dans la cour de récréation d'une école. Mieux : deux poissards égarés au beau milieu de la haute société parisienne. Il n'en faut pas plus pour qu'Edmond Lepelletier, sous le pseudonyme de Gaston Valentin, en rende compte le lendemain sur un ton persifleur dans *Le Peuple souverain* :

> Tout le Parnasse était au complet, circulant et devisant au foyer, sous l'œil de son éditeur Alphonse Lemerre. On remarquait çà et là le blond Catulle Mendès donnant le bras au flave Mérat. Léon Valade, Dierx, Henri Houssaye causaient çà et là. Le poète saturnien *, Paul Verlaine, donnait le bras à une charmante jeune personne, Mlle Rimbaut [*sic*] [3].

En livrant ce bref commentaire à la presse, Lepelletier a cherché d'abord et avant tout à *raisonner* Verlaine qu'il a connu sur les bancs du lycée Bonaparte, et dont il est resté l'ami le plus proche, selon le vieil adage « qui aime bien châtie bien ». Il a également songé à Mathilde. Mais l'entrefilet ne produit pas les effets souhaités. Tout au contraire, on voit davantage Verlaine et Rimbaud s'afficher sans honte ni retenue, et se donner en spectacle. Le Rimbe, au surplus, exhorte son compagnon à choisir une fois pour toutes. Ou c'est lui, ou c'est Mathilde. Pas question de jouer à l'époux malheureux, rue Nicolet, et ensuite de venir se jeter dans ses bras pour se consoler. Il refuse d'être un rempart, le sauveteur d'un lâche, d'un pleutre incapable de prendre parti. Il n'est du reste pas mécontent d'apprendre, vers la fin de l'année, que Verlaine doit entreprendre un voyage à Paliseul, un village des Ardennes belges, afin de recueillir un

* Dans le *Rimbaud* de Jacques Castelnau (Tallandier, 1944), il est question du « poète *saturnale* Paul Verlaine ».

petit héritage dans sa famille paternelle. Peut-être que Verlaine en profitera, se dit-il, pour faire le point sur son mariage...

Au début du mois de mars 1872, au dîner habituel des Vilains Bonshommes qui se tient cette fois à l'entresol d'un restaurant de la place Saint-Sulpice, au coin de la rue Bonaparte et de la rue du Vieux-Colombier, les deux amants se présentent en se tenant de nouveau par le cou. Les convives déjà installés font semblant de n'avoir rien vu, mais l'atmosphère dans la salle est brusquement moins cordiale. Malgré cela, quand tout le monde a pris place, on parle de choses et d'autres et, comme le veut l'usage depuis la fondation de la confrérie en janvier 1869, d'aucuns, plumitifs et rimailleurs, sont invités à lire entre deux plats des extraits des derniers textes qu'ils ont écrits.

Ce soir-là, l'orateur de service est le poète Auguste Creissels, un jeune collaborateur de la toute nouvelle revue, *La Renaissance littéraire et artistique*, dont Jean Aicard est un des fondateurs et le directeur-gérant. Creissels a imaginé un poème martial qu'il a baptisé *Sonnet du combat* et qu'il commence à déclamer, comme s'il récitait sur une scène de théâtre une tirade de Corneille.

Devoir l'écouter, subir ses phrases indigestes, ses rimes élémentaires (par exemple « la Réforme » rimant avec « la forme »), constitue un supplice pour Rimbaud. Il se dresse soudain, hurle un « merde » retentissant, et répète ce juron au bout de chacun des vers prononcés par Creissels.

Des murmures de désapprobation parcourent

l'assistance. Stéphane Mallarmé, qui vient de faire paraître des fragments de son *Hérodiade* dans *Le Parnasse contemporain* et qui n'est pas habitué à des agapes tumultueuses, écarquille les yeux.

Émile Carjat demande à Rimbaud de se taire et le traite de petit crapaud. L'instant suivant, Ernest d'Hervilly se lève et l'invective à son tour. « Sale bête de comédie », beugle-t-il en bavant. Ce qui, en retour, lui vaut une volée d'insultes ordurières.

Des noms d'oiseaux sont lancés de toutes parts. Excédé, hors de lui, Carjat se rue brusquement sur Rimbaud, le tire par le bras et le jette dehors. Les esprits s'étant quelque peu calmés, Creissels achève la lecture de son poème. Il est gratifié de quelques bravos.

Dissimulé dans un coin du vestibule, Rimbaud attend la fin du dîner et la sortie des convives. Lorsqu'il voit surgir Carjat, il brandit une canne-épée dont il s'est emparé au vestiaire, la pointe sur le photographe, et le blesse à la main et à l'aine. On se bouscule, on pousse des cris. Il est question d'appeler les forces de l'ordre. Verlaine, qui vient de quitter la salle du restaurant, réussit tant bien que mal à désarmer son ami. Ils n'échangent aucun mot. Rimbaud quitte rapidement les lieux, traverse en courant la place Saint-Sulpice et disparaît dans la nuit.

L'incident émeut tout le Quartier latin. Forain s'en inspire pour dessiner un portrait de Rimbaud au visage doux et serein, mais sous lequel il note : « Qui s'y frotte s'y pique. »

Les Vilains Bonshommes incriminent unanimement Verlaine. Ils lui reprochent de trop couver Rimbaud, de se laisser abuser par lui, alors que ce garçon n'est jamais qu'un malotru qui ne fait rien du matin au soir, et vit entièrement à ses crochets. Ils ne sont pas opposés à ce que Verlaine continue de participer à leurs réunions et à leurs banquets mensuels, mais s'il souhaite encore venir, ce sera seul. En un mot comme en cent, Rimbaud est devenu un personnage indésirable.

Il l'est tellement que le *flave* Albert Mérat, un des premiers Vilains Bonshommes et un des premiers zutistes, refuse de figurer à ses côtés sur un tableau de grande dimension que le peintre grenoblois Henri Fantin-Latour est en train d'exécuter dans l'atelier qu'il occupe au fond d'une cour depuis quatre ans, rue des Beaux-Arts, pour commémorer le cinquantième anniversaire de la naissance de Baudelaire, en 1821. Dans le même esprit, quelques années auparavant, il a peint un hommage à Eugène Delacroix.

À défaut d'avoir pu réunir, ainsi qu'il l'aurait voulu, les ténors de la littérature française que sont Victor Hugo, Théophile Gautier, Jules Barbey d'Aurevilly ou Théodore de Banville, Fantin-Latour s'est rabattu sur quelques-uns des Vilains Bonshommes : Léon Valade, Émile Blémont, Jean Aicard, Ernest d'Hervilly, Pierre Elzéar (de son vrai nom Elzéar Bonnier, un ancien engagé volontaire dans les zouaves), Camille Pelletan, Albert Mérat et le couple Verlaine-Rimbaud — somme toute une pléiade d'écrivains presque inconnus du grand public. Fantin-Latour aurait voulu qu'Albert Glatigny y figure également, mais celui-ci est parti en janvier avec une troupe de comédiens ambulants pour une tournée dans le Midi.

Et de fait, lorsque ce tableau, intitulé le plus prosaïquement du monde *Coin de table*, est présenté au Salon de 1872, le portrait d'Albert Mérat, prévu à l'extrême droite, est remplacé par un gros bouquet de fleurs. Avec sa chevelure châtain en désordre, son regard lumineux, son visage si juvénile posé sur la main gauche, Rimbaud y a l'air d'un chérubin. Juste à sa gauche, Verlaine, le front dégarni, les yeux sombres, semble, pour ce qui le concerne, absorbé dans ses pensées. Derrière eux, Pierre Elzéar, un chapeau haut de forme vissé sur la tête, donne l'impression de vouloir les ignorer. À l'extrême droite, Camille Pelletan, quant à lui, leur tourne carrément le dos.

Vers la mi-mars, Rimbaud est tout étonné de recevoir à son adresse, rue Campagne-Première, une lettre de sa mère. Elle le supplie de mettre fin à ses frasques et de rentrer illico à Charleville. Il s'en ouvre à Verlaine, lui demande qui a pu communiquer son adresse à sa mère et la mettre au courant de ce qu'il est censé faire à Paris.

Après avoir glané des renseignements ici et là, Verlaine lui raconte toute l'histoire : sur les instances de Mathilde, Mme Mauté de Fleurville a envoyé à Mme Rimbaud un pli dans lequel elle a chargé son voyou de fils de tous les péchés d'Israël. Et cette épouvantable mégère, ajoute-t-il, n'a même pas eu le cran d'apposer sa signature au bas de sa lettre de dénonciation. De la vilaine besogne — la besogne d'un mouchard sorti en droite ligne des *Mémoires* de Vidocq. La sorcière ! Comment est-ce possible d'en arriver là ?

Au terme de longues palabres, les deux amis conviennent d'un arrangement : le Rimbe ira chez sa mère, le temps de rassurer Mathilde et son entourage puis, au moment opportun, Verlaine le fera revenir à l'insu de tous, et ils pourront se revoir.

Un marché de dupes, mais un marché conclu.

Plan d'évasion

À Charleville, rien n'a changé.

Ou plutôt personne n'a changé : ni Mme Rimbaud, toujours aussi stricte, ni Ernest Delahaye, toujours aussi aimable et aussi mou, ni Charles Bretagne, toujours aussi ventru et anticonformiste, éternel pilier chez Dutherme, sous les arcades de la place Ducale. Ni la grande majorité des Carolopolitains, toujours aussi pénétrés d'eux-mêmes.

Sauf que l'aînée des deux sœurs de Rimbaud, Vitalie, qui est maintenant dans sa quatorzième année, a des jolies formes et qu'elle n'a plus du tout la physionomie d'une indifférente gamine.

Au début, Rimbaud n'est pas trop malheureux d'être revenu dans sa ville natale, et il écrit divers poèmes — ce qu'il n'avait guère fait ces derniers mois à Paris où pourtant il avait été en contact direct et permanent avec de très nombreux écrivains. L'un de ces poèmes, il l'intitule *Voyelles*, en se basant sur les correspondances chromatiques et musicales dont Ernest Cabaner lui a parlé et qui ont marqué ses esprits. Il en est fort satisfait et se dit qu'il a peut-être inventé là, outre des nouveaux vocables des plus suggestifs, « un verbe poétique accessible, un jour ou l'autre, à tous les sens [1] ».

A noir, E blanc, I rouge, U vert, O bleu : voyelles,
Je dirai quelque jour vos naissances latentes :
A, noir corset velu des mouches éclatantes
Qui bombinent autour des puanteurs cruelles,

Golfes d'ombre ; E, candeurs des vapeurs et des teintes,
Lances des glaciers fiers, rois blancs, frissons d'ombrelles ;
I, pourpres, sang craché, rire des lèvres belles
Dans la colère ou les ivresses pénitentes ;

U, cycles, vibrements divins des mers virides,
Paix des pâtis semés d'animaux, paix des rides
Que l'alchimie imprime aux grands fronts studieux ;

Ô, suprême Clairon plein des strideurs étranges,
Silences traversés des Mondes et des Anges :
— Ô l'Oméga, rayon violet de Ses Yeux [2] !

Mais les courriers que lui adressent Verlaine et Forain (au domicile de Bretagne qui sert de boîte postale) le rendent de plus en plus nostalgique. D'autant que Verlaine, dans une lettre du 2 avril écrite au café de la Closerie des Lilas, lui demande quand, diable, ils pourront entreprendre ensemble leur « chemin de croix [3] ». Et d'autant que, dans une autre, envoyée à la fin du même mois d'avril, il le conjure de le rejoindre sans tarder, de l'« empoigner de suite » dès qu'ils se retrouveront, mais de « faire en sorte, au moins quelque temps, d'être moins terrible d'aspect qu'avant ». En d'autres termes : « linge, cirage, peignage, petites mines [4] ».

À travers les lettres qui lui parviennent, Rimbaud apprend aussi que le ménage de Verlaine continue d'aller très mal. Dans son for intérieur, il ne peut pas ne pas s'en réjouir. Il l'avait prédit, il le savait, et sa certitude attise considérablement le désir urgent qu'il éprouve de retourner à Paris. Sans compter que sa mère voudrait, puisqu'il a renoncé à poursuivre ses études, qu'il cherche un travail à Charleville et qu'elle lui rabâche chaque jour la même question.

Travailler ? Jamais. Il a « horreur de tous les métiers », il les juge tous « ignobles ». Il ne veut devenir ni maître, ni ouvrier, ni paysan. « La main à plume », la main à plume qui « vaut la main à charrue[5] », c'est tout ce qui importe. Tout ce qui *lui* importe. Ou alors dans un journal, un journal républicain comme *Le Progrès des Ardennes* d'Émile Jacoby.

Grâce à Bretagne qui lui procure l'argent, il peut bientôt s'acheter un billet de chemin de fer et, au début du mois de juin, il s'embarque à destination de Paris. Dès qu'il descend du train à la gare de Strasbourg, il se précipite au Cluny, un établissement du boulevard Saint-Michel où Verlaine va souvent s'attabler et où il lui a donné rendez-vous.

Forain le Gavroche assiste aux retrouvailles des deux poètes. Il a la curieuse impression d'être en présence de deux vieux soûlots résolument déterminés à s'abrutir. Et leur euphorie est à son paroxysme quelques heures plus tard, quand ils montent ensemble, bras dessus bras dessous, dans une chambre de l'hôtel d'Orient, au coin de la rue

Monsieur-le-Prince et de la rue Racine — une chambre que Rimbaud occupe une quinzaine de jours. Avant d'aller dénicher une pauvre mansarde à l'hôtel de Cluny, rue Victor-Cousin, à l'angle de la place de la Sorbonne, et à deux pas du café du Bas-Rhin donnant sur la rue Soufflot. Et c'est dans ce galetas qu'il récupère, par les soins de Forain, toutes ses affaires, qu'il avait laissées rue Campagne-Première, rue Campe comme ils l'écrivent et le disent entre eux.

La chambre est ouverte au ciel bleu-turquin ;
Pas de place : des coffrets et des huches !
Dehors le mur est plein d'aristoloches
Où vibrent les gencives des lutins.

Que ce sont bien intrigues de génies
Cette dépense et ces désordres vains !
C'est la fée africaine qui fournit
La mûre, et les résilles dans les coins.

Plusieurs entrent, marraines mécontentes,
En pans de lumière dans les buffets,
Puis y restent ! le ménage s'absente
Peu sérieusement, et rien ne se fait.

Le marié a le vent qui le floue
Pendant son absence, ici, tout le temps.
Même des esprits des eaux, malfaisants
Entrent vaguer aux sphères de l'alcôve.

La nuit, l'amie oh ! la lune de miel
Cueillera leur sourire et remplira
De mille bandeaux de cuivre le ciel.
Puis ils auront affaire au malin rat.

— S'il n'arrive pas un feu follet blême,
Comme un coup de fusil, après des vêpres.
— Ô spectres saints et blancs de Bethléem,
Charmez plutôt le bleu de leur fenêtre [6].

Chaque fois qu'il en a la possibilité, le plus souvent en fin de journée après avoir quitté les bâtiments de la Lloyd belge où il a déniché du travail et où il se morfond, Verlaine vient voir Rimbaud. Ses relations avec sa femme, le « malin rat », se sont tellement détériorées que la compagnie de son ami ardennais efface tous ses tourments. Avec lui, il oublie sa hargne, ses colères, ses « gueulements », ses crises de violence. Il oublie qu'il a déjà à plusieurs reprises brutalement frappé Mathilde, qu'il a failli l'étrangler, qu'il l'a menacée d'un couteau lors d'un dîner chez sa mère, aux Batignolles, et qu'il lui est même arrivé de lui arracher des bras le petit Georges et de l'avoir lancé contre le mur, mais par bonheur sans que son geste fou entraîne une catastrophe…

Et Rimbaud, roué comme il est, s'amuse à jeter de l'huile sur le feu, tantôt en l'encourageant à ne pas se laisser dominer par cette femme qui n'en vaut pas la peine, tantôt en le ridiculisant. Il le ridiculise même en public, dans la rue ou dans un café, et souvent sous les yeux de Forain qui, pour sa part, jouit à présent d'un atelier dans les combles de l'hôtel Pimodan, quai d'Anjou, un magnifique immeuble du XVIIe siècle où Baudelaire a habité en 1842. Un soir, il le fait aussi sous les yeux de Jules Mary, un garçon de trois ans son aîné qu'il a connu au collège de Charleville, qu'il rencontre quelquefois au Quartier latin et avec lequel il partage la passion de la littérature, Jules Mary ne rêvant que d'écrire des mélodrames pour le théâtre et des romans-feuilletons.

Mais, si Rimbaud est revenu à Paris, ce n'est pas uniquement pour Verlaine, c'est aussi parce qu'il aimerait que ses poèmes soient publiés en volume. Vu qu'il en a déjà écrit un bon nombre depuis sa rhétorique, ses textes devraient, pense-t-il, former la matière d'un joli recueil. Néanmoins, aucune de ses démarches n'aboutit. Personne ne veut de lui, personne n'a envie d'éditer l'œuvre d'un voyou. Fût-ce à compte d'auteur, comme l'ont été les recueils de Verlaine, à l'instar de son troisième, *La Bonne Chanson*, qu'Alphonse Lemerre a mis en vente en janvier, près de dix-huit mois après avoir procédé à son impression. D'ailleurs, dans le landerneau, tout le monde sourit ou rit sous cape quand il est question de ce petit livre de Verlaine qui glorifie et exalte l'amour de Mathilde... À de rares exceptions près, les revues, au surplus, préfèrent publier des auteurs connus et ne misent plus guère sur les débutants.

Il n'y a en fait que *La Renaissance littéraire et artistique*, la revue dont Jean Aicard est le directeur-gérant et Émile Blémont le rédacteur en chef, qui accepte d'insérer dans une de ses prochaines livraisons *Les Corbeaux*, un sombre poème de vingt-quatre vers dans lequel Rimbaud évoque les milliers de morts de la guerre franco-allemande et de la Commune, les victimes d'une « défaite sans avenir ».

Rejeté, honni, banni des milieux littéraires, accusé de *mœurs contre nature*, Rimbaud n'a dès lors plus qu'un seul désir : fuir Paris. Partir. Partir en voyage, le plus loin possible.

Le 7 juillet, il écrit une lettre à Verlaine pour lui annoncer sa décision qui est irrévocable, mais au lieu de la mettre à la poste, il va lui-même la porter rue Nicolet.

Il en est à cent pas lorsqu'il voit surgir son amant sur le seuil de la maison des Mauté de Fleurville. Il bondit sur lui et, sans atermoyer, lui dit qu'il a la ferme intention de se rendre illico à la gare du Nord et de sauter dans le premier train en partance pour la Belgique. Puis il met Verlaine au défi de l'accompagner.

Là, sur-le-champ.

Comme envoûté, comme sous le coup d'un incroyable sortilège, Verlaine ne discute même pas. Le temps de se munir d'un peu d'argent et de quelques effets à l'insu de Mathilde qui est souffrante et qui s'est enfermée dans sa chambre, et le voilà sur les talons de Rimbaud marchant à grandes enjambées en direction de la gare du Nord. Dix heures du soir ont sonné, mais il y a encore un omnibus à destination d'Arras.

Les deux *fuyards* y arrivent le lendemain au petit jour. Après avoir effectué un rapide tour en ville et avoir admiré la Grand-Place, ils gagnent le buffet de la gare et commandent à manger et à boire. Ils causent d'abord de choses et d'autres puis, très vite, prennent un malin plaisir, pour épater la galerie, à échanger des plaisanteries et bientôt, tout en dévorant des pains fourrés et des galantines, à raconter tout haut d'épouvantables histoires de meurtres et de viols dont ils donnent de « truculents détails » et dont ils se vantent d'être les auteurs. Les autres consommateurs n'en croient pas leurs oreilles. Indigné, un vieux bonhomme suçotant un cigare, toussant et graillonnant, court avertir les gendarmes. Qui font irruption quelques minutes après et emmènent les deux trublions à l'hôtel de ville, « le plus bel hôtel de ville gothique de France[7] ».

Mis en présence du substitut du procureur chargé des flagrants délits, Verlaine et Rimbaud plaident le malentendu. Qu'ont-ils fait de mal ? Qu'est-ce qui leur vaut d'avoir été arrêtés comme de vulgaires fripouilles ? Ils finissent par admettre qu'ils y sont allés un peu fort, qu'ils auraient dû s'abstenir de proférer des énormités en public. Ne voulant courir aucun risque, et surtout pas celui de perturber la tranquillité des Arrageois, des gens « de bonne composition[8] », le substitut du procureur décide de renvoyer Rimbaud et Verlaine à Paris et de les faire promptement ramener à la gare.

Dans le train, Rimbaud concocte un *plan d'évasion*. Le plus simple, dit-il à Verlaine, puisqu'ils n'ont pas de passeport, consisterait, une fois qu'ils auront débarqué dans la capitale, d'aller tout de suite à la gare de Strasbourg, à peine à cinq cents mètres, et d'y acheter des billets de chemin de fer pour Charleville. Et, là, de s'en remettre au camarade Bretagne qui a d'innombrables relations aux quatre coins des Ardennes et qui, sans le moindre doute, sait comment il est possible de passer clandestinement la frontière belge. À défaut, ajoute Rimbaud, il y a un itinéraire par Fumay, Vireux et Givet qu'il connaît et qu'il a déjà emprunté à pied, près de deux ans plus tôt.

Le plan projeté se déroule à merveille. Tant et si bien que, grâce à un loueur de voitures que leur a recommandé Bretagne et que tout le monde à Charleville appelle le père Jean, Verlaine et Rimbaud sont conduits en carriole à la frontière belge. Ils la franchissent le 10 juillet, au milieu de la nuit. Puis, après s'être assoupis quelques heures en bordure d'un chemin, ils se dirigent vers Couvin et Philippeville. Ensuite, ils entrent dans Walcourt et y visitent la vieille basilique Saint-Materne, avant de traverser successivement Berzée, Ham, Jamioulx, et d'arriver enfin à Charleroi, où Rimbaud est tout fier d'entraîner son compagnon à la Taverne du Cercle et au Cabaret Vert.

C'est le bonheur — le Bonheur avec un B majuscule qu'il exprime dans un court poème auquel il ne donne pourtant aucun titre :

Ô saisons, ô châteaux
Quelle âme est sans défauts ?

Ô saisons, ô châteaux,

J'ai fait la magique étude
Du Bonheur, que nul n'élude.

Ô vive lui, chaque fois
Que chante son coq gaulois.

Mais ! je n'aurai plus d'envie,
Il s'est chargé de ma vie.

Ce Charme ! il prit âme et corps,
Et dispersa tous efforts.

Que comprendre à ma parole ?
Il fait qu'elle fuie et vole !

Ô saisons, ô châteaux[9] !

Après Charleroi, leurs pas, leurs pas de va-nu-pieds sur les chemins vicinaux du Hainaut et du Brabant wallon, les conduisent à Nivelles où, cette fois, ils admirent l'imposante collégiale Sainte-Gertrude dont les fondations remontent au VIIe siècle.

Ils ne sont pas pressés et rien ne les presse, bien que le but de leur pérégrination insouciante soit Bruxelles. Et puis il fait beau, et il est loisible de s'arrêter, de se reposer et de dormir n'importe où : dans un pré, un bois, une cabane ou une grange, et pourquoi pas dans une auberge de campagne, à l'embranchement de deux routes...

Clopin-clopant, ils atteignent les portes de Bruxelles, le 21 juillet, le jour de la fête nationale belge.

Avec les communards

Rimbaud et Verlaine descendent au Grand Hôtel liégeois, un établissement de cinquante chambres situé au coin de la rue du Progrès, de la rue des Croisades et de la place des Nations, en face de la station du Nord. Cet hôtel, c'est Verlaine qui le choisit car il y a déjà séjourné avec sa mère en août 1867, à l'époque où il a rendu visite, place des Barricades, à Victor Hugo.

Les deux amis se sentent bien; ils ne voient pas ce qui pourrait venir entraver leur bonheur.

Deux jours après leur arrivée à Bruxelles, Verlaine entraîne Rimbaud chez des communards exilés en 1870 et en 1871.

Depuis des décennies, au vrai depuis 1830, l'année mémorable de son indépendance, la Belgique a la réputation d'être une nation de liberté, d'égalité, de sécurité et de calme. La Constitution du 7 février 1831 proclame, outre les droits individuels, les libertés de conscience, de culte, de presse, de réunion, d'association, de pétition et d'enseignement, sans en soumettre l'usage à une quelconque mesure préventive. Et cela explique en grande partie pourquoi des hommes et des femmes, contraints de fuir leur propre pays en raison de nécessités politiques ou financières, s'y réfugient volontiers.

Expulsé de Paris à la suite de la publication d'articles séditieux dans la presse, Karl Marx est ainsi venu à Bruxelles en 1845, bientôt rejoint par son *complice*, Friedrich Engels. À la suite du coup d'État du 2 Décembre, en 1851, Victor Hugo a bravé Louis-Napoléon Bonaparte et s'y est pareillement expatrié. Et moins d'une semaine plus tard, accompagné par son secrétaire, Noël Parfait, Alexandre Dumas a suivi son exemple. Mais lui, l'auteur de *La Dame de Monsoreau*, était alors endetté jusqu'au cou et harcelé par la meute de ses créanciers. Ce qui a aussi été le cas de Charles Baudelaire et de l'éditeur des *Fleurs du mal*, Auguste Poulet-Malassis qui, acculé à la faillite, a été incarcéré six mois à la prison de Clichy, avant de faire le choix de vivre en Belgique.

Dans la capitale de la Belgique et aux environs immédiats, les communards sont plus de mille deux cents. Beaucoup d'entre eux y résident munis de faux passeports et sous des noms d'emprunt. Ils vivent en général de petits boulots dans les ateliers de la ville ou des neuf faubourgs qui l'encerclent : Schaerbeek, Saint-Josse-ten-Noode, Etterbeek, Saint-Gilles, Anderlecht, Koekelberg, Molenbeek-Saint-Jean, Laeken et Ixelles où Poulet-Malassis a habité de 1863 à 1869, et où, en 1867, il a publié sous le manteau *Les Amies*, des poèmes érotiques de Verlaine, sous le pseudonyme de Pablo de Herlagnez. Tiré à soixante exemplaires seulement, le recueil a été saisi à la frontière par les douaniers français.

En réalité, les exilés forment deux camps bien distincts à Bruxelles : d'un côté, ceux qui ont renoncé à jamais à leurs idéaux révolutionnaires ; de l'autre, ceux qui continuent d'y croire, à l'instar de Georges Cavalier. Surnommé Pipe-en-Bois en raison de son physique ingrat, Georges Cavalier a une formation d'ingénieur, après avoir étudié à Polytechnique et à l'École des mines. Il a été un des camarades de Jules Vallès à la revue littéraire et politique *La Rue*, de 1867 à 1868, puis au *Peuple*, et a travaillé au cabinet de Léon Gambetta en 1870. Condamné à dix ans de bannissement, il gagne sa vie en donnant des cours particuliers de mathématiques.

Un autre communard que Verlaine a bien connu et qu'il retrouve à Bruxelles, c'est Benjamin Gastineau ; ex-collaborateur de *La Voix du peuple* de Joseph Proudhon, ancien directeur de la bibliothèque Mazarine à Paris, il a été pour sa part condamné à la déportation par contumace. Benjamin Gastineau est l'auteur d'éditions critiques de Mirabeau et de Voltaire, de relations de voyage, de pièces de théâtre ainsi que des *Génies de la liberté*, un brûlot qu'ont publié les éditeurs des *Misérables* à Bruxelles, en 1865, et qui a fait grand bruit.

Ce deuxième camp des communards, le camp des irréductibles, continue de se faire entendre par des journaux politiques ou satiriques tels que *La Trique* ou *La Bombe*. Laquelle, ainsi que l'indique clairement son slogan, « éclate tous les samedis ».

D'habitude, les communards se retrouvent dans certains des très nombreux estaminets de Bruxelles, là où les excellentes bières belges coulent à flots, mais qui ne sont pas toujours au goût des étrangers. Entre le faro si amer, la bière blanche de Louvain si trouble et si douceâtre, l'uytzet si forte, le lambic si âcre, la stout si boucanée ou le bock national si mousseux et assez comparable à la bière de Munich, ils ont l'embarras du choix.

On les voit surtout à la Taverne Saint-Jean dans la rue du même nom, à la Grande Brasserie de Bohême, rue de l'Écuyer, à l'hôtel des Brasseurs, Grand-Place, ou Au Jeune Renard, rue de la Collégiale, un établissement tenu par la veuve Lintermans, une personnalité très originale et bien connue des noctambules. À moins que ce ne soit à la Taverne Guillaume, place du Musée, où l'on débite de la bière anglaise, ou au café de l'Horloge, avenue Marnix, près du boulevard du Régent et de la porte de Namur, un quartier très prisé des communards.

Les rencontrer dans des endroits pareils, les interroger, bavarder en leur compagnie, voilà qui excite Rimbaud et Verlaine. Sans compter que chaque réfugié a une terrible histoire de « derrière les fagots » à raconter. À leur contact, Rimbaud est assailli par une multitude d'images fortes, et il regrette de ne pas avoir été à Paris lorsqu'on se battait dans les rues. Et déjà la vie dans la capitale belge lui paraît *florissante* et lui inspire un poème de dix quatrains qu'il intitule tout naturellement

Bruxelles, non sans préciser en épigraphe qu'ils suggèrent l'atmosphère du boulevard du Régent :

Plates-bandes d'amarantes jusqu'à
L'agréable palais de Jupiter.
— Je sais que c'est Toi, qui, dans ces lieux,
Mêles ton Bleu presque de Sahara.

Puis, comme rose et sapin du soleil
Et liane ont ici leurs jeux enclos,
Cage de la petite veuve !...
Quelles Troupes d'oiseaux ! ô iaio, iaio !...

— Calmes maisons, anciennes passions !
Kiosque de la Folle par affection.
Après les fesses des rosiers, balcon
Ombreux et très bas de la Juliette.

— La Juliette, ça rappelle l'Henriette,
Charmante station du chemin de fer
Au cœur d'un mont comme au fond d'un verger
Où mille diables bleus dansent dans l'air !

Banc vert où chante au paradis d'orage,
Sur la guitare, la blanche Irlandaise.
Puis de la salle à manger guyanaise
Bavardage des enfants et des cages.

Fenêtre du duc qui fais que je pense
Au poison des escargots et du buis
Qui dort ici-bas au soleil. Et puis
C'est trop beau ! trop ! Gardons notre silence.

— Boulevard sans mouvement ni commerce,
Muet, tout drame et toute comédie,
Réunion des scènes infinies,
Je te connais et t'admire en silence.

Est-elle almée ?... aux premières heures bleues
Se détruira-t-elle comme les fleurs feues...
Devant la splendide étendue où l'on sente
Souffler la ville énormément florissante !

C'est trop beau ! c'est trop beau ! mais c'est nécessaire
— Pour la Pêcheuse et la chanson du Corsaire,
Et aussi puisque les derniers masques crurent
Encore aux fêtes de nuit sur la mer pure[1] !

Verlaine, quant à lui, a le sentiment, au contact des communards réfugiés à Bruxelles, de se replonger au sein de l'atmosphère surchauffée des barricades. Au point même qu'il se pose la question de savoir s'il ne devrait pas écrire un livre sur les horreurs commises par l'armée des versaillais.

Sans réfléchir davantage, il envoie une lettre à sa femme et lui demande de lui faire poster au Grand Hôtel liégeois des notes qu'il a rédigées à l'époque, et qui sont enfermées avec d'autres papiers personnels dans un des tiroirs de son bureau, rue Nicolet. Mais la réponse qu'il reçoit deux jours plus tard le désarçonne : Mathilde lui annonce qu'elle va venir à Bruxelles avec sa mère et qu'elle a l'intention de l'arracher à sa « triste liaison », à cette liaison qui, pour elle, doit « infailliblement le conduire à la folie[2] », et de le ramener à Paris. Et elle le somme de leur réserver deux chambres.

Mis au courant, Rimbaud accable Verlaine de reproches. C'est stupide, dit-il, d'avoir écrit à Mathilde. Ridicule. Impardonnable. Comment une telle idée a-t-elle pu lui venir à l'esprit ? Et il ajoute qu'il leur faut coûte que coûte sortir de ce mauvais piège ! Car il y va d'un piège, c'est sûr et certain !

Quelques jours plus tard, au Grand Hôtel liégeois, quand il revoit sa femme qu'il a abandonnée sans un mot, trois semaines et demie auparavant, Verlaine est submergé de tendresse. Il se jette dans ses bras, il lui assure qu'il l'aime, qu'il n'a jamais cessé de l'aimer, que son fils Georges lui manque, qu'il n'aspire qu'à devenir un bon époux et un bon père de famille... Comme ensorcelé, il fait l'amour à Mathilde et, au milieu des étreintes, des regrets, des pleurs et des lamentations, il lui promet de réintégrer le domicile conjugal.

Je vous vois encor. J'entr'ouvris la porte.
Vous étiez au lit comme fatiguée.
Mais, ô corps léger que l'amour emporte,
Vous bondîtes nue, éplorée et gaie.

Ô quels baisers, quels enlacements fous !
J'en riais moi-même à travers mes pleurs.
Certes, ces instants seront entre tous,
Mes plus tristes, mais aussi mes meilleurs.

Je ne veux revoir de votre sourire
Et de vos bons yeux en cette occurrence
Et de vous, enfin, qu'il faudrait maudire,
Et du piège exquis, rien que l'apparence [3].

Mathilde, elle, parle à Verlaine de la Nouvelle-Calédonie. Elle pense qu'ils pourraient s'y installer durant deux ans avec leur enfant, et qu'ils n'y seraient pas « en mauvaise compagnie », puisque aussi bien la *révolutionnaire* Louise Michel, son ancienne institutrice, et Henri Rochefort, le journaliste fondateur de *La Lanterne*, s'y trouvent et que Verlaine aurait « là tous les éléments pour faire son livre sur la Commune[4] ».

Le lendemain matin, Rimbaud, qui a passé la nuit dans une autre chambre de l'hôtel, est le premier à la station du Midi, à l'autre extrémité de la ville. Il se cache derrière un pilier, à l'entrée de la salle des pas perdus, et attend que surgissent Verlaine, Mathilde et Mme Mauté de Fleurville. Lorsqu'il les aperçoit enfin, il les suit jusqu'au quai d'embarquement, monte en catimini dans le même train que le leur.

Il descend à la gare de Quiévrain, la localité frontalière à vingt kilomètres au sud de Mons, au cœur des houillères du Borinage, juste avant que les douaniers ne procèdent au contrôle des passeports et à l'inspection des bagages. Un sourire ironique à la commissure des lèvres, il est confiant. Il sait que d'un instant à l'autre, Verlaine va le rejoindre, et qu'ensemble ils repartiront pour Bruxelles.

C'est le plan qu'il a échafaudé avec lui. Non : le plan qu'il lui a *imposé*, presque de force. Un plan dont il est fier et dont il se délecte.

Et effectivement, après deux ou trois minutes, Verlaine est là. Son chapeau mou rabattu sur les oreilles, les traits ruisselants de sueur, il se précipite vers son jeune compagnon. Il lui annonce d'une voix de stentor qu'il s'est échappé du train à destination de Paris, et qu'il s'est, une fois pour toutes, débarrassé de sa femme et de sa sinistre belle-famille.

Rimbaud ne peut pas s'empêcher de sourire : tout s'est passé comme il l'avait prévu...

Le soir même, les deux amis sont à Bruxelles Au Jeune Renard. Ils boivent tant et plus et ne rentrent au Grand Hôtel liégeois qu'aux aurores, complètement ivres. Durant les jours qui suivent, ils continuent de se montrer dans les cafés et les estaminets de la ville et ils n'ont pas peur, même dans la rue, de se comporter comme des amoureux. Des amoureux qu'ils sont d'ailleurs bel et bien, et qui ne plaisent guère aux communards, plutôt à cheval sur les questions de mœurs.

Et qui ne plaisent pas davantage aux autorités belges.

Quoique Bruxelles soit une ville de liberté et qu'elle tienne jalousement à le demeurer, elle n'aime pas que des trublions viennent perturber l'ordre public. Sur ce point, le bourgmestre, Jules Anspach, est intransigeant. Les services de sûreté tiennent du reste à jour une fiche sur chacun des étrangers résidant sur le territoire national. Et parmi eux, bien entendu, il y a les communards et tous les gens qui les fréquentent et fricotent avec eux.

Bientôt, la police belge se demande qui sont au juste ces deux *zievereirs* *, appelés Arthur Rimbaud et Paul Verlaine, toujours tellement expansifs, et qu'on ne voit jamais l'un sans l'autre. Elle est d'au-

* Radoteurs ou énergumènes en bruxellois.

tant plus curieuse qu'elle a reçu une lettre envoyée de Charleville dans laquelle un *sieur* Rimbaud* prie les agents du royaume de faire rechercher son fils qui a « quitté la maison familiale en compagnie d'un nommé Verlaine Paul[5] ** ».

Une enquête est rapidement ordonnée.

L'officier-inspecteur Dielman est désigné par l'administration de la Sûreté publique pour la mener à bien. Il récolte ici et là des renseignements et rédige un rapport à ses supérieurs. Mais, dans les conclusions qu'il leur remet le 6 août, au lieu de signaler que Verlaine loge au Grand Hôtel liégeois, 1 rue du Progrès, il confond les établissements et parle de l'hôtel de la Province-de-Liège qui se trouve, lui, non loin de là, rue du Brabant, derrière la station du Nord.

Résultat : Rimbaud et Verlaine ont la chance de ne pas être repris sur les fiches de la police du royaume. Et de la sorte, Verlaine échappe à une condamnation pour détournement de mineur. N'empêche, ils réalisent tous les deux assez vite qu'ils n'ont pas intérêt à s'éterniser à Bruxelles auprès des communards, et décident de poursuivre leur périple aventureux à travers la Belgique.

Ils visitent d'abord Malines et sa cathédrale

* Mme Rimbaud signait d'habitude V. Rimbaud, V. à la fois pour son prénom Vitalie et pour Veuve. La police belge pouvait donc penser que la lettre était écrite par un homme.

** Dans la lettre envoyée le 6 août 1872 par le commissaire en chef de la police à l'Administration de la sûreté publique, il est précisé : « en compagnie d'un jeune homme nommé *Verlaine* Paul ». Mais les mots « jeune homme » sont barrés.

gothique Saint-Rombaut dont l'unique tour est haute de cent vingt-cinq mètres, puis, comme des touristes ordinaires, ils se rendent à Gand et à Bruges où ils séjournent une longue semaine. Mais déjà, une autre destination, une autre ville et un autre pays les attirent : Londres et l'Angleterre.

Le 7 septembre, ils montent à Ostende sur un steamer qui va à Douvres.

Rimbaud, dès que le bateau s'éloigne de la côte, est fasciné par la mer qu'il n'a encore jamais vue. Pendant la traversée, il écrit un court poème en prose et l'intitule simplement *Marine*.

Les chars d'argent et de cuivre —
Les proues d'acier et d'argent —
Battent l'écume, —
Soulèvent les souches des ronces.
Les courants de la lande,
Et les ornières immenses du reflux,
Filent circulairement vers l'est,
Vers les piliers de la forêt, —
Vers les fûts de la jetée,
Dont l'angle est heurté par des tourbillons de lumière [6].

Au cœur de Leun'deun

À peine Rimbaud et Verlaine sont-ils à Londres, le soir du 8 septembre 1872, qu'ils se rendent à Langham Street à l'atelier de Félix Régamey, un ancien des Vilains Bonshommes.

Comme Verlaine, Félix Régamey est né en 1844. Il a été élève à l'École des Beaux-Arts, avant de voyager en Amérique et en Asie, puis de collaborer à Paris à de nombreux journaux et périodiques illustrés, tels que *Le Journal amusant* ou *La Vie parisienne*. Mêlé de près aux activités de la Commune, il a choisi de s'exiler en Angleterre où, de très longue date, les gens apprécient les dessinateurs d'humour et les caricaturistes. Et de fait, grâce à son talent, à son sens aigu du trait réaliste à la manière de Daumier, il a pu aisément y trouver du travail. Il apporte en particulier son concours à *The Illustrated London News*, un journal jouissant d'une grande diffusion.

Verlaine, il le connaît depuis des années. Il a même assisté à son mariage avec Mathilde, le 11 août 1870, à Notre-Dame de Clignancourt, au même titre que Louise Michel et leur ami commun

François Anatole Thibault qui a adopté le pseudonyme d'Anatole France. Mais le voir flanqué de Rimbaud ne lui plaît pas, et il n'a nullement envie de les héberger chez lui, car il a été mis au courant de l'esclandre qu'a provoqué cette sale petite frappe, lors du dîner mensuel des Vilains Bonshommes, en janvier dernier. L'affaire Carjat : c'est sous ce nom que des amis lui ont relaté les événements… Il communique toutefois à ces deux visiteurs une adresse : une modeste chambre située à Howland Street, derrière Tottenham Court Road, que vient juste de quitter Eugène Vermersch, un autre communard.

En ce qui le concerne, Eugène Vermersch a un an de moins que Verlaine. Fils d'un brigadier de Lille, sa ville natale, il s'est lancé dans le journalisme en 1863. Anticonformiste farouche, il a déjà fait à deux reprises de la prison pour outrage à la morale et aux bonnes mœurs. Après avoir relancé le brûlot *Le Père Duchêne*, il a été, en novembre 1871, condamné par contumace à la peine capitale. Il s'est d'abord réfugié quelques mois à Bruxelles puis aux Pays-Bas et en Suisse, et s'est ensuite installé à Londres où il a fondé le *Qui vive ?*, une feuille dans laquelle il a publié des textes justifiant sans réserve l'usage de la violence et le recours à la terreur révolutionnaire. Il a aussi lancé le *Vermersch Journal* et *L'Union démocratique*, mais sans le moindre succès.

Comme il s'est marié, il y a seulement quelques jours, avec une charmante couturière hollandaise, la fille d'un de ses imprimeurs, Vermersch est ravi de pouvoir céder sa chambre aux *inséparables* Rimbaud et Verlaine. D'ailleurs, contrairement à Régamey, il les aime bien tous les deux. Et il a conscience que les idées séditieuses qu'il prône, et pour lesquelles il se démène tant et plus, intéressent et captivent même le Rimbe.

Les premières semaines, « en une sorte d'orgie d'explorations et de jouissances[1] », Rimbaud passe le plus clair de son temps à découvrir Londres, à sillonner la ville dans tous les sens, y compris le long des docks réputés mal famés de la Tamise (cet « immense tourbillon de boue » traversé de ponts « babyloniens », au dire de Vermersch), et au fin fond des quartiers les plus misérables et les plus sordides ; à admirer des monuments ou des bâtisses comme la Tour de Londres, la cathédrale de Cantorbéry, le gigantesque Crystal Palace aux environs de Sydenham, et à visiter des musées.

Ne serait-ce que le Cabinet des figures de cire de Mme Tussaud, à côté de la station Baker Street, un musée qui a été récemment ouvert au public et qui attire tous les jours, et même le soir à la lumière du gaz, la grande foule. Dans une des salles, il a l'occasion de voir des reliques de Napoléon Bonaparte. Dont la voiture dans laquelle il avait rejoint Waterloo et que Mme Tussaud, qui est française, a achetée à prix d'or aux Prussiens. Et il n'oublie pas de visiter la *chamber of horrors* où est exposé le couperet sous lequel sont tombées les têtes de Louis XVI et de Marie-Antoinette.

Tous les soirs, ou presque, Verlaine et lui vont voir au théâtre les grandes pièces classiques de Shakespeare et de Sheridan, ou assistent à des représentations en anglais d'opérettes françaises dont raffolent les Londoniens : *La Princesse de Trébizonde* et *Le Roi Carotte* de Jacques Offenbach (qu'on vient de créer à Paris), *L'Œil crevé* d'Hervé, *Les Cent Vierges* de Charles Lecocq... Ils fréquentent aussi les cafés-concerts où, chose bizarre pour eux, on danse la gigue entre deux *God Save the Queen*...

Le spectacle terminé, ils aiment beaucoup aller s'attabler dans un pub de Soho ou un restaurant de Leicester Square, se piquer le nez avec des communards bien résolus à rentrer en France le plus tôt possible, et y poursuivre activement leur combat politique.

Lorsque les discussions ont tendance à mollir, Vermersch est toujours le premier à les relancer avec un surcroît d'énergie et une nouvelle volée d'arguments de choc. Dans ces moments-là, il peut être la virulence même et s'en prendre au monde entier. Il est alors encouragé par son ami Prosper Olivier Lissagaray qui s'est fait connaître en 1870, à la publication de son *Catéchisme républicain*. Proche de Karl Marx et de sa fille Eleanor, Lissagaray a entamé la rédaction d'une vaste histoire de la Commune pour laquelle il a déjà réuni une volumineuse documentation *.

Certains soirs, Rimbaud et Verlaine y retrouvent également Camille Barrère, un proche ami de Ver-

* Ce livre, *Histoire de la Commune de 1871*, a été publié à Bruxelles chez Kistemaeckers, en 1876.

mersch et un de ses collaborateurs au *Qui vive ?*, ainsi que Ludomir Matuszewicz, un ancien colonel de l'armée française, franc-maçon convaincu, dont ils ne savent trop ce qu'ils doivent en penser, ses propos étant presque toujours énigmatiques, équivoques et contradictoires. Ou encore Jules Andrieu, une autre des relations de Verlaine, qui a été délégué aux Services publics de la Commune et qui, à présent, nourrit sa famille (une femme et trois marmots) en donnant des cours de latin et de littérature française à des enfants de la haute bourgeoisie anglaise. Jules Andrieu raconte volontiers qu'il a eu l'insigne privilège de saisir les biens que possédait Thiers dans son hôtel particulier à Paris…

Ce qui frappe le plus Rimbaud, c'est l'incroyable modernité de Londres, cette mégapole grouillante, bouillonnante, bigarrée et cosmopolite, une agglomération de plus de quatre millions d'âmes, sans compter les faubourgs. C'est l'incessante circulation des voitures, des cabs, des omnibus, des tramways et des trains qui passent partout sur de gigantesques ponts de fonte. C'est l'atmosphère de réelle liberté qui y règne et qui n'est pas vraiment analogue à celle de Bruxelles. Pour preuve, les meetings à Hyde Park où chacun a le droit d'exprimer ses opinions et de manifester, s'il le souhaite, son opposition au gouvernement.

Ici, en Angleterre, le visa d'entrée n'existe pas. Le gouvernement de William Gladstone, le Premier ministre de la reine Victoria, n'accepte des dirigeants étrangers aucune demande d'extradition.

Les journaux, quant à eux, ne sont soumis à aucune censure. Et ils n'y vont pas par quatre chemins dès qu'il s'agit de stigmatiser des erreurs politiques graves ou des injustices, et de mettre au pilori un scélérat.

Rimbaud réalise assez vite que la plupart des communards séjournant à Londres, comme ceux qu'il avait croisés à Bruxelles, commencent à le considérer d'un mauvais œil, et que son compagnonnage amoureux avec Verlaine suscite réprobation et dégoût. Quand ce n'est pas carrément de la hargne... Il se dit que le fait qu'il n'ait pas lui-même participé à la Commune, qu'il ne se soit pas battu pour sa cause par des écrits ou les armes à la main, joue à coup sûr en sa défaveur.

Il apprend par ailleurs que courent des bruits alarmistes selon lesquels des mouchards et des espions à la solde de Thiers se seraient infiltrés dans les milieux fréquentés par les Français exilés à Londres, et qu'ils n'hésiteraient pas à faire usage de la force, à l'insu des autorités de la Couronne, pour les faire rapatrier en cachette... Dans la clique de ces mouchards, il y aurait Ludomir Matuszewicz...

Dans son *ménage* cependant, les choses ne sont plus au beau fixe, et le peu d'argent dont disposait Verlaine en débarquant en Angleterre a été en grande partie dépensé.

Travailler ?

Rimbaud n'en a toujours aucune envie, et il laisse à Verlaine le soin de chercher une occupation lucrative. Que ce soit journaliste, professeur particulier de français ou traducteur dans une firme commerciale quelconque, il s'en moque. De même, il se moque de savoir que sa mère à Charleville a été alertée par une lettre en forme de supplication que Verlaine lui a écrite, et dans laquelle celui-ci a eu l'outrecuidance non seulement de lui parler de ses démêlés avec Mathilde, mais aussi de lui réclamer de l'argent.

Il éprouve, en revanche, de plus en plus de mal à supporter les incessantes lamentations de Verlaine à propos de sa femme qui a demandé officiellement la séparation auprès des tribunaux parisiens, et davantage encore, à propos des Mauté de Fleurville. À l'entendre, ils répandraient partout des mensonges et des calomnies afin d'influencer la cour, de telle sorte qu'il soit condamné à verser une exorbitante pension alimentaire. Les parents de Mathilde refuseraient en outre, par méchanceté, d'expédier à Verlaine ses affaires personnelles laissées rue Nicolet : des vêtements, des tableaux, des gravures, des sanguines, des lettres, des photographies... Et une kyrielle de manuscrits. Dont un, magnifique, que Rimbaud lui a confié en novembre 1871 et qu'il a intitulé *La Chasse spirituelle*. Comment avoir l'assurance que tous ces textes ne seront pas détruits ?

Rimbaud a beau reprocher à Verlaine sa couardise et sa mentalité de lamentable petit-bourgeois, rien ne vient décrisper la situation. Ou alors par à-coups, comme dans des moments de grâce. Comme lorsqu'ils erraient encore ensemble à travers les campagnes belges, « nourris du vin des cavernes et du biscuit de la route [2] », et que seule existait à leurs yeux la *parade sauvage*.

À la fin du mois de novembre, Rimbaud prend une importante décision : il abandonne Verlaine à ses dilemmes, à ses pleurs et à ses regrets intarissables, et rentre à Charleville chez sa mère, le chef recouvert d'un haut-de-forme, comme tout... bourgeois anglais qui se respecte...

Pour Mme Rimbaud, ce retour au bercail est un immense soulagement et, bien entendu, elle s'empresse de lui dire à quel point elle a été anxieuse et triste durant sa longue absence, et qu'elle est même allée voir Mathilde Verlaine à Paris afin de lui demander des explications. Un voyage, lui rapporte-t-elle, qui n'a malheureusement pas donné grand-chose, la jeune femme et ses parents s'étant montrés presque désagréables à son égard. Pour ne pas dire méchants et hostiles.

Ce retour précipité, Rimbaud le regrette néanmoins au bout de quelques jours, tant Charleville lui paraît un bourg minuscule en comparaison de Londres — « Leun'deun », comme il dit. Au surplus, les Allemands l'occupant toujours, les rues sont désertes sous le coup de cinq heures de l'après-midi, et la majestueuse et vénérable place Ducale, au crépuscule, a l'air sinistre. Comme si elle était livrée à des spectres et qu'elle était hantée par des cortèges d'ombres. Il va bien voir Delahaye et Bretagne qui lui apprennent que *La Renaissance littéraire et artistique*, dans sa livraison de septembre, a publié *Les Corbeaux* ; il est content de boire et de bavarder avec eux, mais il a l'impression bizarre qu'ils ne sont plus les mêmes.

À moins qu'il n'ait changé, lui. À moins qu'à

1

1 Portrait de Rimbaud en juillet 1873, à Bruxelles, après que Verlaine l'a blessé d'un coup de revolver. Tableau de Jef Rosman.
Musée-bibliothèque Arthur Rimbaud, Ville de Charleville-Mézières (MBAR).

« La morale
est la faiblesse de la cervelle. »

2

3

4

2 Le Grand Moulin à Charleville.
MBAR.

3 Verlaine en 1876.
BnF, Paris.

4 La prison Mazas à Paris.
Gravure de Félix Thorigny.
Musée Carnavalet, Paris.

« Moi ! moi qui me suis dit mage ou ange, dispensé de toute morale, je suis rendu au sol, avec un devoir à chercher et la réalité rugueuse à étreindre ! »

5

5 Portrait de Rimbaud par Étienne Carjat réalisé à Paris en 1871.
MBAR.

6 Rimbaud en 1871 par Ernest Delahaye.
MBAR.

7 Rimbaud en juin 1872. Dessin de Verlaine paru dans *Poésies complètes*, éditions Vanier, 1895.
MBAR.

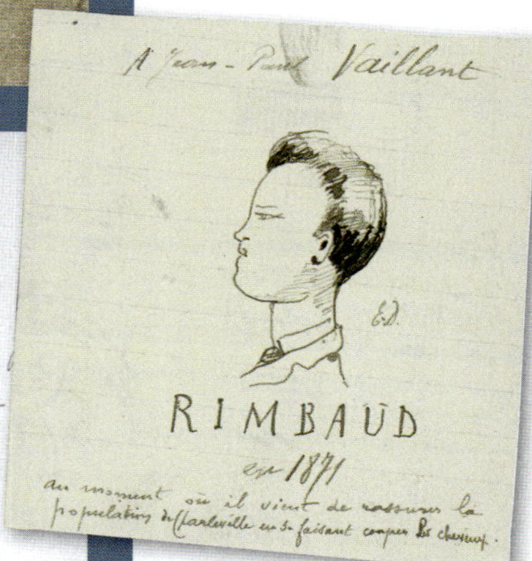

6

7

« La vraie vie est absente. Nous ne sommes pas au monde. »

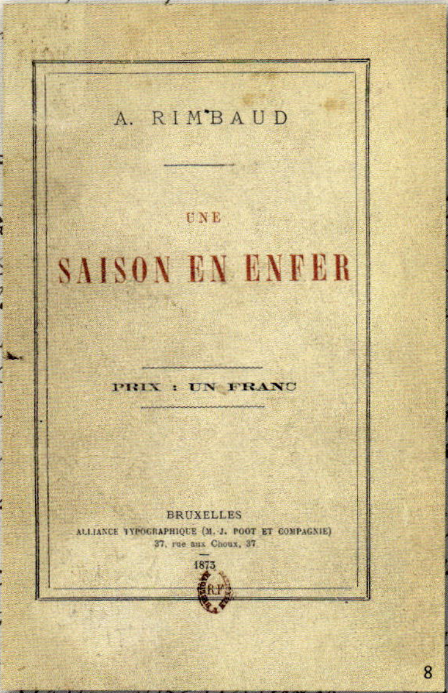

8

Oui c'est un vice que j'ai, qui s'arrête et qui reprend

[illegible]

de vieillesse. Pour ce [illegible] la [illegible]

Ah ! Je suis tellement délaissé, que j'offre à n'[importe] quelle divine image des élans vers la perfection. Autre [illegible] grotesque.

à qui servent mon abnégation, et ma charité

De profundis, domine ! que je suis bête ?

Assez. Voici la punition ! Plus à parler d'innocence

[illegible] les reins se déplantent, le cœur gronde, la poitrine [illegible] tête est battue, la nuit roule dans les yeux, au [illegible]

[illegible] à la bataille ?

Ah ! mon ami ! ma sale jeunesse ! [illegible]

[illegible] les autres [illegible]

Oh ! oh. C'est la faiblesse, c'est la bêtise, moi !

Allons, feu sur moi. Ou je me rends ! [illegible] blessé [illegible] plat ventre, foulé aux pieds des chevaux

Ah !

Je m'y habituerai.

Ah ça, je mènerais la vie française, et je tiendrais [illegible] l'honneur.

9

8 Couverture d'*Une saison en enfer*, Bruxelles, Alliance typographique, 1873.
Paris, BnF.

9 Manuscrit d'*Une saison en enfer*.
Paris, BnF.

10 Germain Nouveau.

11 Charles Cros. Photographie de Paul Nadar.
Paris, BnF.

12 Forain dessinant.
Paris, BnF.

« À chaque être plusieurs autres *vies me semblaient dues. »*

« Je dis qu'il faut être voyant, *se faire* voyant. »

10

11

12

13

14

15

16

13 *Das Nordöstliche Africa* (extrait). Carte par G. Lejean et A. Graf, vers 1862. Paris, BnF.

14 Autoportrait photographique pris en 1883 sur le balcon de la maison Bardey à Harar. MBAR.

15 Ménélik II, empereur d'Éthiopie. Paris, BnF.

16 « Environs d'Aden. Avant le déjeuner à Sheikh Othman ». Rimbaud (nu-tête) devant la maison d'Hassan Ali à Aden vers 1882. Paris, galerie Hypnos.

17

18

17 Isabelle Rimbaud
par Paterne Berrichon.
Charleville-Mézières, Archives départementales.

18 Portrait de Rimbaud
par sa sœur Isabelle en 1891.
Localisation inconnue.

« L'Homme est Dieu !
Mais l'Amour,
voilà la grande Foi ! »

dix-huit ans il ne soit déjà devenu un adulte — un adulte considérablement plus mûr que d'innombrables *vrais* adultes.

Il est toujours en train de s'interroger sur son sort, quand lui arrive de Londres, en janvier 1873, une lettre de Verlaine. Qui lui dit qu'il n'a jamais été aussi malheureux, qu'il souffre le martyre sans lui, et qu'il est *mourant* de chagrin, d'ennui, d'abandon. Bref : qui l'appelle de toute urgence à son secours.

Il réalise alors que son ami, son amant, son poète, son *époux infernal* *, lui manque, lui manque atrocement. Grâce à une petite somme que consent à lui donner la mère de Verlaine, qui a été avertie de l'état de dépression profonde dans lequel s'enliserait son fils, il regagne Londres à la mi-janvier, au grand dam de Mme Rimbaud.

Une fois à Howland Street, il est néanmoins tout surpris de tomber précisément sur la mère de Verlaine, Stéphanie Verlaine, alors âgée de soixante-quatre ans, et sur une des nièces du poète, Victorine Dehée. Les deux femmes ont accouru, elles aussi, au chevet de leur Paul chéri et adoré, croyant qu'il était à l'agonie. Mais leur Paul ne semble pas du tout *mourant*. Ni même malade. Il semble plutôt accablé. Toujours incapable de faire face à ses problèmes conjugaux, à ses impulsions, à ses contradictions, à la cohorte affolante de ses désirs.

Déjà la vie commune a recommencé. Cette fois

* C'est là le titre d'un des textes d'*Une saison en enfer*. (*Œuvres complètes*, *op. cit.*, p. 102 et suivantes).

pourtant, Rimbaud s'est résigné à travailler. Pas de quoi le surmener, non. Seulement donner, quelques heures par semaine, des cours de français à de rares élèves. Ce qui, par ricochet, est aussi une excellente façon de se perfectionner dans la langue de Shakespeare. Pour parvenir à mieux la maîtriser, il prend, en mars, une carte de lecteur à l'imposante British Museum Library, la plus vaste bibliothèque du monde.

Il s'y rend régulièrement, Great Russell Street, au rez-de-chaussée, où il rencontre assez souvent Prosper Olivier Lissagaray. Il y lit les auteurs anglo-saxons comme Thomas William Robertson, William Thackeray et George Eliot, des auteurs dont la majorité des œuvres ne sont pas disponibles en traduction française, ou le sensible Algernon Charles Swinburne chez lequel, même si les subtilités de l'anglais lui échappent encore, il estime autant les poèmes préraphaélites que les poèmes d'inspiration politique. Dans un tout autre registre, il lit aussi Karl Marx.

On refuse par contre de lui remettre les œuvres du *divin* marquis de Sade pour lesquelles est requise une autorisation spéciale. Qui est en mesure de la lui délivrer, il l'ignore. Tant pis. Il se dit qu'il s'en passera. Et qu'il se contentera d'en imaginer le contenu.

La bobonne

Depuis peu, Rimbaud s'est remis à écrire. Ce sont essentiellement des courts textes en prose ou en vers libres, dans la lignée du *Spleen de Paris* de Baudelaire, assez hermétiques pour la plupart, une littérature de visionnaire et de voyant où se dégage dans le désordre, mais avec netteté, « l'idée obsessionnelle de l'évasion, de la fuite au loin, au-delà des mers [1] », et où apparaissent les multiples aspects de la « barbarie moderne ». Pour les définir, il parle d'« illuminations ». Il clame haut et fort que celles-ci s'écartent des sentiers battus. Plusieurs d'entre elles ont trait à Leun'deun, à l'image des *Ponts* dont certains sont « droits » ou « bombés », alors que d'autres descendent ou obliquent « en angles sur les premiers », et que d'autres encore « soutiennent des mâts, des signaux, de frêles parapets ».

Dans *Villes*, Rimbaud *peint* un Londres sublimé, quasiment fabuleux et fantastique, un peu comme s'il décrivait un extraordinaire dessin de Grandville, et c'est la raison pour laquelle, conscient de ce qu'il exprime, il met son titre au pluriel :

L'acropole officielle outre les conceptions de la barbarie moderne les plus colossales. Impossible d'exprimer le jour mat produit par ce ciel immuablement gris, l'éclat impérial des bâtisses, et la neige éternelle du sol. On a reproduit dans un goût d'énormité singulier toutes les merveilles classiques de l'architecture. J'assiste à des expositions de peinture dans des locaux vingt fois plus vastes qu'Hampton Court. Quelle peinture ! Un Nabuchodonosor norvégien a fait construire les escaliers des ministères ; les subalternes que j'ai pu voir sont déjà plus fiers que des [Brahmanes *], et j'ai tremblé à l'aspect des gardiens de colosses et officiers de constructions. Par le groupement des bâtiments en squares, cours et terrasses fermées, on a évincé les cochers. Les parcs représentent la nature primitive travaillée par un art superbe. Le haut quartier a des parties inexplicables : un bras de mer, sans bateaux, roule sa nappe de grésil bleu entre des quais chargés de candélabres géants. Un pont court conduit à une poterne immédiatement sous le dôme de la Sainte-Chapelle. Ce dôme est une armature d'acier artistique de quinze mille pieds de diamètre environ [2].

Et plus loin, dans ce même texte, il compare Londres à un « circus d'un seul style » avec « galeries et arcades » et des « boutiques » contenant « des drames assez sombres [3] ».

Quand il prend connaissance de ces « illuminations », Verlaine fait la moue. Il n'a pas l'impression que Rimbaud a réellement bouleversé les règles courantes de l'art poétique, et il ne se gêne pas pour le lui dire. Rimbaud rétorque qu'il persévérera dans cette voie où il est sûr et certain que personne n'est allé avant lui, et qu'il a bien l'intention d'*inventer*

* Le mot étant illisible sur le manuscrit de ce texte, il n'est pas sûr que ce soit « Brahmanes ».

d'autres textes du même type. Il a, dit-il, plein de thèmes dans la tête : l'enfance, la jeunesse, le vagabondage, les veillées, les rumeurs innombrables des banlieues, les fêtes, les scènes lyriques et tout ce qui engendre les « arrêts de la vie »…

Une divergence de point de vue strictement littéraire. Rien de fâcheux. Peu de chose en tout cas par rapport aux violentes querelles sentimentales qui l'opposent sans cesse à son ami et qui toutes, une nouvelle fois, concernent Mathilde.

Est-ce que cette comédie de mœurs, pitoyable et médiocre, finira un jour ?

Le 4 avril, persuadé qu'il pourra convaincre sa femme de renoncer à un procès en séparation, Verlaine quitte brusquement Londres et, sur les docks de Sainte-Catherine, monte à bord d'un des steamers qui, après une halte à Ramsgate et au port hollandais de Flessingue, vont directement à Anvers, deux fois par semaine. De là, il compte mettre en train le cap sur Bruxelles, puis sur Namur, Givet et Sedan, où il nourrit l'espoir de faire venir Mathilde.

Resté seul, Rimbaud donne encore quelques leçons de français, mais il s'aperçoit qu'il ne connaît pas encore suffisamment l'anglais pour s'arroger le titre de professeur de langues. Ne pouvant plus régler le loyer de Howland Street et ne possédant plus que quelques shillings, il rentre à son tour sur le continent.

Le 12 avril, il arrive à Roche où sa mère s'est transportée avec Vitalie et Isabelle, à la suite d'un incendie qui s'est déclaré à la propriété familiale et qui a ravagé une grange, des étables et des écuries. Tout de suite, il jette sur le papier divers textes — quelques-uns qui ne sont encore que des ébauches et d'autres qu'il peaufine avec un soin extrême. Dans celui qu'il intitule *Mémoire* et qui comprend quarante alexandrins divisés en cinq parties, il s'autorise à supprimer la majuscule au début de certains vers, toutes les fois où ils ne correspondent pas, selon la syntaxe, à un début de phrase.

Mais il se demande bientôt ce qu'il est venu faire au milieu de cette campagne maussade et désolante, à côté de laquelle même le *bourg* de Charleville, Charlestown, avec sa bibliothèque publique, ses quelques librairies et ses cafés, a presque les aspects d'une capitale, ainsi qu'il le confie à Ernest Delahaye dans une de ses lettres :

Quelle chierie ! et quels monstres d'innocence, ces paysans. Il faut, le soir, faire deux lieues, et plus, pour boire un peu. La *Mother* m'a mis là dans un triste trou. Je ne sais comment en sortir : j'en sortirai pourtant. Je regrette cet atroce Charlestown, l'univers*, la Bibliothe., etc. Je travaille pourtant assez régulièrement, je fais de petites histoires en prose, titre général : Livre païen, ou Livre nègre. C'est bête et innocent. Ô innocence ! innocence ; innocence, innoc... fléau !

[...]

Je n'ai rien de plus à te dire, la contemplostate de la nature m'absorculant tout entier. Je suis à toi, ô nature, ô ma mère !

[...]

Je suis abominablement gêné. Pas un livre, pas un cabaret à portée de moi, pas un incident dans la rue. Quelle horreur que cette campagne française. Mon sort dépend de ce livre, pour

* Il s'agit du café de l'Univers.

lequel une demi-douzaine d'histoires atroces sont encore à venir. Comment inventer des atrocités ici[4] ! [...]

Comment en sortir, oui ? Comment échapper à ce *fléau* ?

La délivrance, une fois encore, et paradoxalement, s'appelle Verlaine.

De peur d'être appréhendé sur le territoire français par les services secrets de Thiers, en raison de ses accointances avec les communards, affichées aussi bien en Belgique qu'en Angleterre, Verlaine n'a pas osé franchir la frontière : il est allé chez sa tante paternelle à Jéhonville, une petite localité de la province belge du Luxembourg. Et c'est de Jéhonville qu'il envoie un mot à Rimbaud. Il lui propose de le voir à Bouillon, à « Boglione » comme il s'amuse à l'écrire, cette jolie commune, fortifiée jadis par Vauban et baptisée la Perle de la Semois, n'étant pas très éloignée de Charleville et de Roche. Quant au lieu du rendez-vous, il lui indique l'hôtel des Ardennes dont le restaurant a fort bonne réputation.

Sans trop réfléchir, sans peser le pour et le contre, Rimbaud s'exécute.

Pendant une semaine, il effectue plusieurs allées et venues entre Charleville et Bouillon, en prenant le train jusqu'à Sedan puis, de Sedan, la malle-poste. Un jour, il se déplace même en compagnie de Delahaye, et un autre, en compagnie de Bretagne. Ces expéditions lui font du bien, et déjà il ressent le désir de revivre auprès de Verlaine.

Le 25 mai, les deux poètes partent pour Liège

dont ils visitent les monuments avec un vif intérêt et où ils passent la nuit dans un hôtel à proximité de la station des Guillemins. Le lendemain, ils sont à Anvers et prennent le steamer du Great Eastern Railway à destination de Harwich, un itinéraire plus long que par d'autres lignes assurant en quinze heures le transport maritime entre le continent et l'Angleterre. De nouveau, Rimbaud est subjugué par les flots, l'« énorme passade du courant », les « lumières inouïes [5] » que la mer reflète à l'embouchure de l'Escaut.

Arrivés à Londres par le train, ils louent une chambre, 8 Great College Street, une longue artère dans le quartier de Camden Town, où passe le canal du Régent qui s'étend au nord de la cité babylonienne jusqu'au parc Victoria, un quartier qui leur rappelle Bruxelles et où habite également Eugène Vermersch.

Ils s'aiment comme des tourtereaux. Ils sont heureux. Étant donné que Verlaine a reçu de l'argent de sa mère et de sa tante, ils peuvent sortir, aller au théâtre et au music-hall, fréquenter les pubs et les night-clubs à la mode, dîner ou souper au restaurant, bien qu'ils ne raffolent pas de la cuisine anglaise. Ils vont même assister aux fastueuses cérémonies qui se déroulent à Londres à l'occasion de la visite du shah de Perse reçu par la reine Victoria.

Toutefois, l'insouciance se paie, et ils doivent bientôt se priver de leurs distractions favorites et redonner des cours de français aux *Angliches* pour pouvoir subvenir à leurs besoins. Ils essaient aussi de placer des articles dans des journaux londoniens. Leurs gains sont des plus minimes, mais cela leur permet au moins de ne pas sombrer dans la misère.

Ces difficultés raniment leurs pénibles querelles. Ils n'arrêtent pas de s'adresser mutuellement des reproches, des blâmes et des insultes, de trouver qu'ils ont eu une mauvaise idée de se réinstaller à Leun'deun, qu'ils auraient dû rester à Boglione, à l'abri du tumulte des mégapoles. Ils se battent même comme des apaches, et parfois le couteau à la main.

Dans leurs disputes désormais devenues quotidiennes, Verlaine est le plus geignard. Il revient encore et toujours sur ses démêlés conjugaux, s'attarde inévitablement sur Mathilde dont il persiste à ne pas comprendre l'attitude si défavorable à son endroit, à croire qu'il ne serait qu'un pestiféré. À de multiples reprises, il parle de se suicider si sa femme, manipulée, bien entendu, par ses odieux beaux-parents, s'obstinait à ignorer ses prières. Et quand il a bu, il devient ordurier et raconte n'importe quoi.

Ce qui agace le Rimbe au plus haut point. Il jurerait avoir affaire à une femmelette, un mollasson, une moule.

Une *bobonne*.

Le 5 juillet, le voyant rentrer du marché matinal, un hareng emballé dans un vieux papier journal tout jauni et une bouteille d'huile sous le bras, il ne peut plus se contrôler. Il éclate soudain de rire — un formidable rire moqueur — et crie : « Eh ! la bobonne ! Ce que tu as l'air con avec ta bouteille et ton poisson[6] ! »

Contre toute attente, la *bobonne* en question lui fait volte-face, s'empare à la hâte de quelques-uns de ses effets personnels qu'il entasse négligemment dans une valise, sort de la chambre, se jette dans l'escalier, et une fois au rez-de-chaussée, s'enfuit à grandes enjambées au milieu de la rue, avant de tourner le coin et de disparaître.

Après un bref moment d'incrédulité, Rimbaud se lance à sa poursuite, mais ne réussit pas à le rattraper. Il croit néanmoins savoir où Verlaine s'est rendu en emportant avec lui sa valise : les docks de Sainte-Catherine, près de la Tour.

Et de fait, quand il arrive finalement sur le quai aux alentours de midi, il l'aperçoit, accoudé au bastingage. Il lève les bras, l'exhorte à revenir. Sans succès. Impuissant, il voit le steamer s'éloigner de l'embarcadère, tandis que retentit le fracas des sirènes…

De retour à Great College Street, il constate que Verlaine a négligé de prendre avec lui ses manuscrits et ses livres. Il lui écrit aussitôt une lettre éplorée :

Reviens, reviens, cher ami, seul ami, reviens. Je te jure que je serai bon. Si j'étais maussade avec toi, c'est une plaisanterie où je me suis entêté, je m'en repens plus qu'on ne peut dire. Reviens, ce sera bien oublié. Quel malheur que tu aies cru à cette plaisanterie. Voilà deux jours que je ne cesse de pleurer. Reviens. Sois courageux, cher ami. Rien n'est perdu. Tu n'as qu'à refaire le voyage. Nous revivrons ici bien courageusement, patiemment. Ah ! je t'en supplie. C'est ton bien d'ailleurs. Reviens, tu trouveras toutes tes affaires. J'espère que tu sais bien à présent qu'il n'y avait rien de vrai dans notre discussion. L'affreux moment ! Mais toi, quand je te faisais signe de quitter le bateau, pourquoi ne venais-tu pas ? Nous avons vécu deux ans ensemble pour en arriver à cette heure-là ! Que vas-tu faire ? Si tu ne veux pas revenir ici, veux-tu que j'aille te retrouver où tu es ?

Oui, c'est moi qui ai eu tort.

Oh ! tu ne m'oublies pas, dis ?

Non, tu ne peux pas m'oublier.

Moi, je t'ai toujours là.

Dis, réponds à ton ami, est-ce que nous ne devons plus vivre ensemble ? Sois courageux. Réponds-moi vite. Je ne puis rester ici plus longtemps. N'écoute que ton bon cœur.

Vite, dis si je dois te rejoindre.

À toi toute la vie.

RIMBAUD[7].

Le jour suivant, il réitère son appel dans une lettre au style décousu qui est une manière de post-scriptum à la précédente. Ce serait un « crime », écrit-il, si Verlaine ne revenait pas, s'il persistait à penser que sa vie serait plus agréable avec un autre que lui, et spécialement avec Mathilde qui ne lui fera que des misères. Il reconnaît qu'il a eu tort, qu'il n'aurait jamais dû le railler et se payer sa tête, que ses colères étaient « fausses ». Il jure qu'il sera « très gentil à l'avenir ». Et il ajoute : « Avec moi seul tu peux être libre [...] resonge à ce que tu étais avant de me connaître. [...] Le seul vrai mot, c'est : reviens, je veux être avec toi, je t'aime, si tu écoutes cela, tu montreras du courage et un esprit sincère. Autrement, je te plains[8]. »

Au plus profond de lui-même pourtant, il a des doutes. Quelque chose lui dit que Verlaine ne reviendra pas le retrouver à Londres.

Deux coups de feu à Bruxelles

C'est par Mrs Smith, la propriétaire de la chambre du 8 Great College Street, que Rimbaud apprend que Verlaine, après avoir débarqué au port d'Anvers, a gagné Bruxelles en chemin de fer et qu'il s'est installé, comme à son habitude, au Grand Hôtel liégeois. Il lui écrit aussitôt à cette adresse qu'il connaît et, de nouveau, lui demande instamment de revenir à Londres, où il a mis « en sûreté » tous ses livres et manuscrits. Ce serait là, insiste-t-il en reprenant le terme de sa lettre du 6 juillet, « une marque de courage ». Il lui promet que de son côté, il veillera à avoir dorénavant « très bon caractère [1] ».

En guise de réponse, il reçoit un court télégramme dans lequel Verlaine l'invite à le rejoindre, et où il lui laisse entendre qu'il aimerait rallier comme volontaire les troupes de Don Carlos en Espagne.

Le 8 juillet dans la nuit, Rimbaud est de retour à Bruxelles. Au Grand Hôtel liégeois où il se rend immédiatement, on lui fait savoir que Verlaine a déménagé à l'hôtel de la Ville-de-Courtrai, rue des

Brasseurs, une petite artère assez sombre derrière la Grand-Place. On ne lui explique pas pourquoi. On lui signale seulement qu'une femme, une femme âgée, s'est présentée à la réception la veille, et que leur client a ensuite plié bagage en sa compagnie.

Qui est cette femme ?

La mère de Verlaine ou la tante de Jéhonville qui aurait de toute urgence apporté de l'argent à son neveu ? À moins que ce ne soit sa propre mère venue, Dieu sait pour quelle obscure raison, de Charleville...

La question le taraude, tandis qu'il se dirige vers la Grand-Place par l'itinéraire le plus direct : le boulevard du Nord, la rue Fossé-aux-Loups où a habité Paul Durand, l'ami de Georges Izambard, la place de la Monnaie, la rue des Fripiers et la rue au Beurre. Alors qu'il arrive à l'hôtel de la Ville-de-Courtrai, il voit surgir devant lui Mme Verlaine mère donnant le bras de son fils. Elle écarquille les yeux et ne peut pas s'empêcher de pâlir.

Rimbaud et Verlaine se jettent dans les bras l'un de l'autre. Quoique leur séparation n'ait duré que quatre jours, ils ont mille et une choses à se dire. Ils déplorent tous les deux ce qui s'est passé à Londres. Non, c'est juré, ça ne se reproduira plus. Jamais.

Sauf qu'après les repentances et les effusions, Verlaine, pour la énième fois, se plaint de sa femme. Il reparle de se faire sauter la cervelle, si Mathilde refusait de se remettre en ménage avec lui. Il veut aller rue Nicolet et lui annoncer de vive voix sa résolution. À présent, il se déclare prêt à courir ce risque. Quitte à ce que la police de Thiers lui tombe dessus, à la frontière ou à Paris, et le jette en prison. Mais, de toute manière, il est bien déterminé à partir seul. Par la suite, lorsque ses affaires conjugales seront réglées, ils trouveront bien, lui et Rimbaud, le moyen de se revoir ici à Bruxelles, à Boglione ou à Leun'deun...

Rimbaud n'aime pas du tout cette façon d'envisager l'avenir.

Il souhaite également effectuer le voyage à Paris. Il projette encore et toujours de faire publier ses poèmes en volume. Il a la certitude qu'il réussira à convaincre un éditeur. Paul Demeny, qui n'a pourtant aucun talent particulier, et pour se limiter au seul exemple de l'ami de Georges Izambard, Paul Demeny n'y est-il pas parvenu ?

Tous les deux campent sur leurs positions, Verlaine avec force jérémiades, Rimbaud avec entêtement.

Il y a néanmoins un point sur lequel ils tombent d'accord : aller ensemble vider des chopes de bière, s'enivrer dans les estaminets des environs. Sans Mme Verlaine, il va sans dire.

Sur la Grand-Place et aux pourtours, les bonnes enseignes ne manquent pas. Ne serait-ce que l'hôtel des Brasseurs, à moins de cent mètres, où ils ont déjà souvent mis les pieds l'année dernière. Après s'être attablés là un moment, ils se transportent place de la Monnaie au café des Mille-Colonnes dont la salle, fort grande, est décorée dans le plus pur style Empire. C'est le lieu de rendez-vous habituel des artistes bruxellois et le premier établissement de la capitale belge à avoir été équipé de l'éclairage au gaz. Rimbaud et Verlaine y restent de longues heures et n'en sortent en goguette qu'au milieu de la nuit.

Le lendemain, Rimbaud se promène sans but dans les rues de Bruxelles. Par bribes, des mots, des phrases lui traversent l'esprit. Le soir, à son retour à l'hôtel, il se hâte de les transcrire sur des feuilles de papier.

Si j'ai du goût, ce n'est guère
Que pour la terre et les pierres.
Je déjeune toujours d'air,
De roc, de charbons, de fer.

Mes faims, tournez. Paissez, faims,
Le pré des sons.
Attirez le gai venin
Des liserons.

Mangez les cailloux qu'on brise,
Les vieilles pierres d'églises ;
Les galets des vieux déluges,
Pains semés dans les vallées grises.

Le loup criait sous les feuilles
En crachant les belles plumes
De son repas de volailles :
Comme lui je me consume.

Les salades, les fruits
N'attendent que la cueillette ;
Mais l'araignée de la haie
Ne mange que des violettes.

Que je dorme ! que je bouille
Aux autels de Salomon.

Le bouillon court sur la rouille,
Et se mêle au Cédron [2].

Rimbaud aimerait que Verlaine lui donne un avis sur ce poème et en fasse la critique. Il est hésitant, il se demande si son propos n'est pas trop obscur, trop filandreux. Mais Verlaine lui répond qu'il n'a pas la tête à ça, tellement Mathilde l'obsède. Se donner la mort, voilà à quoi il pense aussi sans discontinuer. Et d'ailleurs, il lui annonce qu'il a repéré une armurerie dans les galeries Saint-Hubert toutes proches, et qu'il compte aller y acheter une arme à feu…

Le 10 juillet, lorsqu'il se réveille, Rimbaud s'étonne de ce que Verlaine ne soit pas à ses côtés dans le lit, au premier étage de l'hôtel de la Ville-de-Courtrai. Il va frapper à la porte de la chambre voisine où loge la mère de son compagnon, mais elle est incapable de lui fournir une réponse.

Dehors, il fait chaud — une chaleur caniculaire comme on en a rarement connu à Bruxelles.

Difficile d'écrire dans de telles conditions.

Vers midi, Verlaine fait tout à coup irruption dans la chambre. Il a l'air très nerveux. De toute évidence, il a bu. Sans crier gare, il sort de sa poche un pistolet protégé par une gaine de cuir verni, et le montre fièrement à Rimbaud. Il s'agit, dit-il, d'un revolver d'une excellente qualité, un sept millimètres à six coups. Il lui montre aussi une boîte de cinquante cartouches. Et là-dessus, il emmène Rimbaud déjeuner à la Maison des Brasseurs, sur la Grand-Place. Ils vident quelques chopes de faro, parlent de leurs projets littéraires respectifs — Verlaine d'un recueil de vers qu'il a baptisé *Romances sans paroles* et qu'il aimerait faire paraître prochainement, Rimbaud d'un livre « païen » dont il a déjà ébauché quelques pages à Londres et dont il se met à lire le début transcrit sur un morceau de papier qu'il sort de sa poche :

Jadis, si je me souviens bien, ma vie était un festin où s'ouvraient tous les cœurs, où tous les vins coulaient.

Un soir, j'ai assis la Beauté sur mes genoux. — Et je l'ai trouvée amère. — Et je l'ai injuriée.

Je me suis armé contre la justice.

Je me suis enfui. Ô sorcières, ô misère, ô haine, c'est à vous que mon trésor a été confié.

Je parvins à faire s'évanouir dans mon esprit toute l'espérance humaine. Sur toute joie pour l'étrangler j'ai fait le bond sourd de la bête féroce.

J'ai appelé les bourreaux pour, en périssant, mordre la crosse de leurs fusils. J'ai appelé les fléaux, pour m'étouffer avec le sable, le sang. Le malheur a été mon dieu. Je me suis allongé dans la boue. Je me suis séché à l'air du crime. Et j'ai joué de bons tours à la folie [3].

Quand Rimbaud et Verlaine rentrent à leur hôtel, une heure et demie plus tard, c'est de nouveau pour se chamailler.

Une mauvaise et lamentable rengaine.

Que Rimbaud interrompt brusquement.

Comme piqué au vif, il se précipite dans la chambre voisine chez Mme Verlaine et exige d'elle vingt francs : ce que coûte, en troisième classe, un voyage en chemin de fer de Bruxelles à Paris. Il crie qu'il ne la laissera tranquille et ne partira que si elle lui remet en main propre cette somme. Il jure qu'il ne reviendra pas en arrière.

Verlaine agrippe alors Rimbaud par les épaules et l'entraîne dans leur chambre dont il ferme la porte à clef.

Rimbaud n'en démord pas. Il veut déguerpir. Prendre à la station du Midi le premier train à destination de Paris. Tout de suite. Il dit en ricanant qu'il en a mille fois assez de vivre auprès d'un pauvre type, d'un éternel pleurnichard comme Verlaine. Des flopées d'insultes s'échappent de ses lèvres.

La réaction de Verlaine est irréfléchie : il s'empare vivement de son pistolet, un *rivolvita* selon le terme qu'il utilise, et tire à deux reprises sur le Rimbe. La première balle l'atteint à l'avant-bras gauche. La seconde le frôle de quelques millimètres et s'écrase sur le plancher.

Après avoir poussé des gémissements de douleur, Rimbaud s'écroule au pied du lit. Il se tient le poignet d'où jaillit le sang, grimace et, d'une voix suppliante, appelle à l'aide. Il entend alors confusément qu'on frappe à grands coups à la porte.

La minute suivante, il voit Mme Verlaine se pencher sur lui et examiner son avant-bras. Elle lui promet que sa blessure n'est pas grave, mais qu'il serait tout de même bon de la faire examiner par un médecin. Verlaine, qui a recouvré en partie ses esprits, parle de l'hôpital Saint-Jean, en face du Jardin botanique dans les parages duquel il s'est hasardé, lors de leur précédent séjour à Bruxelles. Il s'agirait, dit-il, de l'hôpital le plus moderne et le plus grand de la capitale. On y accède, d'après ce qu'il croit savoir, par la rue du Pachéco.

Soutenu par Mme Verlaine et par son *agresseur*, Rimbaud y arrive après avoir marché une vingtaine de minutes sous la canicule. Bien vite, il est pris en charge par un médecin à qui, pour toute explication, il évoque une vague histoire d'accident, tandis qu'il était occupé, lui raconte-t-il, à nettoyer une arme à feu. Par chance, on ne lui en demande pas davantage. On soigne sa blessure, on lui applique un pansement. On lui dit qu'on procédera à l'extraction de la balle dans deux ou trois jours et on le laisse partir.

Lorsqu'il retrouve Verlaine et sa mère dans la salle d'attente, il leur déclare qu'il est toujours aussi déterminé à aller à Paris. À l'hôtel de la Ville-de-Courtrai où il s'arrête un petit moment pour récupérer ses effets, les querelles reprennent de plus belle. Mme Verlaine y coupe court en remettant à Rimbaud les vingt francs du voyage.

Et le trio s'achemine alors vers la station du Midi par la rue du Lombard et la rue du Midi.

Verlaine est effondré.

Subitement, aux abords de la place Rouppe, il se plante devant Rimbaud et lui dit qu'il va se brûler la cervelle. Et déjà il glisse la main dans sa poche…

Croyant que Verlaine est sur le point de saisir son *rivolvita* et de tirer de nouveau sur lui, Rimbaud pivote sur ses talons, court vers un agent de police en faction, un agent de la deuxième division de la ville portant, ironie du sort, le patronyme de Michel, comme celui de la *pétroleuse*. Il lui déclare, le doigt pointé en direction de Verlaine qui se tient immobile en bordure du trottoir, qu'il est menacé de mort par cet homme.

Le trio est emmené dans les locaux du commissariat central, rue de l'Amigo. Autre ironie du sort, leurs fenêtres s'ouvrent presque sur l'hôtel de la Ville-de-Courtrai.

Rimbaud, Verlaine et sa mère sont interrogés à tour de rôle par le commissaire adjoint Joseph Delhalle, un homme encore jeune et sans grande expérience. Chacun y va de sa version des faits. Lesquels ne plaident pas pour Verlaine : il y a le revolver qu'il a acheté aux galeries Saint-Hubert, il y a la blessure encore toute fraîche de Rimbaud, il y a les allégations de l'agent de police en faction, il y a deux ou trois témoins qui ont assisté à la scène, place Rouppe… En un mot : les charges qui pèsent sur Verlaine sont accablantes.

Dans le procès-verbal qu'il établit à son sujet, Joseph Delhalle note :

> En présence de ces déclarations, nous interpellons le sieur Verlaine Paul, lequel déclare qu'il est arrivé à Bruxelles depuis quatre jours, malheureux et désespéré ; qu'il connaît Rimbaud depuis plus d'une année, avait vécu avec lui à Londres, qu'il l'avait quitté depuis quatre jours pour venir habiter Bruxelles afin d'être plus près de ses affaires, plaidant en séparation avec sa femme habitant Paris, laquelle prétend qu'il a des relations immorales avec Rimbaud, qu'il avait écrit à sa femme que si elle ne venait pas le rejoindre endéans les trois jours il se brûlerait la cervelle, et c'est dans ce but qu'il avait acheté ce revolver le matin au passage des galeries St Hubert avec la gaine et une boîte de capsules pour la somme de 23 francs ; depuis mon arrivée à Bruxelles j'ai reçu une lettre de Rimbaud qui me

demandait de venir me rejoindre, je lui ai envoyé un télégramme disant que je l'attendais, et il est arrivé il y a deux jours ; aujourd'hui me voyant malheureux il a voulu me quitter, j'ai cédé à un moment de folie et j'ai tiré sur lui, il n'a pas porté plainte à ce moment ; je me suis rendu avec lui et ma mère à l'hôpital St Jean pour le faire panser, et nous sommes revenus ensemble ; Rimbaud voulait partir à toute force, ma mère lui a donné 20 francs pour son voyage et c'est en le conduisant à la gare qu'il a prétendu que je voulais le tuer[4].

La phrase du procès-verbal « laquelle prétend qu'il a des relations immorales avec Rimbaud », Joseph Delhalle la souligne au crayon rouge et l'épingle par un trait vertical, également en rouge, dans la marge de son procès-verbal.

Verlaine, qui admet donc avoir « cédé à un moment de folie », est écroué sous l'inculpation de coups et blessures et enfermé sur-le-champ dans les cachots du commissariat central. À Bruxelles, tout simplement à cause du nom de la rue où ils se trouvent et qui est celui d'une ancienne maison d'arrêt érigée à l'époque de l'occupation espagnole, on les appelle l'Amigo.

Quant à Rimbaud et à Mme Verlaine, ils sont priés de rentrer à leur hôtel tout proche et, selon la formule consacrée, de se tenir à la disposition de la police.

Mauvais sang

Le lendemain, le 11 juillet, Rimbaud retourne à l'hôpital Saint-Jean où lui sont prodigués de nouveaux soins *. Quand il rentre le soir à l'hôtel de la Ville-de-Courtrai, il apprend qu'il a reçu une citation à comparaître le jour même devant le juge d'instruction de l'arrondissement de Bruxelles, Théodore t'Serstevens, un magistrat pointilleux et très légaliste. Mais sa déposition, il ne peut la faire que dans la matinée du 12.

Il raconte au magistrat comment il a rencontré Verlaine à Paris, « il y a deux ans environ », pourquoi ils sont partis à Londres ensemble, et dans quelles circonstances exactes, après qu'ils sont venus à Bruxelles, son ami, « comme fou », a pointé son pistolet dans sa direction, a « lâché » deux coups de pistolet sur lui, et l'a atteint au poignet gauche avec la première balle. Une balle, ajoute-t-il, que les chirurgiens n'ont pas encore extraite, un médecin lui ayant dit, lors de sa première visite

* À l'époque, ils étaient dispensés gratuitement à Bruxelles.

à l'hôpital, « qu'elle ne pourrait l'être que dans deux ou trois jours ».

À la fin, comme le juge d'instruction lui demande s'il connaît « le motif des dissentiments de Verlaine et de sa femme », Rimbaud répond : « Verlaine ne voulait pas que sa femme continuât d'habiter chez son père. » Et à la question « N'invoque-t-elle pas aussi comme griefs votre intimité avec Verlaine ? », il réplique : « Oui, elle nous accuse même de relations immorales. Mais je ne veux pas me donner la peine de démentir pareille calomnie[1]. »

La semaine suivante, il est amené à déposer une nouvelle fois devant Théodore t'Serstevens. Dans l'intervalle, celui-ci n'a pas perdu son temps : il est allé interroger Mme Verlaine, il s'est entretenu avec le gérant de l'hôtel de la Ville-de-Courtrai et il a longuement inspecté la chambre où Verlaine a « cédé à un moment de folie ». Il a aussi vu l'armurier des galeries Saint-Hubert et les médecins de l'hôpital Saint-Jean, où il a demandé qu'on procède à un examen corporel approfondi sur la personne du prévenu qui, depuis quelques jours, a quitté l'Amigo et a été écroué à la Maison de sûreté civile et militaire de Bruxelles, la prison des Petits-Carmes, dans la rue du même nom.

1° Le pénis est court et peu volumineux — le gland est surtout petit et va s'amincissant — s'effilant vers son extrémité libre, à partir de la couronne — Celle-ci est peu saillante et sans relief. 2° L'anus se laisse dilater assez fortement, par un écartement modéré des fesses, en une profondeur d'un pouce environ — Ce mouvement met en évidence un infundibulum évasé, espèce de cône tronqué dont le sommet serait en profondeur.

Les replis du sphincter ne sont pas lésés ni ne portent de traces de lésions anciennes.

La contractibilité est restée *à peu près* normale. De cet Examen il résulte que P. Verlaine porte sur sa personne des traces d'habitude de pédérastie active et passive.

L'une et l'autre de ces sortes de vestiges ne sont pas tellement marquées qu'il y ait lieu de suspecter des *habitudes invétérées et anciennes* mais des pratiques plus ou moins récentes [2].

En présence de Théodore t'Serstevens, Rimbaud persiste dans ses précédentes déclarations : Verlaine, dit-il, voulait l'empêcher de l'accompagner à Paris, tout en changeant « d'idée à chaque instant » et ne s'arrêtant « à aucun projet ». « [Sa] raison était complètement égarée, il était en état d'ivresse, il avait bu dans la matinée comme il a du reste l'habitude de le faire quand il est livré à lui-même [3]. » Il précise encore que les médecins de l'hôpital Saint-Jean ont à présent extrait la balle de revolver qui l'a blessé et que, selon eux, cette blessure devrait être guérie dans trois ou quatre jours. Et comme pour prouver au juge d'instruction qu'il est un bon fils de famille, il l'informe qu'il compte rapidement retourner en France chez sa mère, à Charleville.

Il ignore toutefois que Théodore t'Serstevens a fait fouiller ses affaires et ses vêtements à l'hôtel et à l'hôpital, et qu'il a trouvé là divers papiers qui indiquent assez clairement la nature des relations entre les deux poètes. Des documents tout aussi *compromettants* ont, au surplus, été saisis dans le portefeuille de Verlaine et dans ses bagages. Et notamment la récente lettre de Rimbaud commençant par les mots « Reviens, reviens, cher ami, seul ami » ainsi qu'un *curieux* poème daté de mai 1872 et intitulé *Le Bon Disciple*.

Je suis élu, je suis damné !
Un grand souffle inconnu m'entoure.
Ô terreur ! *Parce, Domine* !

Quel Ange dur ainsi me bourre
Entre les épaules tandis
Que je m'envole aux Paradis ?

Fièvre adorablement maligne,
Bon délire, benoît effroi,
Je suis martyr et je suis roi,
Faucon je plane et je meurs cygne !

Toi le Jaloux qui m'as fait signe,
Ô me voici, voici tout moi !
Vers toi je rampe encore indigne !
— Monte sur mes reins, et trépigne[4] !

Pourtant, le 19 juillet, Rimbaud revient sur ses déclarations et se ravise :

Je soussigné Arthur Rimbaud, 19 ans, homme de lettres, demeurant ordinairement à Charleville (Ardennes — France) déclare, pour rendre hommage à la vérité, que le jeudi 10 courant vers 2 heures, au moment où M. Paul Verlaine, dans la chambre de sa mère, a tiré sur moi un coup de revolver qui m'a blessé légèrement au poignet gauche, M. Verlaine était dans un tel état d'ivresse qu'il n'avait point conscience de son action.

Que je suis intimement persuadé qu'en achetant cette arme, M. Verlaine n'avait aucune intention hostile contre moi, et qu'il n'y avait point de préméditation criminelle dans l'acte de fermer la porte à clef sur nous.

Que la cause de l'ivresse de M. Verlaine tenait simplement à l'idée de ses contrariétés avec Mme Verlaine, sa femme.

Je déclare en outre lui offrir volontiers et consentir à ma renonciation pure et simple à toute action criminelle correctionnelle et civile, et me désiste dès aujourd'hui des bénéfices de toute poursuite qui serait ou pourrait être intentée par le ministère public contre M. Verlaine par le fait dont il s'agit.

A. RIMBAUD [5].

Cet acte de désistement, Rimbaud l'assume sans la moindre réserve, sans la moindre arrière-pensée. Dans son esprit, c'est comme s'il s'affranchissait définitivement de Verlaine et tournait une page importante de son existence. Comme si les coups de feu de l'hôtel de la Ville-de-Courtrai, cet ultime geste fou, ce « dernier *couac* [6] », lui ouvraient toutes grandes les portes du futur et le rendaient à ce qu'il n'aurait jamais cessé de faire depuis qu'il avait quitté le collège : l'écriture.

N'étant plus obligé de se tenir à la disposition de la justice belge, il végète encore quelques jours à Bruxelles dans une chambre qu'il loue chez une marchande de tabac, rue des Bouchers, et où il pose, étendu sur son lit comme s'il était malade et qu'il souffrait toujours de sa blessure au poignet, pour un jeune peintre à peine âgé de vingt ans, Jef Rosman. Après quoi, il retourne à Charleville puis à Roche où, négligeant les travaux de la ferme, il se met aussitôt à regrouper ses brouillons et à écrire son livre « païen ».

Ce sont des textes mi-autobiographiques, mi-hallucinés, des monologues tour à tour violents, sauvages, douloureux et pathétiques dont il ne sait trop s'ils jaillissent du plus lointain de lui-même ou d'ailleurs, d'un monde impénétrable, ténébreux et inconnu. En les écrivant, il pense à son « drôle de ménage », aux éclats de Verlaine cherchant à « s'évader de la réalité », à leurs orageuses et incessantes empoignades, mais en même temps, il a la sensation, l'étrange et inexplicable sensation, que sa plume court d'elle-même sur le papier, qu'elle y jette des mots, des phrases, des interjections, des exclamations, d'une manière automatique.

Le début de *Mauvais sang*, le premier monologue après un bref avant-propos, en donne le ton :

> J'ai de mes ancêtres gaulois l'œil bleu blanc, la cervelle étroite, et la maladresse dans la lutte. Je trouve mon habillement aussi barbare que le leur. Mais je ne beurre pas ma chevelure.
>
> Les Gaulois étaient les écorcheurs de bêtes, les brûleurs d'herbes les plus ineptes de leur temps.
>
> D'eux, j'ai : l'idolâtrie et l'amour du sacrilège ; — oh ! tous les vices, colère, luxure, — magnifique, la luxure ; — surtout mensonge et paresse.
>
> [...]
>
> Mais ! qui a fait ma langue perfide tellement, qu'elle ait guidé et sauvegardé jusqu'ici ma paresse ? Sans me servir pour vivre même de mon corps, et plus oisif que le crapaud, j'ai vécu partout. Pas une famille d'Europe que je ne connaisse. — J'entends des familles comme la mienne, qui tiennent tout de la déclaration des Droits de l'Homme. — J'ai connu chaque fils de famille[7] !

Durant la seconde quinzaine du mois d'août, il revient à Bruxelles avec le manuscrit de son « carnet de damné », *Une saison en enfer*. Il le remet à Jacques Poot, le patron de l'Alliance typographique, 37 rue aux Choux, une des nombreuses imprimeries situées dans le quartier de la place des Martyrs et de la rue du Marais, non loin en fait de l'hôpital Saint-Jean. Cette maison qui édite la revue *La Belgique judiciaire* lui a été recommandée un jour par Georges Cavalier, alias Pipe-en-Bois, vu qu'elle fait face à un estaminet où se retrouvent régulièrement des communards.

Bien entendu, lui déclare Jacques Poot, ce sera à compte d'auteur. Il ne s'en formalise pas, Verlaine lui ayant assez dit et répété qu'il n'a jamais procédé autrement avec les *Poèmes saturniens*, *Fêtes galantes* et *La Bonne Chanson*.

L'impression d'*Une saison en enfer* est achevée en octobre. Publié sous une couverture blanche sur laquelle le titre se détache en lettres capitales rouges, le volume est une mince plaquette au format in-12. Il a l'aspect d'une brochure et ne totalise que cinquante-trois pages dont dix-sept ne sont pas imprimées. Le papier en est médiocre, mais « l'ensemble a de la tenue [8] », malgré l'une ou l'autre coquille.

Rimbaud ne dispose malheureusement pas de l'argent nécessaire pour en prendre livraison. Sur les quatre cents exemplaires du tirage, il n'en reçoit qu'une douzaine des mains de Jacques Poot qui lui promet de lui faire parvenir à Charleville le reste de l'édition, au paiement de la facture. Une douzaine en guise de justificatifs : de quoi assurer un maigre *service de presse*.

Les personnes à qui Rimbaud offre son ouvrage sont les *copains* : Ernest Delahaye, Charles Bretagne, Jean-Louis Forain, alias Gavroche, Jules Mary, les jeunes poètes en herbe Jean Richepin et Raoul Ponchon dont il a fait naguère la connaissance aux dîners mensuels des Vilains Bonshommes, Ernest Millot, un ancien camarade du collège…

Sans oublier Verlaine.

Le triste sort de son amant, Rimbaud le connaît plus ou moins par ce que Delahaye lui en a appris. Après sa détention, le 8 août, à la maison d'arrêt des Petits-Carmes pour tentative d'assassinat, Verlaine a été condamné à deux ans d'incarcération par le tribunal de première instance de l'arrondissement de Bruxelles. Il a interjeté appel le jour même, mais le 23 août, la cour a confirmé le jugement, et il vient d'être transféré dans le Hainaut, à la prison cellulaire de Mons, la ville natale du compositeur Roland de Lassus. D'après Delahaye, Verlaine serait affecté au triage du café et il serait au régime de la *pistole*. C'est-à-dire qu'il serait plutôt bien nourri, qu'il aurait la possibilité de correspondre avec sa famille et ses amis, et que, dans sa cellule, il bénéficierait de la lumière jusqu'à dix heures du soir. Il s'efforcerait par ailleurs, avec le concours de son ami Edmond Lepelletier, de trouver un éditeur pour son dernier recueil, *Romances sans paroles*, et travaillerait déjà à de tout nouveaux textes.

Au verso de la couverture de l'exemplaire qu'il lui envoie à Mons, Rimbaud inscrit une dédicace des plus laconiques. Tout simplement : « À Paul Verlaine. » Suit sa signature. Non pas « Arthur », mais « A. Rimbaud ».

Rimbaud s'abstient en revanche de donner un exemplaire de sa *Saison en enfer* aux Parnassiens et à la faction des critiques acquis à leur cause, à l'exception d'Émile Blémont, un ancien des Vilains Bonshommes, un homme très influent à Paris, aujourd'hui rédacteur en chef de la revue de Jean Aicard *La Renaissance littéraire et artistique*, là où, en septembre 1871, a paru le poème *Les Corbeaux*.

Influent ou pas, Blémont se garde cependant de parler du livre. Comme tout le monde dans le landerneau, il a été mis au courant des événements de Bruxelles en juillet, et il a plutôt pris le parti de Verlaine. En outre, il a toujours tenu Rimbaud pour un corrupteur, un voyou et un dépravé, et il n'a aucune envie de mettre sa réputation en péril en lui consacrant un article, notamment dans *Le Rappel* où ses chroniques sont très appréciées. Du reste, tous ses confrères sont de son avis.

En dépit de ce climat qui lui est défavorable, si ce n'est hostile, Rimbaud effectue en novembre et en décembre plusieurs voyages à Paris et tente, ici et là, d'y renouer des contacts.

On lui bat froid, on le fuit, on l'ignore. Pour un peu, on lui cracherait au visage afin qu'il décampe et aille se terrer à jamais au fin fond de sa province. Seul Jules Mary, qui a trouvé du travail au *Temps*, ne cherche pas à l'éviter.

Un soir qu'il est attablé au café Tabourey, il voit venir vers lui un poète et peintre débutant qu'il a quelquefois croisé naguère au Cercle zutique : Germain Nouveau.

Natif de Pourrières dans le Var, en 1851, mais ayant grandi à Aix-en-Provence, Nouveau a occupé durant près d'un an le poste de maître d'études au lycée de Marseille, avant de monter à Paris en été 1872 et de louer une chambre rue de Vaugirard, à côté du théâtre de l'Odéon. Ayant hérité de ses parents, il possède un peu d'argent et en profite. Du reste, sa prodigalité ravit ses amis et en particulier ceux qui appartiennent au groupe des Vivants tels que Léon Valade, Raoul Ponchon, Jean-Louis Forain ou Jean Richepin, son ami le plus proche — un groupe qui a succédé aux Vilains Bonshommes.

Au physique, Nouveau a une petite taille, mais il est « bien fait et régulièrement beau, avec des yeux andalous, un nez légèrement busqué, une barbiche à deux pointes et de longs cheveux[9] » tombant sur le col. Un physique qui plaît aux femmes auxquelles il n'est pas du tout insensible. Son accent méridional est de surcroît un gage de succès dans ses galantes entreprises.

Rimbaud est rapidement conquis par Nouveau. Au cours de leur conversation, il lui confesse qu'il aimerait beaucoup aller vivre à Londres au début de l'année prochaine, et lui propose de l'y accompagner. Pour quelle raison précise ? Il serait incapable de le dire. Peut-être parce qu'il réalise bien qu'entre lui et les *gens de lettres*, les ponts sont rompus. Ou peut-être parce qu'il aspire trop à d'autres vies, qu'il souffre trop de ne pas les connaître.

Après avoir passé l'hiver dans les Ardennes au sein de sa famille, il part pour Londres avec Nouveau à la fin de mars 1874. Les deux compagnons prennent un logis 178 Stamford Street, près de la gare de Waterloo. Si Rimbaud y a ses repères, Nouveau, lui, se sent tout de suite étouffé par cette mégapole où la lumière est fuyante, et où règnent partout de fortes odeurs de charbon et de musc. De plus, au bout d'une semaine, il déplore que l'argent leur file entre les doigts.

Pour gagner leur vie, Rimbaud et Nouveau trouvent à s'employer dans une cartonnerie de High Holborn, au centre de Londres. Tout ce qu'on leur demande, c'est de découper proprement du carton afin de confectionner des boîtes à chapeaux. Rien d'insurmontable. Mais ce travail les empoisonne et ils décident alors de donner des cours de français et de dessin. Hélas, les trois annonces qu'ils font paraître trois jours de suite, et en quatre langues, dans *The Echo* ne donnent rien. Peut-être faudrait-il en faire passer d'autres dans *The Daily Telegraph* dont le tirage est plus important... Ou alors demander son avis à Eugène Vermersch, toujours aussi batailleur, car il connaît bien la presse en Angleterre...

Lorsqu'ils ne sont pas à chercher du travail, à fréquenter la British Museum Library (Rimbaud s'y réinscrit le 4 août) ou à traîner dans les pubs enfumés du côté de Charing Cross, Rimbaud et Nouveau s'encouragent mutuellement à écrire.

Dans ses papiers, Rimbaud a le texte de ses *Illuminations* — ces vers et ces proses qui ont un tantinet dérouté Verlaine, dont la plupart ont été composés en 1873 et qu'il conviendrait sans doute de retoucher une dernière fois. Il y a là, pense-t-il, la matière d'une plaquette. Encore qu'avec l'expérience désastreuse d'*Une saison en enfer*, il ne soit pas pressé de se mettre en quête d'un éditeur, ni même d'un imprimeur…

Et soudain en juin, sans crier gare, excédé par leur existence misérable, Nouveau le quitte et rentre seul à Paris.

Le faune est de retour

Pourquoi Germain Nouveau est-il parti ? Pourquoi l'a-t-il fait sans fournir la moindre explication ? Rimbaud essaie de comprendre, mais en vain. Ce qui est sûr, c'est que, peut-être pour la première fois de son existence, il se sent abandonné et qu'il a du mal à endurer la situation. Dieu sait pourtant s'il s'entendait bien avec Nouveau, et si la compagnie de ce Provençal à la fois tellement tourmenté et tellement crédule, tellement authentique et tellement imprévisible, lui était agréable, et l'aidait à ne pas trop broyer du noir à longueur de journée !

Comme s'il tenait à conjurer le mauvais sort, il déménage précipitamment et va habiter un meublé de London Street, une artère proche de Howland Street, là où il a séjourné avec Verlaine en septembre 1872. Il écrit à sa mère et lui demande de lui envoyer de l'argent. À moins, lui dit-il, qu'elle ne veuille elle-même venir à Londres le lui remettre en main propre. Il lui apprend par ailleurs qu'il est malade et qu'il doit aller se faire soigner à l'hôpital. Bien qu'il se garde de l'avouer, il a en réalité besoin de chaleur humaine et il sait qu'il peut en trouver auprès des siens. Il en a d'ailleurs d'autant plus besoin que les anciens communards, Eugène Vermersch et Prosper Olivier Lissagaray à leur tête, se méfient toujours de lui et l'évitent.

Le 6 juillet, Mme Rimbaud et sa fille Vitalie, qui est à présent âgée de seize ans, arrivent à la gare de Charing Cross et louent une chambre au troisième étage d'un immeuble d'Argyle Square, près de King's Cross.

Ces retrouvailles ragaillardissent Rimbaud. À la manière d'un guide rompu à l'exercice, il entraîne sa mère et sa jeune sœur au cœur de Londres et leur fait visiter de nombreux monuments et sites. Il leur montre le Parlement avec ses belles tours dorées, la cathédrale Saint-Paul, le palais du duc de Northumberland, la caserne des gardes de la reine Victoria, le théâtre de l'Alhambra devant lequel se dresse, sur un immense bloc de marbre blanc, la statue de Shakespeare... Sans oublier le gigantesque Albert Hall inauguré en 1871, sur les bords de la Tamise, qu'il a évoqué dans *Villes* en parlant d'un « dôme » qui est « une armature d'acier artistique de quinze mille pieds de diamètre environ », ainsi que le curieux souterrain qui passe dessous...

Il les emmène également dans plusieurs musées, en particulier au British Museum où il reste un long moment en contemplation devant les dépouilles du roi d'Abyssinie, Théodoros II, et de sa femme. Le soir, ce sont des promenades à Hyde Park ou à Kensington Gardens. Comme Londres est écrasé de chaleur, Vitalie compare ces lieux à une « oasis » et à un « paradis[1] ». Ses impressions, elle les note du reste dans un journal. À la date du 11 juillet, elle signale qu'elle est allée avec son frère à la bibliothèque du British qui compte trois millions de livres. Et elle s'étonne que « les dames soient admises aussi bien que les hommes [2] ». Le lendemain, elle écrit :

> Voici donc le premier dimanche que je passe à Londres. Au contraire des autres jours, on n'entend pas le bruit des voitures. Il fait beau, il fait frais. Je ne sens pas l'accablement des autres jours. Arthur s'ennuie. Nous allons à un temple protestant. C'est à peu de choses près comme dans les églises catholiques. De belles voûtes, des lustres, des bancs, etc. Je m'y suis tant ennuyé que je me sentais devenir malade. [...] Nous ne connaissons personne qui sache le français, si ce n'est là où Arthur va. Maintenant nous ne sommes plus tout à fait embarrassées. Dans les commencements il fallait qu'Arthur soit là toujours pour tout ce dont nous avions besoin. Il est vrai qu'il se met si bien à toutes choses, que, lui présent, on n'a besoin de se mettre en peine de rien. Il se porte beaucoup mieux, mais plusieurs personnes lui ont conseillé d'aller à la campagne, au bord de la mer, pour se remettre complètement [3].

Le 14, elle note qu'elle se sent souffrante « par découragement, par ennui, par tristesse » et qu'elle éprouve au surplus « une sorte de désespoir », avant de poursuivre sur un mode bien différent :

> Nous sortons le soir. Je suis mieux portante. Arthur est bien tourné ; nous n'allons pas trop loin. Nous suivons des murs derrière lesquels les trains courent toujours. Des voies fermées partout, des gares. En revenant, nous nous amusons à regarder le chemin de fer souterrain. Quelle merveille ! Il passe sans cesse sous des tunnels, sous des ponts, et avec quelle rapidité ! Les trains sont toujours pleins de voyageurs qui sont bien plus

vifs que nous autres *agiles* Français. Et cette foule est calme, placide, silencieuse. Pas un cri, pas un geste inutile… etc. [4].

Et à la date du 18 juillet :

Arthur a été de nouveau commander des annonces et chercher un autre placeur. Peut-être trouvera-t-il dès aujourd'hui une place. Ou bien sera-ce pour lundi ? Que je voudrais y être ! Quel bonheur m'apportera lundi, ou quel malheur ? Ayez pitié de nous, mon Dieu, ne nous abandonnez point [5].

Dans ses déambulations quotidiennes, Vitalie est aussi frappée par les prêches, à tous les grands carrefours de la ville, et par la foule qui écoute les prêcheurs avec recueillement et respect, tandis qu'on distribue des écrits pieux. En ce qui la concerne, Mme Rimbaud est davantage éblouie par l'opulence des magasins ; dans l'un d'entre eux, elle achète des châles pour Isabelle, la *petite* sœur demeurée à Charleville. Et toutes ces allées et venues aux quatre coins de Londres durent trois longues semaines.

Le 29 juillet, Vitalie écrit tristement dans son journal :

Ce matin, vers neuf heures, je rangeais toutes mes affaires, quand Arthur, sombre et nerveux, a dit tout à coup qu'il sortait et qu'il ne rentrerait pas à midi. Mais à dix heures il revient et nous annonce qu'il partira demain. Quelle nouvelle ! J'en suis suffoquée. Suis-je contente au moins, moi qui ai tant désiré cet instant ? En conséquence, je serais bien en peine de répondre franchement ; et je ne m'explique pas du tout cette épine qui me laboure le cœur au moment où je devrais être si joyeuse [6].

Deux jours après, le trio se sépare : Mme Rimbaud et Vitalie regagnent le continent, et Rimbaud, lui, prend un brick en direction de Scarborough, un port doublé d'une station balnéaire réputée du Yorkshire, à trois cent quatre-vingts kilomètres au nord-est de Londres. Grâce à une annonce qu'il a fait passer dans le *Times*, il a pu trouver un emploi de précepteur au sein d'une riche famille locale. Les lieux lui inspirent un poème en prose qu'il intitule *Promontoire* et qui fourmille de métaphores colorées ainsi que de noms de pays et de villes : Japon, Péloponnèse, Carthage, Venise, Allemagne, Arabie… Mais il ne s'attarde pas à Scarborough.

Toujours grâce à une annonce, il se transporte en novembre à Reading, une petite cité du comté de Berkshire, au confluent de la Tamise et du Kennet, où il entre dans un institut dirigé par un Français répondant au nom lumineux de Camille Le Clair pour donner des cours de langue et de littérature françaises.

Il est professeur à Reading depuis un mois et demi lorsque sa mère l'informe par lettre qu'il a reçu une convocation en bonne et due forme en vue d'effectuer son service militaire. Comme il vient d'avoir vingt ans, il est d'office inscrit au tableau de recensement pour la classe de 1874.

Sans tarder, il rentre à Charleville et fait aussitôt valoir devant les autorités compétentes qu'il a droit à une dispense, en vertu d'une disposition légale datant de juillet 1872, puisque aussi bien Frédéric, son frère aîné, a pris un engagement dans l'armée républicaine pour une période de cinq années.

La dispense obtenue, il se pose des questions. Doit-il retourner à Reading et continuer d'y enseigner le français ? Ne vaudrait-il pas mieux, maintenant qu'il est âgé de vingt ans, qu'il se lance dans la vie active et cherche du travail dans une maison de commerce et, de préférence, une maison à vocation internationale ? À défaut d'avoir effectué des études universitaires, il peut se targuer de connaître l'anglais, et même des termes anglais savants empruntés au vocabulaire spécialisé de certains domaines précis comme la chasse, la marine, le sport, l'horticulture ou l'héraldique — tous des termes qu'il a pris le soin d'inscrire sur des feuilles de papier. Il n'ignore pas toutefois que s'il maîtrisait aussi l'allemand, et le maîtrisait à fond, il aurait davantage de chances d'être embauché par une grande firme.

C'est à cette fin qu'à la mi-février 1875, il se rend à Stuttgart, la capitale du royaume de Wurtemberg, vassal de la Prusse. Il y a décroché, de nouveau grâce à une annonce, une place de précepteur chez un pasteur à la retraite, Ernest Rudolf Wagner, lequel a traduit *Un souvenir de Solferino* d'Henri Dunant, le fondateur de la Croix-Rouge à Genève, en 1864. Auprès de cet homme très cultivé, il s'initie à la poésie germanique et découvre entre autres l'œuvre de Friedrich Hölderlin, un écrivain aux vues prophétiques dont il se sent très proche.

Un après-midi, alors qu'il habite chez le pasteur Wagner depuis quelques semaines, Hasenbergstrasse, au sud-ouest de la ville, à la lisière de la campagne, on lui annonce une visite. Un Français, lui dit-on, à en juger par son accent.

Tout de suite, Rimbaud songe à Verlaine. Il y a peu, il a appris par Delahaye que Verlaine est sorti de la prison de Mons en janvier dernier, après dix-huit mois de captivité, qu'il a aussitôt demandé de ses nouvelles, et qu'il a cherché activement à obtenir son adresse. Et s'il a fini par accepter que Delahaye la lui transmette, ce n'est pas de gaieté de cœur. Connaissant Verlaine, *son* Verlaine, le Verlaine téméraire et impulsif, il le voit bien avoir fait le voyage jusqu'à Stuttgart. Quant à savoir quelles idées son ancien amant a dans la tête...

En arrivant dans le vestibule, Rimbaud constate qu'il ne s'est pas trompé : vêtu d'un sombre macfarlane, les deux mains posées sur un gourdin, son visiteur, ainsi qu'il l'avait pressenti, n'est autre que Verlaine. Il le dévisage, le trouve vieilli, avec ses épais sourcils en broussaille, ses yeux gris toujours ardents, des yeux faunesques qui lancent des éclairs et qui ne le quittent pas, sa barbe hirsute de couleur jaunâtre.

Il le pousse rapidement hors de la maison et l'entraîne dans un café où il lui conseille de prendre du riesling, le seul vin qui, selon ses goûts, ne soit pas « inférieur[7] » en Allemagne.

Verlaine est fébrile. Il a à peine touché à son verre qu'il se met à lui raconter en détail dans quelles circonstances inouïes il a eu, incarcéré à Mons, la révélation de Dieu, « après avoir longtemps erré dans la corruption ». Il lui dit qu'il s'est converti au catholicisme et lui expose en détail les merveilles des sacrements de l'Église. À ce propos, poursuit-il, il a écrit une série de poèmes chrétiens qui devraient l'instruire et dont il lui récite quelques vers sur un ton solennel.

Les chères mains qui furent miennes,
Toutes petites, toutes belles,
Après ces méprises mortelles
Et toutes ces choses païennes,

Après les rades et les grèves,
Et les pays et les provinces,
Royales mieux qu'au temps des princes,
Les chères mains m'ouvrent les rêves.

Mains en songe, mains sur mon âme,
Sais-je, moi, ce que vous daignâtes,
Parmi ces rumeurs scélérates,
Dire à cette âme qui se pâme ?

Ment-elle, ma vision chaste
D'affinité spirituelle,
De complicité maternelle,
D'affection étroite et vaste ?

Remords si cher, peine très bonne,
Rêves bénis, mains consacrées,
Ô ces mains, ces mains vénérées,
Faites le geste qui pardonne[8] !

Verlaine précise que tous ces poèmes formeront un important recueil pour lequel il hésite encore entre deux titres : *Cellulairement*, un néologisme dont il est fier, et *Sagesse*. Il est convaincu d'avoir donné là son chef-d'œuvre poétique — un chef-d'œuvre par la profondeur, la richesse de l'inspiration et par la maîtrise de la forme, loin des « mots en vain », des « métaphores mal faites » et « toute la rhétorique en fuite des péchés ». Dans de nombreux poèmes, il a renoncé, dit-il encore, au rythme conventionnel, par exemple en recourant au vers impair et en utilisant des cadences syncopées — ce qu'on ne trouve ni chez Hugo, ni chez Baudelaire, ni chez aucun parnassien.

Puis il ajoute qu'à la lecture très attentive et répétée d'*Une saison en enfer*, où il s'est reconnu sous les traits de l'*époux infernal*, il a décelé divers passages attestant la présence divine, et laissant entendre que Rimbaud a un pressant besoin d'au-delà et de métaphysique. Pour appuyer ses propos, il sort une feuille de papier de la poche de son macfarlane, et lui indique des bouts de phrases qu'il a relevés dans divers passages du recueil et qui lui semblent édifiants : « J'attends Dieu avec gourmandise », « Dieu fait ma force, et je loue Dieu », « Si Dieu m'accorde le calme céleste, la prière », « Pitié, Seigneur, j'ai peur », « Par l'esprit on va à Dieu ! », « Mon Dieu, pitié, cachez-moi, je me tiens trop mal ! »... Et si, lui demande-t-il, cette expérience de la *voyance* était un acte de foi ? Et si *Une saison en enfer* était un livre mystique ?

Rimbaud rigole. Pour lui, les propos que lui tient Verlaine ne sont que des sornettes. Il le traite d'halluciné et de fou. Il lui jure qu'*Une saison en enfer* est d'abord et avant tout un livre païen et impie, un livre perfide, le livre de la révolte et de la sédition contre toute forme de pouvoir et contre l'Église, qu'il est émaillé de propos comme « Je ne me vois jamais dans les conseils du Christ ; ni dans les conseils des Seigneurs, — représentants du Christ », « l'Évangile a passé », ou encore « je n'ai jamais été chrétien ». Comment est-ce possible, à moins d'avoir l'esprit dérangé, de ne pas s'en rendre compte ?

Non, vraiment, il était inutile de venir dans le Wurtemberg pour l'abreuver de ces invraisemblables histoires de jésuite ! Et c'est quoi ce chapelet que Verlaine a entre les mains et qu'il n'arrête pas de tripoter ?

Plus Rimbaud se moque de Verlaine, plus celui-ci élève la voix, s'indigne et se fâche.

Au milieu de la nuit, les deux poètes sortent du café. Ils en dénichent bientôt un autre, boivent tant et plus, mélangent le riesling et la bière, finissent par errer seuls, bras dessus bras dessous, dans les rues noires et silencieuses de Stuttgart, et bientôt au pied des coteaux qui entourent la ville et où pullulent les brasseries.

Verlaine, complètement ivre, divague encore. Rimbaud veut le faire taire et lui assène sur l'épaule une claque qui suffit à le déséquilibrer et à le renverser au sol. Il tente de le redresser. Non sans déployer beaucoup d'efforts, il réussit à l'emmener dans un hôtel miteux où, le lendemain matin, il vient s'enquérir de son état. Comme métamorphosé, Verlaine est calme et raisonnable. Il parle d'aller s'établir en Angleterre, après un détour par

Paris et un rapide voyage à Fampoux, dans le Pas-de-Calais, chez son oncle.

Rimbaud lui confie une enveloppe à remettre, lui dit-il, à Germain Nouveau. Elle contient le manuscrit des *Illuminations* dont il vient d'achever la toute dernière mouture.

Deçà, delà

Verlaine parti, Rimbaud quitte la Hasenbergstrasse et va s'installer au troisième étage d'une maison de la Marienstrasse, une artère plus proche du centre-ville où, le soir, il lui arrive d'aller se promener et d'entrer dans un café pour boire un verre, notamment du vin blanc de la vallée du Nesenbach, une petite rivière qui se jette dans le Neckar et dont les agréables coteaux sont plantés de vignes. Il essaie de se concentrer sur les cours de français qu'il donne aux enfants d'Ernst Rudolf Wagner, et sur l'apprentissage de la langue allemande, mais il s'aperçoit assez rapidement que l'atmosphère germanique ne lui convient pas. Si ce n'est qu'à Stuttgart les gens sont passionnés de musique et qu'il ne lui déplairait pas de pouvoir jouer du piano.

Au début du mois d'avril 1875, bien décidé à changer d'horizon et à visiter l'Italie, il se résout à vendre certains de ses effets et sa malle, car il n'a pas assez d'argent pour se procurer un billet de chemin de fer. Il en achète un à la gare centrale et monte dans un train à destination d'Altdorf, le chef-lieu du canton d'Uri, au cœur de la Suisse, la ville où, selon la tradition, Guillaume Tell aurait avec une flèche ajusté une pomme placée sur la tête de son enfant. Ensuite, il longe la vallée de la Reuss, franchit le Saint-Gothard dont le sommet dépasse les deux mille mètres et, au terme d'un interminable et épuisant périple à travers le Tessin, arrive au lac Majeur, puis au lac de Côme d'où il gagne la plaine du Pô, avant d'atteindre Milan.

Un soir, après avoir longuement sillonné les rues de la cité lombarde, il s'attarde dans un café où il fait la connaissance d'une veuve à laquelle il raconte son odyssée depuis Stuttgart. À la fin, il lui dit aussi qu'il est l'auteur d'un petit recueil de poèmes en prose et qu'il l'a publié à ses frais en Belgique, en octobre 1873. Et comme cette *vodova* consent à lui offrir l'hospitalité chez elle, au troisième étage d'un immeuble de la Piazza del Duomo, tout à côté de la majestueuse cathédrale, il écrit immédiatement une lettre à Ernest Delahaye et lui demande de lui envoyer son exemplaire d'*Une saison en enfer*. Son intention est d'en faire cadeau à la charitable *vodova*. Une personne, précise-t-il, « molto civile [1] », férue de lettres françaises. Mais il se lasse vite de cette femme, et repart à pied sur les chemins, cette fois vers la Ligurie, puis vers l'Émilie et la Toscane.

Il nourrit de vagues projets. Pourquoi n'irait-il pas s'engager comme mercenaire en Espagne dans les troupes de Don Carlos, une idée qu'a eue Verlaine et qui lui paraît plutôt bonne ? Ce serait peut-être l'occasion d'apprendre l'espagnol... Une autre possibilité serait de gagner Brindisi, le port de la mer Adriatique, où, selon une information que lui a communiquée un jour Delahaye dans une de ses lettres, Henri Mercier, un ancien membre du Cercle zutique, le fondateur de l'éphémère *Revue du monde nouveau*, s'occuperait aujourd'hui d'une savonnerie et serait en mesure de lui proposer du travail… Malheureusement, il est sujet à une grave insolation sur la route de Livourne à Sienne et est de toute urgence conduit à l'hôpital municipal où le consul de France, averti, accourt à son chevet et décide, à la mi-juin, de le rapatrier en bateau à Marseille.

Lorsqu'il y débarque, Rimbaud est toujours aussi malade et doit de nouveau être soigné dans un hôpital pendant plusieurs semaines. Il est bien seul. Il a emmagasiné une foule de sensations, d'impressions et d'images fortes tout au long de son voyage en Suisse et en Italie, mais il ne cherche plus à les coucher par écrit.

D'ailleurs, à quoi ça sert d'écrire ?

À quoi ça sert un poète, un romancier, un dramaturge, un essayiste ?

Qu'est-ce que les gens, y compris tous ceux qui s'enorgueillissent d'être des poètes, des romanciers, des dramaturges et des essayistes, savent au juste des choses de la littérature ?

Et tous ces *créateurs* justement, qu'est-ce qu'ils cherchent en voulant publier des livres et faire représenter des pièces sur la scène d'un théâtre ?

Au début du mois d'août, alors qu'il est guéri et qu'il est sur le point de quitter Marseille, il croise par hasard dans la rue Henri Mercier qui est venu régler quelques affaires concernant sa savonnerie. De sa bouche, il apprend que Germain Nouveau, après avoir séjourné en Belgique et en Angleterre, serait retourné à Paris, et qu'il collaborerait à présent avec Charles Cros à une « fantaisie dramatique ». Il se dit qu'il devrait aller le voir et s'assurer que Verlaine lui a bien remis en main propre le manuscrit des *Illuminations*.

Coïncidence heureuse : sa mère et ses deux sœurs sont également dans la capitale. Non pas parce qu'elles y passent leurs vacances, mais parce que Vitalie, atteinte de synovite tuberculeuse au genou, y consulte un spécialiste.

S'il retrouve les siens à Paris quelques jours plus tard, il n'a pas en revanche le bonheur de revoir Nouveau qui, au dire de Charles Cros, a mystérieusement disparu dans la nature, ou serait rentré à Pourrières, sa ville natale. Il rend visite à Jules Mary, à Ernest Cabaner et à Jean-Louis Forain qui loge à présent rue Saint-Jacques et dont les dessins, les croquis et les aquatintes ont de plus en plus de succès, évoque avec eux les bons moments du Cercle zutique... Il n'a toutefois aucune peine à réaliser qu'on le regarde toujours de travers, que sa présence parmi les milieux littéraires et artistiques ne fait plaisir à personne. Cabaner se débarrasse de lui en lui signalant qu'il y a une place libre de répétiteur à Maisons-Alfort, et il lui conseille de la prendre sans hésiter.

Rimbaud accepte cet emploi. Pas longtemps, deux semaines. Avant de rentrer à Charleville,

31 rue Saint-Barthélemy, là où, depuis le 25 juin, habite désormais sa famille.

Une lettre l'y attend. Une lettre qu'il aurait aimé ne jamais recevoir et qui le rend furieux. Elle est de Verlaine, plus Loyola que jamais. Il ne peut pas s'empêcher d'en toucher un mot à Delahaye, sachant que les deux hommes sont en excellents termes, et de lui rappeler que Verlaine ne compte plus à ses yeux, si ce n'est comme poète, que tout ce qu'il prêche n'est qu'un tissu de « grossièretés[2] ».

Et dire que l'embarrassant et persévérant prosélyte, qui se prétend généreux et sincère, a eu le culot, au lieu de lui envoyer un peu d'argent, de lui adresser des journaux catholiques par l'intermédiaire d'un agent de police ! Entre deux récriminations, Rimbaud confie néanmoins à Delahaye qu'une drôle d'idée — une idée chrétienne — lui a tout récemment traversé l'esprit : devenir missionnaire en Chine ou dans un quelconque pays lointain. Ce qui serait, bien sûr, le meilleur moyen d'effectuer un voyage sans en assumer les frais.

En décembre, une autre lettre de Verlaine, postée à Stickney en Angleterre, lui arrive. Elle ressemble à une déclaration de foi :

Mon cher ami,

Je ne t'ai pas écrit, contrairement à ma promesse (si j'ai bonne mémoire) parce que j'attendais, je te l'avouerai, une lettre de toi, enfin satisfaisante. Rien reçu, rien répondu. Aujourd'hui je romps ce long silence pour te confirmer tout ce que je t'écrivais il y a environ 2 mois.

Le même toujours. Religieux strictement, parce que c'est la

seule chose intelligente et bonne. Tout le reste est duperie, méchanceté, sottise. L'Église a fait la civilisation moderne, la science, les littératures : elle a fait la France, particulièrement, et la France meurt d'avoir rompu avec elle. C'est assez clair. Et l'Église aussi fait les hommes, elle les *crée* : je m'étonne que tu ne voies pas ça ; c'est frappant. J'ai eu le temps en 18 mois d'y penser et d'y repenser, et je t'assure que j'y tiens comme à la seule planche. Et 7 mois passés chez des Protestants m'ont confirmé dans mon catholicisme, dans mon légitimisme, dans mon courage résigné. Résigné par l'excellente raison que je me sens, que je me vois *puni*, humilié justement, et que plus sévère est la leçon, plus grande est la grâce, et l'obligation d'y répondre. Il est impossible que tu puisses t'imaginer que c'est de ma part pose ou prétexte. Et quant à ce que tu m'écrivais, — je ne me rappelle plus bien les termes — « modifications du même individu sensitif » — « rubbish », « potarada », blagues et fatras dignes de Pelletan et autres sous-Vacquerie !

Donc le même toujours. La même affection (modifiée) pour toi. Je te voudrais tant éclairé, réfléchissant. Ce m'est un si grand chagrin de te voir en des voies idiotes, toi si intelligent, si *prêt* (bien que ça puisse t'étonner) ! J'en appelle à ton dégoût lui-même, de tout et de tous, à ta perpétuelle colère contre chaque chose, — juste au fond, cette colère, bien qu'inconsciente du *pourquoi*.

[...]

Tu m'as écrit en Avril des lettres trop significatives de vils, de méchants desseins, pour que je me risque à te donner mon adresse (bien qu'au fond, toutes tentatives de me nuire soient ridicules et d'avance impuissantes, et qu'en outre il y serait, je t'en préviens, répliqué *légalement*, pièces en mains) mais j'écarte cette odieuse hypothèse. C'est, j'en suis sûr, quelque « caprice » fugitif en toi, quelque malheureux accident cérébral qu'un peu de réflexion aura dissipé *.

* Paul Verlaine, *Correspondance générale I (1857-1885)*, Fayard, 2005. Ces idées sont développées dans *Voyage en France par un Français* écrit en 1881, mais seulement publié en 1907.

Rimbaud ne tient absolument pas à répondre à cette lettre. Ne fût-ce que pour s'en moquer ou en contester les excès et les *grossièretés*, même si en parlant de sa « colère », Verlaine se montre perspicace.

Il en est toujours à se poser des questions sur son avenir, à se demander même s'il ne passerait pas son baccalauréat, quand, quelques jours avant Noël, sa sœur Vitalie, âgée de dix-sept ans et demi, meurt, la synovite tuberculeuse au genou s'étant propagée à travers tout son organisme. Accompagné par un voisin, il va lui-même à l'état civil déclarer le décès. Avec ce drame qui le touche au plus profond de son être, surtout depuis qu'il a appris à mieux connaître sa jeune sœur et à se rapprocher d'elle à Londres, en juillet 1874, il ressent la nécessité de demeurer quelque temps à Charleville auprès de sa mère.

En ayant en tête le baccalauréat, il s'intéresse à l'algèbre et à la géométrie, des matières qu'il n'a pas pu approfondir au collège de Charleville. Il se met également à l'étude des langues étrangères, l'arabe et le russe notamment, à l'aide de vieux manuels tombant en poussière, et tente de perfectionner son allemand, et y réussit partiellement, puisqu'il parvient même à l'enseigner au fils de son voisin.

Il se met aussi au piano. Sa mère refusant de s'encombrer chez elle d'un tel instrument, il va jouer là où il peut en trouver un. Notamment au café de l'Univers, en face de la gare, dont Bretagne, délaissant le café Dutherme, est devenu un habitué, et où Delahaye, quand il en a la possibilité, vient parfois le rejoindre.

À la maison, il se contente de tapoter les morceaux sur une table, une partition sous les yeux. Il regrette d'être venu au piano si tard, et reproche à sa mère de ne pas l'avoir inscrit chez un professeur de musique, à l'époque où il fréquentait encore l'institut Rossat et le collège.

Cependant, il songe déjà à repartir. Sa nouvelle marotte, c'est l'Orient et c'est ce qui le pousse à essayer d'apprendre également l'hindoustani. Comme il s'en ouvre un jour à sa mère, elle s'empresse de louer un piano, espérant le détourner de son projet. De surcroît, elle lui trouve un professeur particulier, un jeune organiste bien élevé, adjoint au maître de chapelle de l'église Notre-Dame et jouissant d'une réputation irréprochable, nonobstant son patronyme : Louis Létrange.

Rimbaud boit du petit-lait, mais cela ne l'empêche pas de rêver de voyages à l'autre bout du monde. Et il est d'autant plus déterminé à partir en Orient qu'en février 1876, son meilleur ami d'enfance, une des seules personnes de son âge avec laquelle il s'entend à Charleville, son *vieux* complice Delahaye, est nommé répétiteur au collège Notre-Dame de Rethel.

C'est au début du mois d'avril que Rimbaud reprend la route. Son but est d'aller jusqu'à Varna en Bulgarie et, de là, de gagner la Crimée puis le Caucase. Et tous les moyens sont bons pour y parvenir : en chemin de fer, en calèche, en malle-poste, en diligence ou à pied.

Il passe par le sud de l'Allemagne et atteint Munich, la capitale de la Bavière dont l'actuel roi, Louis II, a accédé au trône en 1864, à la mort de son père Maximilien II. Il y reste plusieurs jours. Après quoi, il se dirige vers l'Autriche dont il traverse toute la partie occidentale. Et le voilà finalement à Vienne, et donc à plus de mille kilomètres de Charleville, mais loin encore du Moyen-Orient. Il visite la ville, un plan acheté à la sauvette entre les mains, traîne à gauche et à droite, monte dans un fiacre où, abruti par l'alcool, il s'endort. Lorsqu'il se réveille, il constate qu'il a été dépouillé du peu d'argent qu'il avait sur lui et de son baluchon...

On l'arrête pour vagabondage. Bien qu'il plaide sa bonne foi, la police impériale austro-hongroise le reconduit à la frontière bavaroise.

Il tergiverse. Il se demande s'il ne devrait pas se mettre en quête d'un travail en Allemagne afin de se constituer un petit viatique, et ensuite de se diriger vers Varna par un autre itinéraire, en passant par la Suisse et le nord de l'Italie.

Finalement, il prend la décision de rentrer dans les Ardennes.

Ou plutôt, selon un vocable argotique qu'il aime utiliser et que seuls peuvent comprendre Verlaine, Delahaye, Bretagne et Nouveau, dans les « Ardomphes ».

Rimbald le marin

Rimbaud ne reste pas longtemps à Charleville, tant il a soif d'une vie plus large, plus libre, plus belle, plus hardie. Il a entendu dire qu'à Bruxelles, au consulat des Pays-Bas, l'armée hollandaise a mis en place un bureau de recrutement et qu'elle engage des hommes de troupe pour ses colonies asiatiques. L'enrôlement serait assorti d'une confortable rémunération. À défaut de pouvoir devenir missionnaire ou mercenaire en Espagne, il essaiera donc d'être troufion chez les Bataves. Du moins si l'on veut bien de lui, et si on le juge apte au service.

Le tri a lieu à Harderwijk. Cette bourgade est un port sur les bords du Zuiderzee, à une trentaine de kilomètres au nord-est d'Amsterdam. Durant le XVIIe et le XVIIIe siècle, elle a connu un certain renom grâce à son université, mais depuis que celle-ci a été supprimée, en 1811, elle est au premier chef un centre d'embrigadement pour les armées des Indes néerlandaises. Dans la petite ville et aux environs, tout tourne autour des activités militaires.

Rimbaud y arrive le 19 mai 1876, après avoir

transité par Charleroi, Bruxelles, Rotterdam et Utrecht. Il se présente au bureau de recrutement, accepte de répondre à un interrogatoire ainsi que le veut l'usage et, dès le lendemain, signe son engagement pour six années. On lui affecte le matricule 1428 sur le registre officiel du Département de la guerre. On lui alloue une prime de trois cents florins, une somme qui lui paraît énorme et qu'il n'a jamais eue de sa vie. En plus d'un fusil et d'une cartouchière, on lui remet sa tenue : képi bleu passementé d'orange, la couleur nationale, uniforme de serge bleue ornée de brandebourgs, capote grise.

Rien de très chamarré ni de très luxueux.

Cette tenue, il est vrai, est destinée au combat. Lequel consiste à aller réprimer une révolte dans l'ancien sultanat d'Atjeh où des fanatiques religieux se sont dressés contre l'occupant et ont déjà tué de très nombreux soldats hollandais. L'ancien sultanat se trouve sur la grande île de Sumatra, le poumon des Indes néerlandaises dont les territoires ont été divisés par le gouvernement de La Haye en trois catégories : les terres domaniales, les terres confédérées et les terres vassales. Atjeh (ou Atchin) fait partie de ces dernières.

Le départ est fixé au matin du 10 juin. En attendant, les recrues ont l'obligation de s'adonner chaque jour à divers exercices physiques, en particulier le tir au fusil, la marche et la natation. Elles doivent aussi apprendre la langue de Vondel. Pour Rimbaud qui s'est familiarisé avec l'allemand à Stuttgart, il ne s'agit pas d'une tâche trop ardue. Pour les autres mercenaires étrangers, en majorité des gens sans instruction et des rustres venus des quatre coins de l'Europe, y compris de Russie, ce régime est extrêmement dur. Certains se rebellent déjà. Ou alors, dès que la journée est finie, ils vont se saouler dans les cafés ou se distraire au bordel. Les tapages nocturnes sont très fréquents, mais les édiles communaux ferment les yeux. S'ils ne le faisaient pas, Harderwijk serait sans conteste une ville morte.

Le 10 juin, Rimbaud prend place dans le *Prins van Oranje*, un vapeur à trois mâts de trois mille tonneaux, appartenant aux Messageries hollandaises et amarré à Nieuwe Diep, tout au nord du Zuiderzee où la troupe a été convoyée par chemin de fer. L'équipage est imposant : quatorze officiers, douze sous-officiers, trois caporaux, cent quatre-vingt-dix-sept fantassins (dont six sont de nationalité française) et des centaines de chevaux. Outre Rimbaud, il y a parmi eux un Parisien qui est le premier déserteur, après que le vapeur a fait une brève escale à Southampton pour charger de la viande fraîche. On dénombre également à bord une soixantaine de civils, en majorité des colons. Et même des vaches laitières.

Au fil des jours et des nuits, Rimbaud, enfin, découvre le monde, un autre monde — le monde magique des grands larges et des villes portuaires méridionales : Bordeaux, Sagres, Gibraltar, Naples, Port-Saïd, à l'entrée du canal de Suez dont le percement de cent soixante-deux kilomètres à travers le désert égyptien, achevé en 1862, après dix années de travaux *pharaoniques*, a été le point de mire du monde entier et a été commenté dans tous les journaux et périodiques…

C'est comme un enchantement. Comme une *illumination* qui serait soudain matérialisée. Et c'est ce qu'il désirait de longue date, depuis l'enfance sur les bancs du collège, et c'est ce qu'il a maintenant sous les yeux.

Dans les eaux de la mer Rouge, passé le golfe de Suez, le *Prins van Oranje* affronte la canicule et avance à faible vitesse. Ce qui incite à la désertion. Des fantassins se jettent au milieu des flots et tentent d'atteindre le littoral à la nage ou le port d'Aden. Les gradés ne réagissent pas. D'ailleurs, la vie quotidienne sur le bateau n'est pas des plus éprouvantes. Sauf que les boissons alcoolisées sont interdites, en dehors d'un petit verre de genièvre le dimanche.

La température est toujours caniculaire quand le *Prins van Oranje* accoste à Sumatra le 20 juillet. Le 22, il est enfin à Batavia, la principale ville portuaire des colonies néerlandaises. Les recrues débarquent au son de la fanfare, encadrées de gardes, baïonnette au canon, acclamées par une assistance clairsemée. On les dispose en bataillons (Rimbaud hérite de la 4e compagnie du premier d'entre eux), et on les conduit à une quinzaine de kilomètres de la ville dans des casernes, une ancienne manufacture de thé. Elles y restent une semaine, avant de repartir à bord du caboteur *Fransen van de Putte* pour Semarang, au nord de l'île.

Mais Semarang n'est pas le terme du voyage : il

faut encore aller en train à Tuntang et, de là, se rendre à pied à Salatiga qui culmine à six cents mètres d'altitude. La marche au milieu de la forêt tropicale en tenue appropriée distribuée à la caserne — blouse de toile blanche, pantalons rayés et béret écossais — est un interminable calvaire.

Rimbaud n'éprouve plus l'excitation des premiers jours. Tout juste installé dans le camp de Salatiga, il réalise qu'il ne pourra jamais vivre là six ans et qu'au fond, il n'est pas fait pour être mercenaire, et encore moins pour guerroyer et donner la mort. La discipline militaire, il serait capable au besoin de la supporter, oui, mais certainement pas les actes de répression sanglante et les châtiments brutaux infligés aux indigènes que lui relatent les anciens et dont ils se délectent.

Le décès subit d'un de ses compagnons de chambrée le décide à déguerpir promptement dès qu'une occasion se présentera. Le jour de l'Assomption, comme les soldats de confession catholique sont autorisés à assister à un office religieux au nord de Salatiga, il en profite pour tirer sa révérence et fuir en catimini vers le port de Semarang.

Son triste uniforme militaire, il le troque contre un vêtement de coton écru qui le fait ressembler à n'importe quel civil de race blanche, fonctionnaire, marchand ou colon. Dans les Indes néerlandaises, sur près de trente millions d'habitants, il y a environ soixante mille Blancs, et la grande majorité d'entre eux sont des Hollandais.

Rimbaud sait qu'il est devenu un déserteur et

qu'il risque d'être emprisonné de longs mois, voire des années, si jamais il est pris, mais ce risque ne lui fait pas peur. Quoiqu'il n'ait attiré l'attention de personne lors de son escapade, ce serait pourtant préférable, pense-t-il, de quitter le pays sans délai. De toute manière, avec les florins qu'il a touchés à Harderwijk, il est à même de se procurer un titre de voyage.

Encore que se pose une grande question, *la* grande question : où aller ?

Sur l'embarcadère de Semarang, il avise un voilier immatriculé à Banff, en Écosse, le *Wandering Chief*. En se renseignant, il apprend que ce navire contient un chargement de sucre et qu'il est sur le point de prendre la mer à destination de Falmouth, dans les Cornouailles. Sans hésiter, il va négocier avec le capitaine pour avoir la permission, sous un nom d'emprunt, de monter à bord. L'affaire est aisément conclue. Grâce à l'argent, bien sûr.

Le 30 août, le *Wandering Chief* appareille. Il se dirige vers Le Cap. Rimbaud s'en réjouit : ce seront d'autres paysages et d'autres ports que ceux par lesquels est passé le *Prins van Oranje*. Le voyage, toutefois, est beaucoup plus long et beaucoup plus mouvementé. Au sud de Durban, survient une terrible tempête qui endommage fortement le bateau et le contraint à faire escale à Sainte-Hélène afin de pouvoir procéder à des réparations. On s'aperçoit alors qu'on était à deux doigts de la catastrophe et d'un irrémédiable naufrage en pleine mer. Les étapes suivantes, la route maritime que Baudelaire a parcourue en 1841, se déroulent par bonheur sans accroc : Ascension, les Açores, les côtes africaines et ensuite celles de l'Europe occidentale.

Lorsque le *Wandering Chief* atteint Queenstown en Irlande, c'est déjà l'hiver. Le 7 décembre, Rimbaud débarque et décide de retourner en France. Il gagne Cork en ferry puis Liverpool en vapeur. Trois jours plus tard, il arrive au Havre d'où, sans perdre de temps, il monte dans un train pour Paris. Plus besoin de voyager en cachette, il a désormais de quoi payer ses billets…

On aurait du mal à le reconnaître : il a le crâne rasé et la peau couleur de bronze. Par-dessus le marché, il est habillé en marin anglais. Il semble d'ailleurs extrêmement fier de porter cette tenue. Sans doute une manière de montrer qu'il n'est plus le même et qu'il ne sera jamais, jamais plus, comme avant.

À Germain Nouveau qu'il rencontre au café Tabourey et qui est de retour de Pourrières où il a été tenté un moment par le métier de viticulteur, il déclare qu'il n'a pas écrit la moindre ligne durant tout son périple. Et qu'il n'écrira jamais rien dessus, bien qu'il ait en tête une multitude de mots et d'images.

À quoi bon ?

Vers ou prose, la littérature est une chose vaine, une activité inutile.

En tout cas, c'est à présent son intime conviction.

Aller rendre visite à d'autres écrivains, à des auteurs ou à des artistes qu'il a connus au Cercle zutique ou qui ont été naguère membres des Vilains Bonshommes ?

Non, Rimbaud n'en a aucune envie. Il ne voit pas ce qu'il pourrait leur dire. Sinon justement qu'ils ont choisi une mauvaise voie, qu'ils s'occupent tous de balivernes et qu'ils perdent leur temps.

Et il ne tient pas non plus à savoir ce qu'est devenu Verlaine. Ni s'il persiste toujours à se mêler de poésie.

Le pauvre Nouveau est médusé. Il ne comprend pas Rimbald le marin ainsi qu'il le surnomme en référence à Simbad le marin, un des personnages les plus colorés des *Mille et Une Nuits* ; il se demande si son ami n'est pas en train de lui raconter des blagues, si tous ces discours ne sont pas de la provocation.

Et s'il s'agissait d'une posture ?

Est-il possible d'avoir écrit des poèmes aussi extraordinaires, aussi géniaux, que *Le Bal des pendus*, *Roman*, *Voyelles*, *Le Bateau ivre*, *Comédie de la soif*, *Mémoire*, *Alchimie du verbe* ou *Barbare*, et de prétendre qu'ils sont insignifiants ?

Rimbald le marin irait-il jusqu'à les renier après avoir proclamé avec force qu'il détenait « seul la clef de cette parade sauvage[1] » ?

Nouveau ne comprend pas non plus pourquoi Rimbaud, il y a plus d'un an, lui a transmis par l'intermédiaire de Verlaine le manuscrit, tout aussi extraordinaire, de ses *Illuminations*. N'était-ce pas pour qu'il en soit remué, remué jusqu'aux tripes, et qu'ensuite il aille proposer le recueil à des directeurs de revue et des maisons d'édition parisiennes ?

Il a à l'esprit ce bref texte intitulé *Départ* et qui, peut-être, prend aujourd'hui tout son sens :

Assez vu. La vision s'est rencontrée à tous les airs.
Assez eu. Rumeurs des villes, le soir, et au soleil, et toujours.
Assez connu. Les arrêts de la vie. — Ô Rumeurs et Visions !
Départ dans l'affection et le bruit neufs [2] !

Et il se demande, en songeant à *Solde*, un autre texte des *Illuminations*, si son ami, qui n'a que vingt-deux ans, n'a pas déjà liquidé tous ses idéaux, « l'immense opulence inquestionable » d'une vie de voyant.

À vendre l'anarchie pour les masses ; la satisfaction irrépressible pour les amateurs supérieurs ; la mort atroce pour les fidèles et les amants !

À vendre les habitations et les migrations, sports, féeries et conforts parfaits, et le bruit, le mouvement et l'avenir qu'ils font !

À vendre les applications de calcul et les sauts d'harmonie inouïs. Les trouvailles et les termes non soupçonnés, possession immédiate,

Élan insensé et infini aux splendeurs invisibles, aux délices insensibles, — et ses secrets affolants pour chaque vice — et sa gaîté effrayante pour la foule.

À vendre les Corps, les voix, l'immense opulence inquestionable, ce qu'on ne vendra jamais. Les vendeurs ne sont pas à bout de solde ! Les voyageurs n'ont pas à rendre leur commission de si tôt[3] !

Rimbaud ne répond pas. Il sourit. Il sourit de ce sourire malicieux qui a toujours été le sien et qui fait parfois si peur. Il prend congé de Nouveau et rentre à Charleville pour les fêtes de Noël.

Lorsqu'elles lui ouvrent la porte, rue Saint-Barthélemy, et le voient dans l'embrasure, sa mère et sa sœur Isabelle éclatent en sanglots.

Chypre aller-retour

Au printemps 1877, Rimbaud, une nouvelle fois, se défile. Impossible de demeurer plus de trois mois dans les Ardennes, même si sa mère, qui a pris de l'âge, l'agace moins qu'auparavant.

Comme en février 1875, il choisit de s'aventurer en Allemagne. Son itinéraire tout en zigzags passe par Trèves, Cologne, Hambourg et Brême où, un beau matin, il se présente au consulat des États-Unis. Il y dépose une requête en anglais, signée John Arthur Rimbaud, afin d'être enrôlé dans la marine américaine. Ce n'est pas tant parce qu'il se sent de soudaines affinités avec la patrie d'Edgar Allan Poe que parce qu'il aimerait la découvrir. Il songe confusément aux romans de Mayne Reid qu'il a lus dans sa jeunesse. Et il songe aussi à Graham Bell dont le nom apparaît à tout moment dans les gazettes, et dont on dit qu'il vient d'inventer un engin extraordinaire permettant de se parler à distance et baptisé téléphone.

Dans sa requête, il spécifie qu'il a vingt-trois ans, qu'il est en bonne santé, qu'il a été précédemment professeur de sciences et de langues, et qu'il parle et écrit l'allemand, le français, l'italien, l'espagnol et, bien entendu, l'anglais, mais sans se rendre compte que le texte officiel qu'il a rédigé est émaillé de fautes et contient des gallicismes. Il déclare en outre qu'il vient de passer quatre mois comme matelot sur un navire écossais qui est allé de Java à Queenstown, et qu'il a déserté le 47e régiment de l'armée française, comme si cette désertion était un critère pouvant jouer en sa faveur.

Cette démarche n'aboutissant pas, il retourne à Hambourg qui est la plus importante des trois villes libres de la Hanse. En quête d'un travail, il tombe bientôt sur une annonce qui retient son attention : le cirque Loisset, un cirque itinérant français qui jouit d'une grande réputation un peu partout en Europe occidentale, cherche un employé de caisse et de contrôle pour une tournée en Scandinavie.

La Scandinavie : voilà une autre *terra incognita* !

Il se fait engager sans aucun problème et a ainsi la possibilité de visiter Stockholm, Oslo et bientôt Copenhague dont les rues étroites et tortueuses, au cœur de la cité, lui rappellent des époques révolues. Il remplit sa tâche au cirque durant tout un semestre, puis se met en tête de partir en Égypte. Après un crochet par Charleville au mois d'août, il descend par petites étapes jusqu'à Marseille et, en septembre, s'embarque sur un navire qui doit l'emmener à Alexandrie.

Et déjà il se projette mentalement sur le Nil, au pied du Sphinx et des grandes pyramides — des images qu'il a vues à d'innombrables reprises dans des livres, des magazines ou des revues comme *Le*

Tour du monde (elle paraît depuis 1860), et qui, dessins, gravures ou photographies, ont abondamment nourri ses chimères. Mais, au large de Civitavecchia, le port de Rome, il est en proie à de douloureux maux de ventre. Le médecin qui l'ausculte ne sait trop s'il s'agit d'une inflammation des parois de l'abdomen, sans doute provoquée par des marches excessives, ou d'une colite aiguë due à une intoxication alimentaire.

Quoi qu'il en soit, Rimbaud est descendu à terre et conduit dans un hôpital à Rome. Lorsqu'il en sort, il se mêle aux touristes avant de parcourir la ville dans tous les sens. Ensuite, au lieu de reprendre un navire pour l'Égypte, il rebrousse chemin.

À croire que, dans la grandiose géographie de ses inclinations, de ses impatiences et de ses désirs, il ne peut pas ne pas repasser sans cesse par les Ardomphes et par Charlestown. À croire que ce serait là un itinéraire obligé, le point géométrique de toutes les destinations possibles et imaginables.

Du reste, au cours de l'été 1878, après avoir travaillé un moment à Hambourg dans une maison d'import-export en denrées coloniales, puis après de nouvelles escapades sans but précis à travers l'Allemagne occidentale, il est à pied d'œuvre à Roche : pour la toute première fois de sa vie, il apporte son aide à la ferme familiale.

L'atmosphère est détendue car son frère Frédéric, enfin libéré de ses obligations militaires, est là, lui aussi. Mme Rimbaud tire des plans sur la comète : elle voit ses deux fils fixés désormais à Roche et s'entendant à merveille pour mener à bien les travaux des champs. Et comme elle a hérité d'une petite propriété à Saint-Laurent, à deux kilomètres de Mézières, elle imagine qu'ils pourraient équitablement se partager les tâches, chacun sur ses terres. Indulgent, ou indifférent, Rimbaud la laisse à ses douces illusions.

Entre deux tâches agricoles, il lui arrive de venir boire quelques verres à Charleville, tantôt sous les arcades de la place Ducale, tantôt au café de l'Univers. On commence à bien le connaître. On sait qu'il est toujours par monts et par vaux, et qu'il a écrit des poèmes. Quant à savoir à quoi ceux-ci peuvent bien ressembler… Un jour, comme Louis Pierquin, archéologue et historien (sa marotte, c'est l'histoire de la Révolution dans les Ardennes), grand ami d'Ernest Delahaye et, depuis mars 1878, employé aux douanes de Charleville, lui dit qu'il a acheté divers recueils édités à Paris chez Alphonse Lemerre, Rimbaud élève brusquement la voix et l'apostrophe par ces mots :

> Acheter des bouquins, et surtout de pareils, c'est complètement idiot. Tu portes une boule sur tes épaules qui doit remplacer tous les livres. Ceux-ci, rangés sur des rayons, ne doivent servir qu'à dissimuler les léprosités des vieux murs [1] !

Les moissons terminées à Roche, Rimbaud repart sur les routes. Il gagne le massif des Vosges et parvient à Altdorf en Suisse où il est déjà venu, puis à Amsteg d'où il suit un itinéraire qu'il a déjà emprunté trois ans plus tôt : le Saint-Gothard, le Tessin, Lugano, Côme, la plaine du Pô et enfin la Ligurie et Gênes qu'il atteint le matin du 17 novembre. Il raconte son expédition dans une longue lettre qu'il adresse aux siens. Il les appelle « chers amis », incluant dans la formule épistolaire consacrée sa mère, son frère et sa sœur, Isabelle. Lui-même signe « votre ami ».

Le Saint-Gothard et son hospice civil où il s'est arrêté pour se reposer et passer la nuit, il les décrit en détail, dans un curieux style à la fois relâché et documentaire :

> Voici ! plus une ombre dessus, dessous ni autour, quoique nous soyons entourés d'objets énormes ; plus de route, de précipice, de gorge ni de ciel : rien que du blanc à songer, à toucher, à voir ou ne pas voir, car impossible de lever les yeux de l'embêtement blanc qu'on croit être le milieu du sentier, impossible de lever le nez à une bise aussi carabinante, les cils et la moustache en stalactites, l'oreille déchirée, le cou gonflé. Sans l'ombre qu'on est soi-même et sans les poteaux du télégraphe, qui suivent la route supposée, on serait aussi embarrassé qu'un pierrot dans un four.
>
> Voici à fendre plus d'un mètre de haut sur un kilomètre de long. On ne voit plus ses genoux de longtemps. C'est échauffant. Haletants, car en une demi-heure la tourmente peut nous ensevelir dans trop d'efforts, on s'encourage par des cris [...]. Voici un convoi de traîneaux, un cheval tombé moitié enseveli. Mais la route se perd. [...] On dévie, on plonge jusqu'aux côtes, jusque sous les bras. Une ombre pâle derrière une tranchée : c'est l'hospice du Gothard, établissement civil et hospitalier, vilaine bâtisse de sapin et pierres ; un clocheton. À la sonnette, un jeune homme louche vous reçoit ; on monte dans une salle basse et malpropre où l'on vous régale de droit de pain et de fromage, soupe et goutte. On voit les beaux gros chiens jaunes à l'histoire connue. Bientôt arrivent à moitié morts les retardataires de la montagne. Le soir on est une trentaine, qu'on distribue, après la soupe, sur des paillasses dures et sous des

couvertures insuffisantes. La nuit, on entend les hôtes exhaler en cantiques sacrés leur plaisir de voler un jour de plus les gouvernements qui subventionnent leur cahute.

Au matin, après le pain-fromage-goutte, raffermis par cette hospitalité gratuite qu'on peut prolonger aussi longtemps que la tempête le permet, on sort. Ce matin, au soleil, la montagne est merveilleuse ; plus de vent, toute descente, par les traverses, avec des sauts, des dégringolades kilométriques qui vous font arriver à Airolo, l'autre côté du tunnel, où la route reprend le caractère alpestre, circulaire et engorgé, mais descendant. C'est le Tessin [2].

Au port de Gênes protégé par ses môles immenses, il se procure une place sur un bateau à destination d'Alexandrie. Il y arrive au terme d'une traversée d'une dizaine de jours et, tout aussitôt, se met à la recherche d'un emploi. Plusieurs opportunités s'offrent assez rapidement à lui : travailler dans une importante exploitation agricole, entrer dans les douanes anglo-égyptiennes « avec un bon traitement [3] », ou se faire interprète d'un corps d'ouvriers à Chypre, au sein de l'entreprise française Ernest Jean & Thial fils, spécialisée dans la construction des chemins de fer, des forts, des casernes, des hôpitaux, des canaux ou encore des installations maritimes.

Il choisit de se rendre à Chypre.

Depuis le 4 juin de cette année 1878, grâce au traité de San Stefano et aux accords du congrès de Berlin, la Turquie a concédé à l'Angleterre la gérance de l'île, moyennant une solide redevance annuelle. Par les conventions qu'ils ont signées et qui les autorisent à y déployer un bataillon, les

Anglais ont gagné un inestimable poste de vigie, à mi-chemin entre les Dardanelles et l'isthme de Suez.

Quand Rimbaud débarque au port de la Scala de Larnaka, la deuxième ville du pays après la capitale Nicosie, les responsables d'Ernest Jean & Thial fils lui assignent une besogne à laquelle il ne s'attendait pas : devenir le surveillant d'une soixantaine d'hommes dans une carrière de pierre. Elle se trouve en bordure de la côte est de l'île, au lieu dit Potamos Liopetriou, un coin totalement désertique, à une heure de marche du village le plus proche, Xylophagou. Seules les ruines d'une tour de garde, construite à l'époque de l'occupation vénitienne, rappellent que des hommes ont autrefois hanté les lieux.

Au bout de quelques semaines, Rimbaud est nommé chef de chantier, un travail consistant à surveiller les ouvriers qui font sauter les pierres et qui les taillent, et à veiller à faire embarquer ces marchandises sur les cinq bateaux et le vapeur appartenant à la compagnie. Il doit aussi tenir « le compte de la nourriture et de tous les frais », et procéder à la paie des ouvriers chypriotes, tous originaires de la région.

Des échauffourées et des bagarres éclatant fréquemment, il a besoin d'une arme à feu, à la fois pour se protéger et pour assurer la discipline. Les conditions matérielles, elles, sont loin d'être agréables : la chaleur est accablante (il n'est pas rare que la température soit supérieure à cinquante degrés), les puces et les moustiques constituent un « supplice affreux[4] », la nuit comme le jour.

Ces conditions sont si mauvaises qu'en mai 1879, il est frappé de fièvre typhoïde, alors même qu'il s'était vanté, dans une lettre à sa famille, d'avoir été épargné par la maladie, contrairement aux autres Européens présents à Potamos Liopetriou. Par précaution, l'entreprise Ernest Jean & Thial fils le fait rapatrier à ses frais en France sur un bateau partant de Larnaka et mettant le cap sur Marseille. Une fois là, il monte dans un train et va directement se reposer à Roche auprès de sa famille. Lorsqu'il finit par se rétablir, il peut de nouveau participer aux travaux de la ferme et aux moissons.

En septembre, le fidèle et indéfectible Ernest Delahaye est invité à venir passer quelques jours à Roche. Il est fortement étonné de voir Rimbaud si changé : les joues creusées et durcies, le teint sombre d'un Kabyle, la barbe naissante blond fauve, la voix profonde, grave et énergique, bien différente de celle qu'il avait encore naguère et qui avait un timbre presque enfantin.

Rimbaud lui relate ses voyages en Allemagne, en Scandinavie avec le cirque Loisset, en Suisse et en Italie, lui parle longuement de sa tâche de contremaître à Chypre — une tâche, dit-il, qui lui a plu, qui lui a permis d'avoir des responsabilités et de parfaire sa connaissance des langues étrangères, le grec moderne en particulier, malgré la rudesse du climat et les incidents nombreux avec les ouvriers. Il ajoute qu'il ne pourrait dorénavant que vivre dans un pays chaud, et qu'aux premiers signes de l'hiver dans les Ardennes, il compte bien retourner à Chypre, *via* Alexandrie.

Alors qu'ils sont sur le point de se dire au revoir, Delahaye demande timidement à Rimbaud s'il pense toujours à la littérature, une question qui lui brûle les lèvres depuis qu'il est arrivé à Roche. Rimbaud baisse les paupières et secoue la tête. Il a un petit rire mi-amusé, mi-agacé, un peu comme si son ami lui avait dit : « Est-ce que tu joues encore au cerceau[5] ? » D'un ton sec, il répond qu'il ne s'occupe plus de ça, et qu'il a vraiment autre chose à faire dans la vie. Et Delahaye, à court de répliques, n'insiste pas.

Vers la fin de l'année, Rimbaud embrasse les siens et s'en va à Marseille afin de prendre un bateau à destination d'Alexandrie. Mais au moment d'embarquer, il est victime d'un accès de fièvre, et est obligé de rentrer précipitamment à Roche et, tout grelottant, de s'y aliter.

Pour tuer l'ennui, mais aussi parce qu'il en ressent de plus en plus le besoin, il se replonge dans la lecture. Mais ce ne sont plus du tout des ouvrages littéraires, ni des essais sur la politique et la philosophie, ce sont des livres de sciences appliquées ainsi que des manuels pratiques ou techniques qu'il dévore avec une incroyable boulimie. Il regrette de ne pas les avoir lus plus tôt. Il s'en veut de les avoir trop longtemps négligés et, à leur place, de s'être laissé vainement, *idiotement*, accaparé par la poésie.

En mars 1880, son impatience est à son comble : il s'empresse de faire ses bagages et de courir à la gare de Charleville. Il n'a qu'une idée en tête : le Proche-Orient.

Apprenti géographe

La première étape du nouveau périple de Rimbaud, c'est Alexandrie en Égypte. Il n'y reste toutefois qu'une semaine, n'ayant pas réussi à y trouver du travail, et il regagne Chypre où il espère se faire réembaucher chez Ernest Jean & Thial Fils. Mais l'entreprise française de construction n'existe plus. Il se tourne alors vers l'administration britannique qui ne demande pas mieux que de l'engager et de lui offrir une place de chef d'équipe sur un chantier du mont Troodos, à plus de deux mille mètres d'altitude, le point culminant de l'île, à l'ouest de Larnaka. Il s'agit d'y construire la résidence d'été du gouverneur général.

Les conditions de travail n'y sont pas meilleures qu'à Patamos Liopetriou, quoique la région ne soit pas désertique. La nuit, surtout, où il fait très froid, où il n'est pas rare qu'il pleuve et qu'il grêle, et où le vent souffle souvent en rafales. De surcroît, le ravitaillement n'est pas simple, et Rimbaud doit effectuer de fréquents déplacements à cheval sur des chemins escarpés et des sentiers périlleux, à travers des forêts de pins et de cyprès, jusqu'à Limassol. C'est là aussi qu'il a la possibilité de poster ses lettres pour la France.

Il s'accommode néanmoins de ces conditions difficiles puis, au mois de juin, change de chantier, cette fois pour le compte d'un entrepreneur privé avec lequel, malheureusement, il entre assez vite en conflit. Et ce qui n'arrange rien, ce sont, ici aussi, les nombreuses et violentes bagarres entre les ouvriers. Un jour, il est du reste impliqué dans l'une d'entre elles et, pour se défendre, il n'hésite pas à lancer une pierre à la tête d'un homme, au risque de lui fracasser le crâne. L'hostilité à son endroit devenant générale, il prend conscience qu'il a intérêt à quitter sans tarder son poste de contremaître et à chercher du travail ailleurs. Il décide que cet ailleurs sera l'est de l'Afrique et les côtes de la mer Rouge.

Après être passé par le canal de Suez qu'il a déjà traversé à bord du vapeur *Prins van Oranje*, en juin 1876, Rimbaud s'arrête successivement à Djedda en Arabie et à Massaouah sur la côte érythréenne. Il fait ensuite une halte à Hodeïldah, un port d'Arabie connu pour le transit du café en provenance de Moka, et arrive à Aden en août.

Par l'excellence de sa position à l'entrée de la mer Rouge, sur le détroit de Bab el-Mandeb, la ville d'Aden a longtemps été l'entrepôt et la plaque tournante du commerce de l'Inde avec l'Arabie, l'Abyssinie et l'Égypte. Depuis 1839, elle appartient aux Anglais qui en ont fait une sorte de Gibraltar oriental et qui l'appellent parfois aussi Crater, parce qu'elle a été bâtie au fond d'un cirque dénué de végétation et que, sur trois côtés, des montagnes arides la surplombent. Ils y ont implanté de nombreux établissements (entre autres pour l'exportation du riz, du café, de la gomme, des cotonnades, de l'ivoire, des perles et des peaux), de telle sorte qu'en quelques décennies, Aden est devenu un des plus grands ports de transit du monde. Malgré son climat torride, sa population — une population fort cosmopolite — s'est considérablement accrue.

Rimbaud, au demeurant, est indisposé par cette chaleur caniculaire dès qu'il met le pied à Aden — l'inverse de ce qu'il a connu au mont Troodos —, et il est obligé d'aller se faire soigner à l'hôpital. Quand il en sort, il se présente à la compagnie lyonnaise Mazeran, Viannay, Bardey et Cie qui possède plusieurs comptoirs en Afrique, et dont le patron s'appelle Alfred Bardey, un Bisontin de son âge. Il est reçu par le fondé de pouvoir de la firme, un colonel à la retraite, à qui il décline son identité et ses états de service à Chypre, mais en prétendant qu'il est natif de Dole, le lieu de naissance de son père, en 1814. C'est un peu comme si, par cet insignifiant mensonge, cette référence à son géniteur qu'il n'a connu que par intermittence jusqu'à l'âge de six ans, il sacralisait davantage encore la rupture avec son enfance, sa jeunesse et sa vie éphémère de poète.

Comme il fait bonne impression, qu'il parle plusieurs langues et qu'il possède quelques rudiments d'arabe, il est engagé et se voit confier de nouveau une tâche de surveillant, cette fois dans des ateliers de triage et de pesage de café, une des principales denrées qu'achète et vend la compagnie, et qu'elle fait transporter en bateau à Marseille. Son salaire est plutôt modeste ; en revanche, on met à sa disposition une voiture et un cheval, et on lui octroie un logement, la seule bâtisse de la ville dont le toit est couvert de tuiles rouges, en face du tribunal civil.

Rimbaud aurait espéré mieux, mais pour l'heure, il n'a pas trop le choix. Et puis il a entendu dire que la compagnie prospecte sur la rive opposée du golfe d'Aden et envisage d'ouvrir d'autres comptoirs en Afrique. Il pourrait, songe-t-il, devenir tôt ou tard l'homme de la situation.

En attendant, il écrit à sa famille et lui réclame des livres techniques sur quantité de matières : la métallurgie, l'hydraulique urbaine et agricole, les navires à vapeur, les poudres et les salpêtres, la minéralogie, la maçonnerie, le textile, la scierie, les puits artésiens... Sur ce sujet, il dit avoir besoin d'un traité dû à l'ingénieur des mines F. Garnier et de l'adresse de « fabricants d'appareils pour forage instantané[1] ». Dans la liste des ouvrages qu'il dresse, il y a des titres de l'encyclopédie Roret qui sont toujours fort appréciés et qu'on trouve aisément dans les librairies de France : *Le Manuel du verrier*, *Le Manuel du briquetier*, *Le Manuel du fondeur en tous métaux*, *Le Manuel du fabricant de bougies*, *Le Manuel du charron*... Rimbaud insiste pour recevoir en priorité *Le Manuel du tanneur*. Au bout d'un mois seulement, Alfred Bardey lui propose une place à Harar où il vient de fonder une succursale.

Située à l'intérieur des terres, à près de trois cent

cinquante kilomètres du golfe d'Aden, la ville de Harar* s'élève à mille sept cents mètres d'altitude et jouit d'un climat tempéré. Reconquise en 1875 par les Égyptiens qui s'y étaient déjà établis au XVIe siècle, elle est à la fois une ville sainte, une ville de garnison (quatre mille soldats y sont cantonnés) et une ville de commerce, ainsi que le carrefour de la plupart des routes de la région. À tout moment, les caravanes y font halte et participent ainsi à son essor. Longtemps interdite aux infidèles, Harar a aussi la grande particularité d'être habitée par des musulmans de rite chiite qui sont monogames. C'est une des raisons pour lesquelles les femmes y exercent un réel pouvoir.

Accompagné par un autre employé de la compagnie, un Grec du nom de Constantin Righas, Rimbaud arrive à Harar, *via* Berbera, à la mi-décembre, après vingt jours de cheval à travers le périlleux désert somali. Il est d'emblée déconcerté par cette ville fortifiée de quarante mille âmes, avec ses rues étroites, puantes et sales, grouillantes de mendiants, d'estropiés, de malades et de chiens, ses maisons aux toits plats à terrasse agglomérées comme des cellules, ses murets construits en terre séchée au pied desquels s'entassent des amas d'immondices, ses marchés répandant des odeurs aigres et piquantes, mélange écœurant de légumes, de peaux tannées, de viandes, de thé, de café, d'épices, d'herbes aromatiques… Autant d'aliments qui attirent les mouches et les font pulluler…

* Harar est à la fois le nom de la ville et celui de la région.

Dès le mois de janvier 1881, il informe les siens qu'il vit à Harar « d'une façon fort ennuyeuse et sans profits », souvent malade et passant le plus clair de son temps à contrôler la pesée du café acheminé à l'agence par des Gallas, une des nombreuses peuplades abyssiniennes, et à veiller sur le personnel. Il leur fournit quelques détails.

J'ai pincé ici une maladie peu dangereuse par elle-même : mais ce climat-ci est traître pour toute espèce de maladie. On ne guérit jamais d'une blessure. Une coupure d'un millimètre à un doigt suppure pendant des mois et prend la gangrène très facilement. D'un autre côté, l'administration égyptienne n'a que des médecins et des médicaments insuffisants. Le climat est très humide en été ; c'est malsain, je m'y déplais au possible, c'est beaucoup trop froid pour moi.

[...]

Il ne faut pas croire que ceci soit entièrement sauvage. Nous avons l'armée, artillerie et cavalerie égyptienne, et leur administration, le tout est identique à ce qui existe en Europe, seulement c'est un tas de chiens et de bandits. — Les indigènes sont des Gallas, tous agriculteurs et pasteurs, gens tranquilles quand on ne les attaque pas. Le pays est excellent quoique relativement froid et humide, mais l'agriculture n'y est pas avancée. Le commerce ne comporte principalement que les peaux des bestiaux qu'ils traient pendant leur vie et écorchent ensuite ; puis du café ; de l'ivoire ; de l'or ; des parfums, encens, musc, etc. Le mal est que ceci est à 60 lieues de la mer et que les transports coûtent trop[2].

À tout prendre, il préférerait la fournaise d'Aden. Pour affronter la monotonie et la solitude, il n'a qu'un secours : la lecture des ouvrages techniques dont il n'arrête pas de mentionner les titres, à la manière d'un leitmotiv, dans les lettres qu'il envoie à ses *chers amis* de Charleville et de Roche. Encore qu'il leur dise de ne plus lui faire parvenir des manuels Roret... Il leur réclame aussi un appareil photo qu'il appelle « bagage photographique ».

Quoique Alfred Bardey et un de ses associés viennent à leur tour s'installer à Harar, en avril, Rimbaud a plus que jamais besoin d'excitation, d'aventure. Quand bien même il devrait y perdre la vie. Et il le dit le plus clairement du monde, le 4 mai :

> Chers amis,
>
> Vous êtes en été et c'est l'hiver ici, c'est-à-dire qu'il fait assez chaud, mais il pleut souvent. Cela va durer quelques mois. La récolte du café aura lieu dans 6 mois.
>
> Pour moi, je compte quitter prochainement cette ville-ci pour aller trafiquer ou explorer à mon compte dans l'inconnu. Il y a un grand lac à quelques journées d'ici, et c'est en pays d'ivoire, je vais tâcher d'y arriver mais le pays doit être hostile.
>
> Je vais acheter un cheval et m'en aller. Dans le cas où cela tournerait mal, et que j'y reste, je vous préviens que j'ai une somme de 715 roupies m'appartenant déposée à l'agence d'Aden, et que vous réclamerez si ça vous semble en valoir la peine[3].

Cet inconnu auquel il aspire, il l'explore bientôt effectivement, mais pour le compte de Mazeran, Viannay, Bardey et Cie. Responsable d'une petite expédition *commerciale*, il se hasarde, vêtu comme un autochtone, du côté de Boubassa, un plateau à une cinquantaine de kilomètres au sud de Harar. Avant lui, aucun Blanc n'est jamais allé dans cette région. Pas même l'explorateur britannique Richard Burton qui, déguisé lui aussi, a été le premier non-musulman à pénétrer dans Harar, en 1854.

Rimbaud en rapporte une quantité considérable de peaux de chèvres et de bœufs qu'il a troquées contre des verroteries et des cotonnades. Mais cette équipée, qui a duré quinze jours, l'a de nouveau rendu malade. Et il se demande s'il n'a pas attrapé le paludisme, le choléra ou le typhus qui commence à sévir dans la ville et qui, chaque jour, tue des dizaines de personnes que les soldats égyptiens s'empressent de jeter dans une fosse commune, à l'abri des curieux. À moins que la maladie dont il souffre ne soit la syphilis.

Par chance, ce n'est jamais qu'une méchante fièvre. Pourtant, une fois sur pied, il continue de se déplaire à Harar où il a de plus en plus le sentiment de s'adonner à une besogne abrutissante et absurde. Ah, si au moins il pouvait conduire d'autres expéditions dans des territoires inexplorés !

Ou être le directeur de l'agence !

Comme on lui refuse ce poste, il donne en septembre sa démission à Alfred Bardey. Qui ne l'accepte pas. Et d'autant moins que Rimbaud a signé avec la compagnie lyonnaise, en date du 10 novembre 1880, un engagement en bonne et due forme jusqu'à la fin de l'année 1883. Toutefois, quelques semaines plus tard, Bardey lui propose d'aller retravailler à Aden. Non pas tant parce qu'il est un homme bienveillant et compréhensif, que parce qu'il doit pourvoir à un remplacement dans la factorerie.

En janvier 1882, Rimbaud y est de retour. Il

reprend du service dans l'atelier de triage de café — une besogne qui n'est pas trop absorbante et qui lui laisse le temps de songer à un nouveau projet : écrire un ouvrage pour la Société de géographie, cartes, gravures et photographies à l'appui, sur Harar et sa région, toujours inconnue des Européens. Il se dit d'ailleurs que la Société de géographie, qui compte Alfred Bardey parmi ses membres, pourrait lui allouer des fonds et lui payer d'autres voyages. Encore faut-il qu'il ait un appareil photo et des instruments de précision appropriés.

Dans son esprit, une seule personne est à même de se les procurer en France et de les lui faire parvenir : Ernest Delahaye. Aussi lui adresse-t-il une lettre dans laquelle il note tout ce dont il a besoin. À savoir : un théodolite de voyage de petites dimensions, un sextant, une boussole de reconnaissance à niveau, un baromètre anéroïde de poche, un cordeau d'arpenteur en chanvre, un étui de mathématiques contenant une règle, une équerre, un rapporteur, un compas de réduction, un décimètre et un tire-lignes, du papier à dessin. Liste à laquelle il faut ajouter de nombreux livres pratiques comme l'*Annuaire de la République française présenté au gouvernement par le Bureau des longitudes pour l'an 1882* et *Instructions pour les voyageurs préparateurs...*

Il rêve. Il se voit explorer et sonder des terres inconnues au cœur de la Somalie. Il se voit aussi à Zanzibar, avec ses instruments, ses papiers et son crayon à la main. Ou sur l'île de Pemba, dans l'océan Indien, dont il croit savoir qu'elle regorge de mystères. Il s'imagine géographe, reçu en grande pompe à Paris par la savante Société de géographie pour la qualité et l'originalité de ses travaux et de ses recherches.

Entre-temps, les mois se succèdent les uns aux autres, et il est toujours sous l'implacable soleil d'Aden, toujours chez Mazeran, Viannay, Bardey et Cie, toujours dans son atelier de triage du café, même si, de loin en loin, il a pu entreprendre quelques voyages périlleux dans certaines contrées perdues de l'Abyssinie.

Ses distractions ne sont pas légion : se promener près des imposantes citernes de la reine de Saba, creusées à flanc de montagne, une des seules curiosités de la ville récemment remises en état par les Anglais, gravir une des collines arides entourant Aden, traîner sa lassitude dans des tripots, le long du port, visiter les îles toutes proches, Perim et Bahreïn, placées sous le protectorat de l'Angleterre... Il espère de l'avancement. Il pense qu'il pourrait remplacer Alfred Bardey, si ce dernier, comme il en a été question, regagnait la France.

En novembre, lui parvient de Roche une bonne nouvelle : son « bagage photographique[4] » a enfin été acheté par un des responsables de la compagnie rentré à Lyon. Mais cette bonne nouvelle est accompagnée d'une mauvaise : Mme Rimbaud ne voit pas pourquoi elle supporterait le coût de ce *bagage* qu'elle juge par trop dispendieux (mille huit cent cinquante francs). Et dans la lettre qu'elle écrit à son fils, elle déclare tout de go qu'elle ne veut plus se mêler de ses affaires.

En Ogaden

L'attitude de sa mère refusant de subvenir à ses dépenses, Rimbaud la juge attristante, lui qui est à « mille lieues de chez lui », parmi des « peuplades sauvages ». « Si je ne puis plus même m'adresser à ma famille pour mes commissions, écrit-il à sa mère le 8 décembre 1882, où diable m'adresserai-je ? » Sans les livres qu'il lui demande d'acheter, il sera privé, dit-il, « d'une foule de renseignements » qui lui sont « indispensables », « comme un aveugle » [1]. Ça le révolte et ça le rend irritable : dans son travail de tous les jours à Aden, il a tendance à se fâcher pour un oui ou pour un non.

Un jour, il va même jusqu'à gifler devant tout le monde un magasinier, sous prétexte que cet homme lui aurait manqué de respect. Un geste déplacé qui déchaîne presque une sédition. Des manutentionnaires se ruent sur lui et lui immobilisent les bras, permettant au magasinier de venir le frapper au visage et le menacer de mort, si jamais il avait l'outrecuidance de récidiver. Ce n'est pas tout : ce même magasinier porte plainte à la police municipale pour coups et blessures. Et prétend que son offenseur a brandi sur lui un couteau. Tous les coolies de service, ajoute-t-il mensongèrement, pourraient en témoigner. Il faut l'intervention du vice-consul de France à Aden, Albert Delagenière, ainsi que les bons offices d'Alfred Bardey, le patron, pour que ce déplorable incident ne porte pas à conséquence.

Malgré quoi, en mars 1883, Rimbaud renouvelle son contrat avec la compagnie lyonnaise jusqu'à la fin de l'année 1885, et est nommé directeur de l'agence de Harar. Comme il envisage toujours de rédiger un ouvrage sur cette région, et qu'entre-temps les livres qu'il a demandés à sa famille et son fameux « bagage photographique » lui sont bien parvenus (Mme Rimbaud a fini par les payer), cette affectation lui fait plaisir. Elle est d'ailleurs assortie de missions commerciales à effectuer dans des terres inexplorées, au sud-est de l'Abyssinie.

Une fois à Harar, il s'installe dans l'ancienne résidence du gouverneur égyptien Raouf Pacha, la seule maison à un étage dont la façade donne sur une grande place, à l'entrée de la ville. À deux pas, ce sont les murs des vieilles enceintes fortifiées, construites au XIIIe et au XIVe siècle.

Pourtant, et c'est devenu chez lui une triste habitude, un mal récurrent terrible, il se sent très vite gagné par l'ennui — quelque chose qu'il ne peut pas ne pas confier à ses *chers amis* des Ardennes :

La vie est comme cela, et la solitude est une mauvaise chose ici-bas. Pour moi, je regrette de ne pas être marié et avoir une famille. Mais à présent je suis condamné à errer, attaché à une entreprise lointaine, et tous les jours je perds le goût pour le climat et les manières de vivre, et même la langue de l'Europe. Hélas ! à quoi servent ces allées et venues, et ces fatigues et ces aventures chez des races étranges, et ces langues dont on se remplit la mémoire, et ces peines sans nom, si je ne dois pas un jour, après quelques années, pouvoir me reposer dans un endroit qui me plaise à peu près et trouver une famille, et avoir au moins un fils que je passe le reste de ma vie à élever à mon idée, à orner et à armer de l'instruction la plus complète qu'on puisse atteindre à cette époque, et que je voie devenir un ingénieur renommé, un homme puissant et riche par la science ? Mais qui sait combien peuvent durer mes jours dans ces montagnes-ci ? Et je puis disparaître, au milieu de ces peuplades, sans que la nouvelle en ressorte jamais [2].

Puis, fataliste et presque défaitiste par rapport à tout ce qui l'a fait vibrer à l'époque héroïque de la Commune et dans ses fiévreuses discussions avec Charles Bretagne à Charleville, il note :

Vous me parlez des nouvelles politiques, si vous saviez comme ça m'est indifférent. Plus de 2 ans que je n'ai pas touché un journal. Tous ces débats me sont incompréhensibles à présent. Comme les musulmans, je sais que ce qui arrive arrive et c'est tout.

La seule chose qui m'intéresse sont les nouvelles de la maison et je suis toujours heureux à me reposer sur le tableau de votre travail pastoral. C'est dommage qu'il fasse si froid et lugubre chez vous en hiver [3].

En guise de remède contre cet ennui viscéral, incurable, il a à présent un tout nouveau dérivatif : la photographie. Parmi les clichés qu'il réalise, il y a de nombreuses scènes de la vie locale et des portraits, en particulier ceux d'employés de la firme, et aussi des autoportraits qu'il envoie sous pli à Charleville. Sur l'un d'eux, il porte un petit calot sur la tête, un pantalon blanc et une veste sombre dont il tient le revers de la main droite, tandis que sa main gauche, elle, repose sur une balustrade, celle de la terrasse de sa résidence à Harar. Sur un autre autoportrait, il est vêtu d'une vareuse et d'un pantalon blancs, les bras croisés sur la poitrine, devant un tronc d'arbre effilé et un arbuste en fleur. Et il a l'air résigné, perdu dans ses réflexions. Pour un peu, on le comparerait à un forçat.

Son ennui, il tente également de l'atténuer en s'efforçant de prendre quelques initiatives. En août, il met ainsi sur pied une expédition commerciale qu'il confie à Constantin Sotiro, un Grec comme Constantin Rhigas, seul Européen à son service, apprécié pour son courage et ses talents de diplomate, et, ce qui n'est pas négligeable, connaissant bien le Coran. Elle consiste à entrer en contact avec des tribus de l'Ogaden, ce gigantesque territoire mi-désertique mi-sauvage, entrecoupé par des étendues de steppe d'herbes hautes et de lacunes pierreuses, s'étendant au sud-est de l'Abyssinie et incluant une partie de la Somalie.

Cette expédition n'est pas sans danger : les autorités égyptiennes voient toujours d'un mauvais œil les incursions dans les coins sauvages du pays, surtout lorsqu'elles sont pilotées par des Européens, et les populations ogadines, en ce qui les concerne, ont la sinistre réputation de ne pas aimer les Blancs et de vivre en autarcie. Certaines, colporte-t-on, habitant des gourbis éparpillés çà et là dans la brousse, seraient même anthropophages et friandes de chair blanche. L'expédition est d'autant plus périlleuse qu'au début du mois, l'explorateur italien Pietro Sacconi et trois de ses accompagnateurs ont été massacrés, près de la rivière Wabai (ou Ouebbe), par une horde d'indigènes. Après les avoir nargués, il est vrai, et s'être comportés en leur présence d'une façon dédaigneuse, comme s'ils étaient en terrain conquis.

Tout près du Wabai qu'il atteint sans embûches, Sotiro découvre un peuple pastoral et nomade qui n'a jamais vu un Blanc, et des terres où s'ébattent des crocodiles, des éléphants, des girafes, des gazelles, des hippopotames et d'énormes troupeaux d'autruches, « un vrai paradis de chasseur[4] ». Il est tout étonné de constater que ces autruches sont fortement choyées par les chefs des tribus, qu'elles sont gardées par des enfants et qu'elles mangent à part des autres bêtes. Heureusement, il s'acquitte de sa mission avec succès, permettant à Mazeran, Viannay, Bardey et Cie de trouver de nouveaux débouchés. D'ailleurs, trois autres expéditions à travers l'Ogaden sont bientôt organisées ; elles obtiennent chacune des résultats extrêmement positifs. Même si, dans l'une d'entre elles, Sotiro a été fait prisonnier durant deux semaines par les guerriers d'une tribu et qu'il n'a été libéré qu'après le versement d'une rançon. Rimbaud, lui, participe en personne à la troisième.

En décembre, grâce aux multiples notes prises

par Sotiro en Ogaden, il rédige un rapport objectif et détaillé qu'il adresse à Alfred Bardey, en veillant bien à parler autant du climat, de la faune et de la flore que des rites, des mœurs et des coutumes. L'occupation journalière des Ogadines est d'aller, écrit-il ainsi, « s'accroupir en groupes sous les arbres, à quelque distance du camp, et, les armes à la main, de délibérer indéfiniment sur leurs divers intérêts de pasteurs ».

Hors de ces séances, et aussi de la patrouille à cheval pendant les abreuvages et des razzias chez leurs voisins, ils sont complètement inactifs. Aux enfants et aux femmes est laissé le soin des bestiaux, de la confection des ustensiles de ménage, du dressage des huttes, de la mise en route des caravanes.

[...]

Les Ogadines ne connaissent aucun minerai chez eux.

Ils sont musulmans fanatiques. Chaque camp a son iman qui chante la prière aux heures dues. Des *wodads* (lettrés) se trouvent dans chaque tribu ; ils connaissent le Coran et l'écriture arabe et sont poètes improvisateurs.

Les familles ogadines sont fort nombreuses. L'abban de M. Sotiro comptait soixante fils et petits-fils. Quand l'épouse d'un Ogadine enfante, celui-ci s'abstient de tout commerce avec elle jusqu'à ce que l'enfant soit capable de marcher seul. Naturellement, il en épouse une ou plusieurs autres dans l'intervalle, mais toujours avec les mêmes réserves [5].

Considérant que ce rapport présente un réel intérêt scientifique, Bardey l'envoie d'ailleurs à Paris à la Société de géographie. Stimulé de la sorte, Rimbaud continue de penser qu'une belle carrière de géographe lui est promise. Mais alors qu'il envisage de repartir dans l'Ogaden, les événements politiques se précipitent.

Après plusieurs revers militaires, l'armée égyptienne est sur le point de quitter Harar et sa province que se disputent à la fois Johannès IV, roi du Tigré et de l'Ambara, et empereur d'Abyssinie depuis 1872 avec l'aide la Grande-Bretagne, et son vassal Ménélik, le roi du Choa, né à Ankober en 1844.

Johannès IV et Ménélik sont tous les deux des souverains chrétiens, une grande partie de l'Abyssinie s'étant convertie au christianisme après le concile de Chalcédoine, en 451. Mais leur lutte fratricide n'en reste pas moins impitoyable, alors même que le pays, *leur* pays, est constamment convoité par des étrangers : les Égyptiens du khédive Ismaïl ; les mahdistes soudanais, partisans de Mohamed Acmet, dit le Mahdi (le Messie), et intégristes musulmans fanatiques ; les Italiens désireux d'installer des colonies, aussi bien le long de la mer Rouge que sur les hauts plateaux ; enfin les Anglais qui cherchent à affermir la puissance de l'empire...

Ce qui touche pourtant davantage Rimbaud, c'est que la firme qui l'emploie connaît de grosses difficultés financières en Europe, et qu'elle doit être mise en liquidation. Bien que ses agences d'Aden et de Harar dégagent des profits.

Le 23 avril 1884, Rimbaud est congédié, mais ses « appointements sont réglés jusqu'à fin juillet[6] ». Tout de suite, il retourne à Aden où il espère retrouver du travail, de préférence dans une maison qui lui donnerait la possibilité de voyager et de découvrir des contrées lointaines. En même temps, il se demande si, avec ses propres gains, il n'achèterait pas une plantation à Harar ou dans les environs. Ce serait sans doute préférable, songe-t-il, pour la jeune Abyssinienne originaire du Choa, grande, mince et discrète, avec laquelle il s'est mis en ménage depuis peu et qu'on voit souvent le soir à ses côtés, en général vêtue à l'européenne, une cigarette égyptienne à la commissure des lèvres.

Alfred Bardey le prie de ne pas quitter Aden. Il lui annonce qu'il a l'intention de recréer un négoce dans cette région de l'Afrique et que, s'il arrivait à ses fins, il aurait sûrement recours à ses services.

Rimbaud n'y croit pas trop. Il craint que les troubles et les conflits qui éclatent à tout moment dans le golfe ne freinent les investisseurs. Mais en juin, après être parvenu à réunir des fonds à Marseille, Bardey le réengage pour six mois et lui offre le poste d'acheteur de café dans sa nouvelle compagnie, dont le nom social est désormais celui de son frère, Pierre Bardey.

Rimbaud en fait part à ses *chers amis* ardennais. Non sans les instruire sur les singulières conditions climatiques à Aden :

Voici un mois de passé dans mon nouvel emploi, et j'espère passer encore les cinq autres assez bien. Je compte même réengager encore ensuite.

L'éte va finir dans deux mois, c'est-à-dire fin septembre. L'hiver ici compte six mois, d'octobre à fin mars. On appelle hiver la saison où le thermomètre descend quelquefois à 25 degrés (au-dessus de zéro), il est donc toujours aussi chaud que votre été, et il ne pleut quelquefois jamais dans le cours dudit hiver.

Quant à l'été, on y a toujours 40°. C'est très énervant et très affaiblissant. Aussi je cherche toutes les occasions de pouvoir être employé ailleurs [7].

Les affaires, néanmoins, vont mal et, dans les mois qui suivent, tout laisse supposer une prochaine déconfiture. Et Rimbaud est conscient qu'il n'est pas du tout facile de commercer dans le golfe d'Aden.

Celui qui n'est pas un grand négociant pourvu de fonds ou crédits considérables, celui qui n'a que de petits capitaux, ici risque bien plus de les perdre que de les voir fructifier, car on est entouré de mile dangers, et la vie, si on veut vivre un peu confortablement, vous coûte plus que vous ne gagnez, car les employés en Orient à présent sont aussi mal payés qu'en Europe, leur sort y est même bien plus précaire, à cause des climats funestes et de la vie énervante qu'on mène [8].

Politiquement, l'avenir est incertain. On entend dire que l'émir Abdellahi est le nouvel homme fort à Harar, et qu'il a une effroyable idée fixe : massacrer tous les chrétiens qui y séjournent, peu importe qu'ils soient blancs ou noirs. On entend dire aussi que les Anglais, en ce qui les concerne, jouent un double jeu pour défendre leurs intérêts, cajolant tour à tour les seigneurs abyssins et les Égyptiens. Dans une nouvelle lettre qu'il écrit à sa famille le 30 décembre 1884, Rimbaud les accuse en tout cas sans faux-fuyant :

C'est justement les Anglais avec leur absurde politique qui ruinent à présent le commerce de toutes ces côtes. Ils ont voulu tout remanier, et ils sont arrivés à faire pire que les Égyptiens et les Turcs qu'ils ont ruinés. Leur Gordon * est un idiot, leur Wolseley un âne, et toutes leurs entreprises une suite insensée d'absurdités et de déprédations [9].

Mais il déplore aussi la politique coloniale, les « bêtises » de la France dans la mer Rouge. Il la juge « inepte », l'argent étant gâché, selon lui, « en pure perte dans des endroits impossibles [10] ».

Or, le 10 janvier 1885, il est tout surpris d'apprendre par Pierre Bardey que son contrat est prolongé jusqu'au 31 décembre de la même année. Il ne s'en félicite pas trop. Il sait qu'un rien désormais pourrait lui faire perdre son emploi — cet emploi qui ne lui procure guère de satisfaction, et qu'il abandonnerait volontiers s'il en dénichait un autre plus attrayant et plus *humain*, sous un climat moins infernal.

Et pourquoi pas à Bombay en Inde ou au Tonkin ? Ou même en Amérique, au canal de Panama dont la construction, commencée en 1881, est loin d'être achevée ?

Tandis qu'il rumine et ressasse ces questions, Rimbaud rencontre à Aden, au début du mois d'octobre, le dénommé Pierre Labatut. Originaire de Gascogne, cet homme de quarante-trois ans a d'abord été colporteur en France et en Italie, puis

* Il s'agit du général Charles Gordon, gouverneur général du Soudan, et du général Joseph Wolseley, en poste en Égypte.

entrepreneur en Égypte, avant de venir s'installer en 1872 à Ankober, la capitale du Choa, et d'y épouser une Abyssinienne. Depuis, il s'est enrichi, en vendant tout ce qui est vendable, y compris des êtres humains, hommes, femmes et enfants. Il possède des terres, des troupeaux de chevaux et de mulets et de nombreux esclaves au milieu desquels il vit comme un chef éthiopien. Et il se targue de bien connaître Ménélik dont il a gagné l'amitié et la confiance, et d'être un de ses conseillers les plus écoutés.

Pierre Labatut n'y va pas par quatre chemins. Il propose à Rimbaud un travail rémunérateur : acheter des armes fabriquées en Belgique et en France, et les vendre ensuite en Abyssinie avec un substantiel bénéfice.

Les armes à la main

Rimbaud a au moins une bonne raison d'accepter, pour ainsi dire séance tenante, la proposition de Pierre Labatut : il était bel et bien en train de s'abrutir chez Alfred Bardey. Mais il y a autre chose : dans cette région du monde à laquelle s'intéressent les principales puissances européennes, la vente du matériel de guerre fait tourner toutes les têtes et, visiblement, rapporte gros. Donc, autant en profiter puisque l'opportunité se présente à lui. Et puis, grâce à son travail à Aden et à Harar, il a pu amasser pas mal d'argent, et il est prêt à en mettre une grande partie dans l'affaire. Celle-ci consiste à aller livrer des armes à Ménélik, qui a pour dessein autant de combattre et de repousser les troupes de l'empereur Johannès IV, soutenu par les Anglais, au-delà des frontières du Choa, que de s'emparer de Harar et de sa province. La livraison doit avoir lieu à Ankober, une des plus vieilles cités abyssiniennes, bâtie à une altitude de deux mille sept cent soixante mètres et peuplée de plus de deux mille habitants.

Après avoir quitté son emploi et s'être ensuite

associé à Labatut, Rimbaud s'installe à l'hôtel de l'Univers à Aden, le meilleur établissement de la ville, là où descendent d'habitude les Européens de passage, en attendant de pouvoir acheminer par caravane jusqu'à Ankober de vieux fusils à piston, réformés depuis quarante ans, qu'il a pu acquérir sans trop de difficulté. Le point de départ de l'expédition est fixé à Tadjourah, un petit port situé sur la côte somalienne et annexé depuis un an à la colonie française d'Obock. Mais l'attente est très longue, et ce n'est qu'en décembre que Rimbaud se rend à Tadjourah afin de recruter des porteurs et des chameliers, et d'équiper la caravane. Il y vient seul, ayant décidé de ne plus vivre avec sa jeune compagne abyssinienne, sa « mascarade * ».

Comme les armes et les munitions ne sont toujours pas arrivées, il cherche à se distraire et a tôt fait de constater qu'il est tombé dans un trou, un endroit où il n'y a même pas une jetée pour embarquer ou pour débarquer. Tout juste quelques dizaines de huttes de terre séchée, des mosquées blanchies à la chaux à peine plus hautes qu'un homme, des petits cimetières, un minuscule palais construit en feuilles de palmier tressées qu'occupe un sultan de pacotille, six soldats français sous les ordres d'un sergent commandant le poste installé dans un fort jadis construit par les Égyptiens... Le seul commerce indigène un tant soit peu florissant,

* Ce terme est de Rimbaud lui-même dans une lettre adressée en 1886 à Augusto Franzoj, un explorateur et journaliste italien, qu'il a rencontré à Tadjourah.

c'est celui des esclaves. Contre une poignée de sel, il est possible d'échanger une jeune femme.

En donnant de ses nouvelles à sa famille, Rimbaud signale qu'à Tadjourah, sous le protectorat français, « on ne cherche pas à gêner la traite » et que « cela vaux mieux » [1].

En février 1886, la marchandise est enfin là. Pourtant, à la demande expresse de l'Angleterre, et suivant une convention franco-anglaise datant de 1884, les autorités françaises suspendent les licences d'exportations d'armes vers l'Abyssinie et n'octroient plus de permis. Ce coup dur met Rimbaud en colère. En accord avec Labatut, il écrit une longue lettre de doléances au ministre des Affaires étrangères à Paris, avec l'espoir d'obtenir une dérogation.

Dans son courrier, il indique que Labatut et lui sont « négociants français établis depuis une dizaine d'années au Choa, à la cour du roi Ménélik [2] », et il fournit une multitude de détails sur leur entreprise : l'achat et l'entretien du matériel, les frais (dont les avances perdues), les taxes, les salaires, les modalités de paiement, les gains escomptés... Il n'oublie pas non plus de préciser le nombre de fusils à capsules (2 040) et de cartouches Remington (60 000) à livrer ainsi que la valeur totale de la caravane en dollars (40 000). « Nous sommes engagés dans cette unique affaire, insiste-t-il, par tous nos capitaux, tout notre matériel et notre personnel, tout notre temps et notre existence même [3]. »

Il mentionne plus loin qu'il ne saurait y avoir de

corrélation entre l'importation des armes et l'exportation des esclaves, un trafic existant entre « l'Abyssinie et la côte, depuis la plus haute Antiquité, dans des proportions invariables ». « [Nos] affaires, dit-il encore, sont tout à fait indépendantes des trafics obscurs des bédouins. Personne n'oserait avancer qu'un Européen ait jamais vendu ou acheté, transporté ou aidé à transporter un seul esclave, à la côte ni dans l'intérieur. » Et d'ajouter : « D'ailleurs le fait de l'interdiction de l'importation des armes à destination du Choa aura pour résultat unique, certain et immédiat, de supprimer radicalement les rapports commerciaux de la colonie d'Obock et de l'Abyssinie[4]. »

L'autorisation qu'il a réclamée, Rimbaud la reçoit enfin en mai. Aussitôt, il se met à parlementer avec les indigènes et cherche à réunir des guides, des chameliers, des chameaux, des mulets et des vivres. Sans oublier des gardes armés, la caravane risquant à tout moment, de jour comme de nuit, de trouver sur son chemin des hordes sauvages. Il ne peut pas en effet ne pas avoir à l'esprit la mort, en février dernier, de l'explorateur français Léon Barral et celle, en avril, de l'explorateur italien Pietro Porro, tous les deux assassinés au cours d'une sanglante embuscade. Mais, au moment où les négociations sont sur le point de se conclure, arrive d'Aden la nouvelle que Pierre Labatut est tombé gravement malade et qu'il doit de toute urgence être rapatrié en France.

Devant ce dernier coup dur, Rimbaud hésite.

Partir seul à Ankober ?

Oui, ce serait envisageable. Sauf qu'il ne connaît pas Ménélik dont tout le monde dit qu'il faut se méfier et qui passe pour être un personnage rusé et duplice, capable de revenir sur sa parole et, en fonction de ses intérêts, de renier ses alliances. Il songe alors à joindre sa caravane à celle d'un autre Français qui, lui aussi, a l'intention d'aller au Choa, l'explorateur et agent commercial Paul Soleillet.

Dans le golfe de Tadjourah depuis 1882, Soleillet connaît bien l'Afrique et, en particulier, la région, mais il est surtout un des interlocuteurs privilégiés de Ménélik et son principal pourvoyeur de matériel militaire. En contrepartie, le roi lui a cédé une maison et des terres. Il lui a de surcroît conféré le titre de général.

Avec l'autorisation officielle dont il dispose, Rimbaud se dit que son idée a beaucoup de chances d'aboutir. L'ennui, c'est que Soleillet se trouve actuellement à Aden et ne sera de retour à Tadjourah qu'à la fin du mois d'août.

Une fois encore, Rimbaud est contraint de patienter et de reculer la date de son départ. Or voilà qu'en septembre, il apprend que Soleillet vient de mourir, foudroyé par une embolie dans une rue d'Aden, à l'âge de quarante-quatre ans. Puis, une mauvaise nouvelle n'arrivant jamais seule, on lui annonce que Labatut, lui aussi, est décédé. Et, triste coïncidence, exactement au même âge !

Les contretemps et les contrariétés s'accumulant, il ne voit plus qu'une solution : diriger lui-même la caravane. Sans quoi, il risquerait de perdre tout son argent, et l'affaire, qui paraissait si rentable lorsque Labatut la lui avait présentée, tournerait au fiasco.

C'est en octobre, près de dix mois donc après avoir débarqué à Tadjourah, que Rimbaud peut finalement faire charger ses armes et se mettre à la tête d'un convoi composé de mulets, de chameaux, une bonne centaine, et de trente-quatre Abyssiniens armés jusqu'aux dents.

La route qu'il emprunte est un enfer, et pas seulement à cause de toutes ces tribus féroces, dont celle des Danakils, la plus redoutable de toutes, pour qui le meurtre est un titre de gloire, ni à cause de ces cohortes de rustres qui n'arrêtent pas de se battre les unes contre les autres, et de dévaliser et de massacrer les voyageurs et les explorateurs.

Il y a la chaleur aussi, une chaleur torride qui dépasse souvent les soixante degrés. Il y a ce soleil qui, depuis des millénaires, aspire l'humidité et ne laisse qu'un dépôt de sel sur les bords du lac Assal, une mer morte, le site le plus lugubre de la région, « plus horrible à midi qu'à toute autre heure de la journée[5] ». Il y a ce sol bosselé et rocheux sur lequel on manque de perdre l'équilibre à chaque pas, ces pentes abruptes qu'il faut escalader ou dégringoler entre des blocs énormes de lave et de basalte.

Il y a également la soif, il y a cette eau, ce précieux trésor qu'on transporte dans des outres en peau enduites, à l'intérieur comme à l'extérieur, de graisse rance et qui, à cause de la température extrême, est devenue visqueuse, nauséabonde, presque imbuvable, un brassage d'infusion peu ragoûtante et de poils de chèvre. Il y a les diarrhées qui vous prennent à l'improviste.

Et, par-dessus tout, il y a cette angoisse innommable qui vous saisit à la gorge, qui ne vous quitte plus et qui vous empêche, la nuit, de fermer l'œil... Les Abyssins sont toujours sur le qui-vive, craignant de voir surgir des vampires qui les emporteraient au-dessus des montagnes...

Cette randonnée dantesque, « par des routes horribles rappelant l'horreur présumée des paysages lunaires[6] », dure près de quatre mois. Quand la caravane atteint Farré et ensuite, vingt kilomètres plus loin, Ankober en février 1887, Rimbaud est un homme épuisé. Il a maigri, il a du mal à marcher, et souffre affreusement du genou droit.

Pour comble, il a la déception d'apprendre que Ménélik a quitté Ankober et qu'il est allé guerroyer contre l'émir Abdellahi, à Shalanko, à une soixantaine de kilomètres à l'ouest de Harar.

L'engagement dura à peine un quart d'heure, l'émir n'avait que quelques centaines de Remington, le reste de sa troupe combattant à l'arme blanche. Ses trois mille guerriers furent sabrés et écrasés en un clin d'œil par ceux du roi du Choa. Environ deux cents Soudanais, Égyptiens et Turcs, restés auprès d'Abdellahi après l'évacuation égyptienne, périrent avec les guerriers gallas et somalis. Et c'est ce qui fit dire à leur retour aux soldats choanais qui n'avaient jamais tué de blancs, qu'ils rapportaient les testicules de tous les Franguis* du Harar.

[...] Ménélik entra quelques jours ensuite au Harar sans résistance, et ayant consigné ses troupes hors de la ville, aucun pillage n'eut lieu. Le monarque se borna à frapper une imposi-

* C'est sous ce nom que les Abyssins désignent communément des Européens.

tion de soixante-quinze mille thalers* sur la ville et la contrée, à confisquer selon le droit de guerre abyssin, les biens meubles et immeubles des vaincus morts dans la bataille, et à aller emporter lui-même des maisons des Européens et des autres tous les objets qui lui plurent. Il se fit remettre toutes les armes et munitions en dépôt en ville, ci-devant propriété du gouvernement égyptien, et s'en retourna pour le Choa, laissant trois mille de ses fusiliers campés sur une hauteur voisine de la ville et confiant l'administration de la ville à l'oncle de l'émir Abdellahi, Ali Abou Beker, que les Anglais avaient, lors de l'évacuation, emmené prisonnier à Aden, pour le lâcher ensuite, et que son neveu tenait en esclavage dans sa maison[7].

Personne n'est à même de dire à Rimbaud quand le roi du Choa sera de retour. Le temps de digérer son dépit, et déjà il se querelle avec ses guides et ses chameliers qui, à juste titre, réclament leur dû en monnaie sonnante et trébuchante, et pour l'obtenir, déposent même plainte auprès de l'intendant général de Ménélik, l'azzaze Walda Tadek. Ensuite, c'est au tour de Mme Labatut, la veuve abyssinienne de Pierre Labatut, de le poursuivre. Elle lui annonce que son mari devait toucher une importante somme d'argent sur la vente d'une livraison d'ivoire. Déterminée, sûre de ses droits, elle exige que Rimbaud, Rimbaud *l'associé*, lui paie cette somme. Comme acculé, ne disposant d'aucun document écrit pour se défendre, il y consent.

Peu après, il est informé que Ménélik rentre avec son armée de Harar et qu'il envisage de s'arrêter à

* Ces pièces d'argent, à l'effigie de Marie-Thérèse d'Autriche, avaient cours dans les années 1880 dans les pays de la mer Rouge et en Abyssinie. On se servait aussi d'un nouveau thaler frappé à Paris et appelé le talari. Le thaler vaut plus ou moins 13 euros actuels.

Entotto où il a sa résidence estivale et dont il projette de faire la nouvelle capitale de son royaume, bien que la localité ne soit composée pour l'heure que d'une centaine de cases et qu'elle ne soit protégée que par une palissade de branches. C'est à cent vingt kilomètres d'Ankober. Immédiatement, Rimbaud en prend le chemin, à la tête de sa caravane. Par bonheur, le voyage se déroule plutôt dans de bonnes conditions, même si, pour traverser les rivières, il faut fabriquer à la hâte des radeaux de fortune, les ponts n'étant que de frêles passerelles de troncs d'arbres.

À Entotto, Rimbaud apprend que le souverain est toujours attendu, mais que son arrivée n'est plus qu'une question de jours. On le présente à un ingénieur suisse de son âge, Alfred Ilg. Grâce aux nombreux travaux qu'il a entrepris ici et là en Abyssinie avec deux de ses compatriotes depuis 1879 (entre autres l'acheminement de l'eau potable dans la ville), grâce également à son honnêteté et à son intelligence, cet homme a pu gagner la confiance de Ménélik. Il possède au surplus de remarquables talents de négociateur.

Dès qu'il fait sa connaissance, Rimbaud le trouve sympathique et a l'impression, pour la première fois depuis longtemps, d'être en présence de quelqu'un avec lequel il peut discuter, échanger des idées, quitte à ne pas toutes les partager, et donner librement des avis. Il lui parle du chargement d'armes qu'il est venu livrer et lui demande de l'introduire auprès de Ménélik. Alfred Ilg se déclare prêt à lui rendre ce service.

Le 6 mars, le roi fait son entrée à Entotto, « précédé de musiciens sonnant à tue-tête des trompettes égyptiennes trouvées au Harar », et « suivi de sa troupe et de son butin, parmi lequel deux canons Krupp transportés chacun par quatre-vingts hommes[8] ». Mais il ne reçoit Rimbaud accompagné d'Alfred Ilg que quelques jours plus tard. Sans grand enthousiasme, à vrai dire. Des armes et des munitions, il en a récupéré à Harar, après avoir vaincu Abdellahi. Et il a en particulier mis la main sur un stock de Remington, des modèles de meilleure qualité que ces fusils déclassés que Rimbaud a péniblement transportés jusqu'ici depuis Tadjourah.

Non, cette marchandise ne l'intéresse guère. Ou alors au rabais. À petit prix.

Aucune transaction possible.

C'est à prendre ou à laisser.

Interdit et impuissant, comme s'il avait le couteau sur la gorge, peu rompu aux négociations, contrairement à Labatut et à Soleillet, Rimbaud est forcé d'accepter. Ainsi qu'il l'avait redouté, l'affaire se solde donc bien par un fiasco. Toutefois, Ménélik n'en a pas fini avec lui. Avec des mimiques sournoises et des gestes onctueux, il lui dit que le paiement ne pourra se faire que par traites, et que ces dernières seront honorées par son cousin Makonnen qu'il a nommé gouverneur à Harar.

Avant de lui signaler que le sieur Pierre Labatut lui devait de l'argent et que ce serait tout à fait normal que Rimbaud liquide les dettes de son associé.

Une existence qui « périclite »

Alors qu'il s'apprête à gagner Harar, Rimbaud fait la connaissance d'un autre Européen de passage à Entotto. Il s'agit de Jules Borelli, un explorateur originaire de Marseille qui a un an de plus que lui et qui, sous le patronage du ministère de l'Instruction publique, a entrepris une expédition au Choa en partant du Caire. Grand voyageur, il est allé aussi bien aux États-Unis qu'au détroit de Behring, en Russie, au Sénégal, en Inde qu'à l'île Maurice. Tout comme Alfred Ilg, Jules Borelli se rend également sympathique aux yeux de Rimbaud, de telle sorte que les deux hommes décident de faire route ensemble. Ils ont au demeurant des choses à se raconter : Borelli, ses pérégrinations aux quatre coins de la planète ; Rimbaud, son dépit et sa frustration d'avoir été roulé dans la farine par Ménélik.

La route vers Harar, longue de cinq cents kilomètres, n'est pas, elle non plus, dénuée d'embûches. Mais indépendamment des accidents de terrain qu'elle présente, elle garde d'innombrables traces des sanglantes batailles qui ont opposé

Ménélik aux mahdistes, les partisans de Mohamed Acmet, et aux tribus rebelles. On voit partout des fermes abandonnées ou détruites aux trois quarts, des cadavres en putréfaction, des squelettes de soldats et des carcasses de bœufs et de chevaux que les bêtes sauvages ont laissées, après avoir pu abondamment s'en repaître.

À Harar même, sous une écrasante chaleur, le spectacle est encore plus désolant. La ville a été saccagée de part en part et n'est plus qu'un effrayant cloaque où, parmi les morts, les détritus, les ruines et la puanteur, les survivants tentent tant bien que mal de se protéger des pillages, des crimes et de la peste. Facteur aggravant, les hautes murailles de pierre qui encerclent la ville empêchent les remugles nauséeux et les saletés de se disperser. En outre, il n'y a pas ici le plus petit souffle de vent. Les rares Européens qui y sont demeurés se sont barricadés chez eux. Et ils s'attendent au pire…

Rimbaud a hâte de se faire payer sa traite auprès de Makonnen. Et de déguerpir. Pour l'heure, il ne sait trop où. Ni trop pour quelle *aventure*. Ce dont il est sûr, en revanche, c'est qu'il veut en finir avec cette lamentable affaire de fusils périmés qu'il a montée avec Pierre Labatut et qui n'a engendré que des catastrophes.

Mais déjà un autre désagrément se présente à lui : Makonnen ne s'acquitte que d'une partie de la dette de Ménélik, prétextant un manque de liquidités. Pour le reliquat, il lui remet une nouvelle traite à toucher à Massaouah, un port devenu une possession italienne depuis 1884, sur la côte érythréenne de la mer Rouge. Âgé de trente-cinq ans, Makonnen est sans doute moins rusé et moins malin que son oncle, il est d'ailleurs connu pour avoir d'excellents contacts avec les Européens et pour collaborer avec eux, mais dès qu'il est question d'argent, il se montre intraitable.

Rimbaud se sent floué et impuissant. Il prend congé de Jules Borelli et, sans tarder, se remet en route, en compagnie d'un Abyssin de dix-sept ans, Djami Wadaï, qui est à présent son domestique. Cette fois, il se dirige vers Aden où il arrive en juillet, après s'être embarqué à Djibouti, et où il rend aussitôt compte au vice-consul de France « de la liquidation de la caravane de feu Labatut ». Cette opération, précise-t-il, aura constitué une énorme perte pour lui (plus de soixante pour cent de son capital) et lui aura coûté vingt et un mois d'atroces fatigues.

Au Choa la négociation de cette caravane se fit dans des conditions désastreuses : Ménélik s'empara de toutes les marchandises et me força de les lui vendre à prix réduit, m'interdisant la vente au détail et me menaçant de les renvoyer à la côte à mes frais !

[...]

Traqué par la bande des prétendus créanciers de Labatut, auxquels le Roi donnait toujours raison, tandis que je ne pouvais jamais rien recouvrer de ses débiteurs, tourmenté par sa famille abyssine qui réclamait avec acharnement sa succession, et refusait de reconnaître ma procuration, je craignis d'être bientôt dépouillé complètement, et je pris le parti de quitter le Choa, et je pus obtenir du Roi un bon sur le gouverneur du Harar [...].

Le paiement du bon de Ménélik ne se termina pas au Harar sans frais et difficultés considérables, quelques-uns des créanciers étant venus me relancer jusque-là [1].

Après quoi, il retraverse le golfe d'Aden pour se rendre à Obock et, de là, monte sur un navire qui va en Égypte en faisant escale à Massaouah.

Quand il débarque dans ce port où sont amarrés des navires de guerre italiens, il est arrêté par des carabiniers qui le soupçonnent d'être un espion à la solde du gouvernement français. Pour plaider sa bonne foi en présence des autorités coloniales représentant le roi Umberto d'Italie, il exhibe la traite qu'il a reçue de Makonnen, mais on lui en demande davantage : la preuve écrite qu'il est bien un négociant et qu'il n'est pas venu à Massaouah pour des raisons politiques. Et dix jours s'écoulent avant que ces embarras administratifs ne soient résolus et que Rimbaud ne puisse enfin toucher son argent. Le prix de ses interminables labeurs. La *rançon* d'une épopée hasardeuse et pitoyable au bout des terres hostiles de l'Abyssinie.

À la mi-août, il arrive au Caire, descend à l'hôtel de l'Europe et dépose à l'agence du Crédit lyonnais huit kilos de pièces d'or qu'il a précieusement transbahutées dans sa ceinture, sans cesser de craindre d'être à la merci d'un voleur.

Il n'est pas au mieux de sa forme. Désormais ses cheveux sont tout gris. Il souffre de dysenterie et de rhumatismes aux épaules et dans les reins ainsi que d'une douleur articulaire dans la cuisse gauche qui le paralyse souvent. Il se figure que son « existence périclite[2] ». À sa famille, il confesse :

> Je suis excessivement fatigué, je n'ai pas d'emploi à présent, j'ai peur de perdre le peu que j'ai [...].
>
> Pourtant je ne puis aller en Europe, pour bien des raisons, d'abord je mourrais en hiver, ensuite je suis trop habitué à la vie errante et gratuite, enfin, je n'ai plus de position.
>
> Je dois donc passer le reste de mes jours errant, dans les fatigues et les privations, avec l'unique perspective de mourir à la peine.
>
> Je ne resterai pas longtemps ici ; je n'ai pas d'emploi, et tout est trop cher, par force je devrai m'en retourner du côté du Soudan, de l'Abyssinie ou de l'Arabie, peut-être irai-je à Zanzibar, d'où on peut faire de longs voyages en Afrique, et peut-être, en Chine, au Japon, qui sait où[3].

Au Caire, sa seule satisfaction est le rendez-vous qu'il obtient avec le frère aîné de Jules Borelli, Octave Borelli, avocat réputé sous le nom de Borelli Bey, et qui est un des fondateurs du *Bosphore égyptien*, un journal « quotidien, politique et littéraire » de langue française. Grâce à ses bons soins, il parvient à faire publier dans deux livraisons ses notes sur son voyage au Choa. Elles sont précédées d'un très court chapeau : « M. Rimbaud, le voyageur français bien connu, dont nous avons annoncé l'arrivée au Caire, nous adresse la lettre suivante qui présente un puissant intérêt et des renseignements complètement inédits sur le Harar et le Choa[4]. »

Rien à voir avec *Une saison en enfer* et *Les Illuminations*. Ce n'est plus un poète qui écrit, encore moins un voyant, mais un géographe méticuleux, objectif, doublé d'un chroniqueur. Mais, au détour d'une phrase, il se permet de porter quelques jugements. Notamment lorsqu'il avance que Ménélik reste « toujours dans la plus complète ignorance (ou insouciance) de l'exploitation des ressources des régions qu'il a soumises[5] ». Comme on le complimente pour l'excellence du travail qu'il a accompli, il envoie aussi son article en France au *Temps*, au *Figaro* et au *Courrier des Ardennes*.

En même temps, il se dit qu'il entreprendrait bien une nouvelle expédition en Abyssinie, au cas où il bénéficierait d'une subvention de la Société de géographie. Et il adresse l'itinéraire du voyage qu'il projette à Alfred Bardey, en le priant de le faire suivre à qui de droit à Paris *. Dix-huit étapes au total, d'Entotto à Harar, chacune avec l'indication exacte des régions et des lieux visités, chacune avec le kilométrage devant être parcouru. Et même, çà et là, avec quelques détails pittoresques sur la faune, la flore et l'agriculture. Il est ainsi question, en Konella, de « broussailles et bois de mimosas peuplés d'éléphants et de bêtes féroces », de « cultures nombreuses de coton » dans le Mindjar, ou encore, à Herna, des caféiers et des « splendides vallées couronnées de forêts à l'ombre desquelles on marche[6] ». La preuve, la preuve matérielle, qu'il sait de quoi il parle, et qu'il n'est ni un amateur ni un dilettante.

Personne ne daigne lui répondre. Dès lors, sans enthousiasme, il traîne au Caire, visite les pyra-

* Le siège de la société, fondée en 1821, se trouve 184 boulevard Saint-Germain.

mides de Gizeh, se hasarde au pied du mont Mokattan... Puis, après sept semaines d'errance et de désœuvrement, il rentre à Aden et se replie sur une besogne dont il a appris à connaître les rouages, même si elle ne lui a jamais procuré que des ennuis : le trafic des armes.

Il souhaite toutefois s'y consacrer en toute légalité et c'est pourquoi, le 15 décembre, il écrit une lettre au ministre de la Marine et des Colonies, dans laquelle il lui demande l'autorisation officielle d'importer sur les territoires français de la côte orientale d'Afrique du matériel de fabrication d'armes et de cartouches. Le même jour, il sollicite l'appui d'un député des Ardennes, Jean-Baptiste Fagot, un des bailleurs de fonds du *Nord-Est*, le journal républicain de Mézières, en l'informant qu'il est natif de Charleville.

Le permis lui étant refusé, Rimbaud se tourmente déjà, lorsqu'il reçoit une offre assez alléchante : il s'agit de conduire à Harar clandestinement une caravane de marchandises et d'armes — trois mille fusils et cinq cent mille cartouches. Cette offre émane d'un négociant français, Armand Savouré.

Avec sa petite taille et son embonpoint, cet homme, qui séjourne actuellement à Paris, est bien connu à Aden où, de l'avis général, son sens des affaires et sa perspicacité, si ce n'est les ruses auxquelles, paraît-il, il aurait recours, sont redoutables.

Pour Rimbaud, la proposition de Savouré ressortit presque à de la routine : il lui faut moins d'un mois, de la mi-février à la mi-mars 1888, pour mener la caravane à Harar où, grâce à Makonnen, la vie a plus ou moins repris son cours normal, et revenir sur la côte.

Cette mission lui donne des idées.

Et s'il s'installait à Harar à son compte ? Qu'est-ce qui l'empêcherait d'y fonder un comptoir commercial sur le modèle de Mazeran, Viannay, Bardey et Cie, puisque aussi bien aucune agence française n'est représentée dans la contrée ? Est-ce que ce ne serait pas là le remède, un remède efficace, contre cette existence qui *périclite* ?

Dans les démarches qu'il effectue, il tombe bientôt sur un autre Marseillais, César Tian. Lui, il a déjà la cinquantaine, et il se trouve à Aden depuis 1869 où il habite une fort belle et grande maison. Il a monté une firme d'import-export dont les principales spécialités sont les peaux, les plumes d'autruche, les gommes et le café. Quand Rimbaud lui fait part de ses intentions, Tian en voit tout de suite les opportunités et les avantages, et il accepte de collaborer avec lui.

Ensemble, ils se mettent bientôt d'accord pour lancer une affaire dans laquelle les bénéfices seront équitablement répartis entre eux. Mais Rimbaud obtient aussi de Tian le droit de pouvoir travailler pour son compte personnel et en toute indépendance.

En mai, il s'établit à Harar. Il loue une petite maison où il aménage son bureau, et d'où il achète et vend des marchandises, le plus souvent avec Tian, mais également avec d'autres firmes commerciales de la mer Rouge et du golfe d'Aden. La gamme des produits traités est très large. Elle va du café à la verroterie, en passant par les ivoires, les cuirs, les gommes, les soieries, les cotonnades ou les instruments de précision.

Quoique ses affaires tournent plutôt bien, il n'est pas heureux. Il est sans énergie aucune. Il a la pénible impression que son existence « sans famille, sans occupation intellectuelle », se délite, que ce qu'il fait, « perdu au milieu des nègres », ne sert à rien, sinon à le rendre chaque jour davantage neurasthénique.

« Je m'ennuie », écrit-il à sa famille, le 4 août. Et il enchaîne sur ces mots terribles : « je n'ai même jamais connu personne qui s'ennuyât autant que moi ». Mais, poursuit-il, « le plus triste n'est pas encore là : c'est la crainte de devenir peu à peu abruti soi-même, isolé qu'on est et éloigné de toute société intelligente [7] ».

Et puis, il souffre dans sa chair, surtout à sa jambe droite. Peut-être qu'il est atteint, se dit-il, de synovite tuberculeuse, cet affreux mal qui a emporté sa petite sœur Vitalie, en décembre 1875…

Ses ennuis de santé ont des répercussions sur son humeur, car les gens qui sont amenés à traiter et à négocier avec lui, Occidentaux ou autochtones, le trouvent de plus en plus bourru et peu accommodant. Ils le trouvent aussi de plus en plus difficile en affaires. Comme si seul l'appât du gain importait à ses yeux.

De loin en loin, quelques voyageurs viennent lui

rendre visite. En septembre, c'est l'affable Jules Borelli. Puis lui succèdent Armand Savouré, qui reste un mois entier à Harar, et bientôt Alfred Ilg, lequel, de retour d'Europe, arrive à la tête d'une caravane transbordant des matériaux de guerre destinés à Ménélik.

L'ingénieur suisse, Rimbaud peut maintenant le considérer comme un ami, et même comme un confident. Du reste, il l'héberge plusieurs semaines dans sa maison. À travers les longues conversations qui nourrissent leurs soirées et auxquelles participent parfois d'autres Européens de la ville, il approfondit ses connaissances sur l'histoire complexe de l'Abyssinie depuis l'Antiquité. En l'écoutant, il repense à son projet d'écrire un ouvrage consacré à ce gigantesque pays, âpre et rude, auquel, par la force des choses, il a fini par s'habituer. Ce serait, dit-il aux siens, « quelque chose de bon, d'utile[8] ». Quant à s'y mettre…

Un matin de novembre 1888, Harar se réveille sous le choc : Ménélik et Johannès IV, apprend-on avec stupeur, se sont déclaré la guerre.

La terreur des chiens

Durant les premières semaines de l'année 1889, les échos de la guerre n'arrivent que par bribes et morceaux à Harar, mais le commerce entre la ville, le Choa et la mer Rouge est sérieusement perturbé. On sent bien que le climat est devenu défavorable aux Blancs sur lesquels Ménélik et ses partisans exercent de très fortes pressions. Et s'il l'est, c'est parce que les grandes nations européennes en ont fini avec leurs disputes et ont signé un traité pour se partager toute la côte entre elles, refusant à jamais à l'Abyssinie la possibilité d'un débouché sur la mer. Ce traité stipule en particulier que la France abandonne progressivement Obock et concentre toutes ses activités à Djibouti. Il n'y a en fait que les Italiens qui sont épargnés par Ménélik, mais pour la bonne et simple raison que Johannès IV, lui, est en conflit armé avec eux et leur en veut à mort de s'être emparés des territoires côtiers de son empire...

Même si la situation est difficile, Rimbaud essaie de se débrouiller comme il peut et poursuit ses affaires, surtout avec Armand Savouré qui, pour ce qui le concerne, continue toujours de faire passer des armes et des munitions dans le pays. Il veille toutefois à rester prudent, sachant que le moindre écart lui serait fatal.

Un beau jour, du reste, on l'agresse, après qu'il aurait empoisonné des chiens venus déféquer sur des cuirs entreposés près de la maison où il habite. Les gens prétendent que cet empoisonnement dont Rimbaud serait l'unique responsable aurait aussi tué de nombreux moutons. Ils menacent de l'incarcérer, de l'expulser de la ville et de saisir toutes ses marchandises. L'incident en reste là, mais Rimbaud hérite à Harar d'un méchant sobriquet : « la terreur des chiens *[1] ».

Le 11 mars, une autre nouvelle met la ville et la région en émoi : la mort de Johannès IV. L'empereur, au pouvoir depuis dix-sept ans, a succombé aux blessures qu'il a reçues lors d'une bataille contre les mahdistes, près de la frontière soudanaise. À Entotto où il se trouve, Ménélik a toutes les raisons de jubiler. Plus rien désormais ne pourrait empêcher qu'il devienne le prochain roi des rois. Pétri d'orgueil, malicieux, roublard, intraitable, il en rêvait depuis des années et, à présent, cette suprême ambition est sur le point de s'accomplir.

À peine Ménélik est-il élevé au rang de négus, en juillet à Entotto (et non plus, comme tous les empereurs qui l'ont précédé, à Axoum, au nord-est

* L'expression est d'Armand Savouré. Lettre à Rimbaud du 11 avril 1889, in *Correspondance, op. cit.*

du pays), qu'il pratique une politique de répression et de contrainte. Il oblige en particulier tous les étrangers résidant en Abyssinie à souscrire à un emprunt national. Il cherche également à récupérer les innombrables objets d'art et manuscrits sacrés dont se sont emparés les Anglais en 1868, l'année où l'armée britannique a entrepris impunément, et systématiquement, un pillage culturel du pays. Son intention est de les conserver dans une ville qu'il veut faire construire, non loin d'Entotto, et qui sera la nouvelle capitale de l'empire : Addis-Abeba.

Dans un courrier qu'il envoie à Alfred Ilg, Rimbaud s'en plaint :

> Depuis l'arrivée de l'ordre, nous assistons ici à un spectacle dont le pays n'a jamais été témoin, ni du temps des émirs, ni du temps des Turcs, une tyrannie horrible, odieuse, qui doit déshonorer pour longtemps le nom des Amaras en général dans toutes ces régions, sur toutes les côtes, — déshonneur qui rejaillira certainement sur le nom du Roi.
>
> [...] on séquestre, bâtonne, dépossède, emprisonne, les gens de la ville, pour leur extorquer le plus possible de la somme demandée. Chaque habitant a déjà payé trois ou quatre fois dans ce délai. Tous les Européens, assimilés aux musulmans, sont englobés dans cet impôt. On m'a demandé Th.* 200 dont j'ai payé la moitié, et je crains qu'on ne m'extorque les autres Th. 100, quoiqu'on m'ait aussi forcé de prêter de l'argent, Th. 4 000, de la manière la plus arbitraire, la plus brigantesque[2] [...].

Pour arriver à leurs fins, les agents et les auxiliaires de Ménélik n'y vont pas de main morte. Ils

* Il s'agit de thalers.

prennent l'argent sous la menace, ne délivrent aucun reçu et se gardent de dire à quelle date l'emprunt obligatoire sera remboursé.

Tout cela décourage terriblement Rimbaud qui se demande s'il pourra tenir et s'il ne sera pas acculé à renoncer à ses opérations commerciales avec ses clients. Comment « exister ici, écrit-il à Alfred Ilg, avec la perspective de voir sa caisse violée de jour en jour, d'être forcé de prêter de l'argent à un gouvernement qui vous en doit » ? « Je désire me tenir prêt à liquider, et pour le moment, je cherche à placer le peu de marchandises d'importation qui me restent, et à faire rentrer les crédits. » En même temps, il se dit qu'il faudra « laisser passer la bourrasque de l'impôt royal[3] ». Il y aura bien, espère-t-il, des jours meilleurs.

D'ordinaire, il est livré à lui-même. Il évite les cafés où se réunissent les quelques rares Occidentaux séjournant à Harar, et aime se balader loin de la ville, à pied ou à cheval, des heures durant, et parcourir au petit bonheur des kilomètres et des kilomètres, parfois jusqu'à cinquante par jour, à travers les montagnes abruptes.

Lorsqu'il est de retour, le soir, il se jette immédiatement dans son lit, fourbu, écrasé de fatigue. C'est tout juste s'il peut compter sur Djami Wadaï, son jeune domestique, qui s'est marié et qui vient d'avoir un fils. Les personnes qui sont à son service changent régulièrement. Il n'y fait pas attention. Il ne sait trop comment contrecarrer ce mal qui le ronge sans arrêt et qui s'appelle l'ennui.

Il ne lit plus beaucoup non plus. Il n'éprouve plus

ce besoin insatiable de se familiariser avec les sciences et les techniques, comme au tout début de sa venue sur le continent africain. Son humeur est changeante. Tantôt il est morose, évite la compagnie de ses semblables et soupçonne tout le monde de comploter contre lui ; tantôt il se montre au contraire un causeur aimable, avec une verve caustique qui peut aller jusqu'à tourner en ridicule les faits et gestes des personnes dont il parle. Ou même, parfois, mais c'est beaucoup plus rare, il va jusqu'à faire des jeux de mots. Apprenant un jour que Makonnen est en pèlerinage à Jérusalem, il confie à Alfred Ilg : « Je rusalème à le croire[4]. »

Le seul domaine qui l'intéresse un peu, c'est l'islam. Il se rend compte qu'il côtoie des musulmans depuis de nombreuses années, mais qu'au fond, il ne sait pas grand-chose de leur religion. En se mettant à l'étudier de plus près, il se sent attiré par elle et songe à en adopter les préceptes. Dans ses déplacements, il s'habille en bédouin. Comme il a les traits sombres et qu'il est bronzé, personne ne remarque qu'il est européen. Cela ne lui déplaît pas. Il a le sentiment qu'en s'*effaçant* de la sorte il ne se détourne pas de ses idéaux.

L'année 1889 s'achève et les affaires de Rimbaud ne sont guère brillantes. De nouveau, il s'en plaint à Alfred Ilg à qui il adresse fréquemment de longues lettres, mélange de courrier intime et de courrier technique et professionnel : il est devenu très compliqué, voire impossible, de mettre sur pied une caravane et d'expédier des marchandises car, malgré l'hégémonie de Ménélik qui voudrait une

Abyssinie unifiée, la région reste peu sûre. En décembre, la communauté européenne de Harar apprend d'ailleurs avec stupéfaction qu'un convoi parti de Zeilah, en Somalie anglaise, a été attaqué par des indigènes de la région d'Ensa et que deux capucins français et deux négociants grecs ont été tués dans leur tente.

Toutes les semaines, on entend ainsi parler d'exaction, d'extorsion, de massacre et de pillage. « La spoliation, écrit Rimbaud à Alfred Ilg, est depuis quelque temps à l'ordre du jour, et l'avenir de cette contrée prend des perspectives de plus en plus lugubres[5]. » Il lui avoue que, s'il n'était pas établi à Harar, il n'hésiterait pas envoyer au *Temps*, à Paris, des « détails intéressants » sur les manières radicales avec lesquelles se comportent Ménélik et Makonnen, et sur toutes leurs « ignominies ».

Pour leur part, César Tian et Armand Savouré protestent auprès de Rimbaud. Ils se sont engagés envers leurs propres clients, et ils exigent que les marchandises qu'ils ont commandées leur parviennent dans les délais prescrits. Que « la terreur des chiens » trouve une solution...

Par chance, en avril 1890, les affaires commencent à reprendre et laissent supposer une prochaine embellie. Grâce à Alfred Ilg, et à son intervention auprès de Ménélik, Rimbaud est même remboursé des quatre mille thalers que les fonctionnaires du gouvernement lui avaient comme arrachés des mains, huit mois auparavant. De ce point de vue, les choses ont donc l'air de s'aplanir. Par contre, il a des problèmes de santé : au cours d'une de ses habituelles pérégrinations solitaires, il a fait une mauvaise chute, et est tombé sur le genou droit — ce genou, justement, qui lui donne tant de souci.

Bientôt, il souffre de varices et, de nouveau, de douleurs rhumatismales. Il est convaincu que son affection n'est pas seulement liée à sa chute, mais qu'elle est aussi la conséquence des efforts répétés qu'il a produits en marchant sur les sentiers montagneux du Harar, où il n'y a pas moyen de se tenir à califourchon sur un cheval.

Il ne dort plus. Il a si mal qu'il est incapable d'effectuer le voyage à Aden qu'il a projeté depuis plusieurs semaines et dont le but est d'aller voir Tian afin de rediscuter les termes du contrat qui les lie. Il ne bouge quasiment plus de sa maison.

En novembre, force est de constater que l'embellie qu'il a espérée n'a pas eu lieu, que le moment est sans doute venu de fermer boutique. Ce n'est pas une décision facile à prendre, mais elle est inévitable. Et puis le cours du thaler n'arrête pas de baisser, les récoltes ont été désastreuses, au point qu'on redoute la famine, et la situation politique, elle, est toujours des plus incertaines. On raconte que Ménélik et les Italiens ne s'entendraient plus, en dépit du traité d'amitié et de coopération commerciale qu'ils ont signé en mai 1889. Vraie ou fausse, la rumeur provoque de grandes inquiétudes.

Au début de l'année 1891, Rimbaud est toujours occupé à liquider ses affaires à Harar. Il devine qu'il n'en retirera pas grand-chose. Sinon rien. Des années de travail acharné et de privations pour en arriver là ! C'est déprimant ! Et profondément cruel.

Mais il y a pire : cette maudite jambe qui enfle et qui lui provoque des douleurs lancinantes. Il ne peut plus marcher ni plier le genou. Il se traîne. Et tout en se traînant, il essaie d'aligner ses écritures et de surveiller son personnel. Pas question de faire appel à un médecin puisqu'on n'en trouve pas dans le pays. Quand ils sont malades, les indigènes ont recours aux sorciers, aux rebouteux et aux fétiches. Est-ce qu'il existe au moins un fétiche qui pourrait ne fût-ce que le soulager quelques heures ?

Le 20 février, il écrit à sa mère :

Je vais mal à présent. J'ai du moins à la jambe droite des *varices* qui me font souffrir beaucoup. Voilà ce qu'on gagne à peiner dans ces tristes pays. Et ces varices sont compliquées de *rhumatisme*. Il ne fait pourtant pas froid ici, mais c'est le climat qui cause cela. Il y a aujourd'hui 15 nuits que je n'ai pas fermé l'œil une minute, à cause de ces douleurs dans cette maudite jambe. Je m'en irais bien d'ici et je crois que la grande chaleur d'Aden me ferait du bien. Mais on me doit beaucoup d'argent ici et je ne puis m'en aller en le perdant. J'ai demandé à Aden *un bas pour varices,* mais je doute que cela s'y trouve[6].

Finalement, le 7 avril, il décide d'aller se faire soigner à Aden. Il s'est fait confectionner un brancard sur lequel il prend place. Des porteurs abyssins, bien rémunérés, ont accepté de le conduire. Certains sont flanqués de leur femme et de leurs enfants. Ils n'ont aucune expérience, ils ne savent ni comment manipuler une litière, ni comment éviter les innombrables accidents de terrain. Dans ces paysages abrupts, chaque mètre parcouru est un piège, chaque sinuosité un écueil. Au plus petit cahot, Rimbaud pousse des cris. On lui propose de monter sur un mulet, mais il n'arrive pas à s'y maintenir. Mieux vaut encore sa civière de fortune, déjà à moitié disloquée.

Dès le deuxième jour, il se met à pleuvoir. Les porteurs sont désorientés et se montrent de plus en plus malhabiles. Le lendemain, un violent orage disperse le convoi. Rimbaud le subit de plein fouet, sans que personne, à l'exception de Djami Wadaï qui l'accompagne dans ce voyage, s'inquiète de son sort ni cherche à le protéger.

Le 10, la pluie, une pluie battante, refait son apparition. Des chameaux refusent de charger ; d'autres, ceux qui portent les tentes et les vivres, s'ébrouent çà et là, de telle sorte que pendant seize heures, il n'est pas possible de s'abriter et de se nourrir.

Lorsque Rimbaud parvient à Zeilah, au sud de Djibouti, une dizaine de jours plus tard, et après un calvaire de trois cents kilomètres, il est exténué. Avec le peu d'énergie qui lui reste, il monte à bord d'un vapeur et gagne Aden où il reste d'abord quelques jours chez César Tian, avant d'être admis à l'hôpital européen. Il est examiné par un médecin anglais qui diagnostique une synovite arrivée à un stade très dangereux, et lui parle tout de suite de lui couper la jambe. Mais ce médecin décide d'attendre encore quarante-huit heures afin de voir si le gonflement ne diminuerait pas avec l'un ou l'autre soin.

Ses souffrances, Rimbaud les raconte dans une lettre à sa mère.

[...] à l'hôpital européen, il y a une seule chambre pour les malades payants, et je l'occupe. [...] Enfin à l'état où je suis arrivé, il ne faut pas espérer que je guérisse avant au moins trois mois, sous les circonstances les plus favorables. [...] Vous savez que la synovite est une maladie des liquides de l'articulation du genou, cela peut provenir d'hérédité, ou d'accidents, ou de bien des causes. Pour moi cela a été certainement causé par les fatigues des marches à pied et à cheval au Harar. Et je suis étendu, la jambe bandée, liée, reliée, enchaînée, de façon à ne pouvoir la mouvoir. Je suis devenu un squelette, je fais peur. Mon dos est tout écorché du lit, je ne dors pas une minute. Et ici la chaleur est devenue très forte. La nourriture de l'hôpital, que je paie pourtant assez cher, est très mauvaise. Je ne sais quoi faire. [...] J'ai envie de me faire porter à un vapeur et de venir me traiter en France, le voyage me ferait encore passer le temps. [...] Ne vous effrayez pas de tout cela cependant. De meilleurs jours viendront. Mais c'est une triste récompense de tant de travail, de privations et de peines ! Hélas que notre vie est misérable [7].

Après que les premiers traitements lui sont prodigués, il reçoit la visite de César Tian dans sa chambre. Ils s'entendent pour régler leurs comptes et mettre un terme à leur contrat.

Ne constatant aucune amélioration chez son patient, le médecin conseille à Rimbaud de rentrer sans tarder en France.

Le 9 mai dans la nuit, « la terreur des chiens », plus mal en point que jamais, prend place à bord de l'*Amazone*, un paquebot des Messageries maritimes à destination de Marseille.

Marseille, dernière station

Le 20 mai 1891, après douze jours de souffrances atroces à bord de l'*Amazone*, Rimbaud débarque à Marseille et se fait aussitôt transporter à l'hôpital de la Conception qu'on appelle aussi hospice de la Conception et de la Maternité. Construit de 1852 à 1857 et considérablement augmenté de 1876 à 1879, l'établissement est situé rue Saint-Pierre, à deux pas de la prison, du couvent du Refuge et de l'hôpital des Insensés (en fait l'asile d'aliénés), et compte huit cents lits répartis sur huit pavillons. Rimbaud, qui a de l'argent, ne lésine pas sur la dépense : il prend une chambre individuelle au prix de dix francs par jour.

Les médecins du service du Dr Antoine Trastoul, un praticien de quarante ans, les infirmiers et les sœurs sont stupéfaits. Ils n'ont jamais vu un membre aussi gâté, aussi monstrueux. Quelque chose qui ressemble à une énorme et épouvantable citrouille. Et qui, à coup sûr, grossira davantage si on ne procède pas à une amputation dans les délais les plus brefs.

Dans son malheur, Rimbaud, comme à l'accoutumée, en appelle aux siens. Sa *chère* maman et sa *chère petite* sœur, Isabelle. Il les supplie d'accourir à son chevet. Une question de vie ou de mort. De mort, oui, il en a parfaitement conscience, et c'est bien le terme qu'il utilise dans le pli qu'il envoie à sa mère pour lui annoncer qu'il est « réduit à l'état de squelette[1] » et que l'amputation de sa jambe droite est imminente. Mais il a aussi parfaitement conscience qu'il lui faut sans trop tarder régler ses affaires, en l'occurrence une traite de 36 800 francs à toucher au Comptoir national d'escompte de Paris.

Mme Rimbaud arrive à Marseille le 25 mai. C'est la première fois depuis dix ans qu'elle revoit son fils. Elle est une vieille dame aujourd'hui, mais les épreuves qu'elle a endurées au cours de son existence n'ont pas entamé son caractère. Elle reste ce qu'elle a toujours été : forte, intraitable, distante et peu amène.

Malgré l'urgence, l'opération n'a lieu que le 27 mai, au service du Dr Henri Nicolas. La jambe est sectionnée très haut, presque au ras de l'aine. En procédant ainsi, les chirurgiens ont pris un risque. Il semblerait néanmoins que leur intervention ait été judicieuse car la plaie se cicatrise assez vite. Dans les jours qui suivent, Rimbaud donne au demeurant l'impression de recouvrer quelques forces. Rassurée, sa mère décide alors de regagner les Ardennes où, selon ses dires, on ne pourrait pas se passer d'elle à la ferme de Roche.

Comme son état s'améliore, Rimbaud reprend espoir. Il écrit à Makonnen et à César Tian. Il les informe qu'il est en voie de guérison et qu'il envisage de retourner à Harar dès qu'il sera rétabli. Tian s'empresse de le dissuader : le café et les peaux, lui répond-il en juin, ont fortement augmenté de prix et ne laissent aucune marge, et la situation politique de l'Abyssinie est toujours désastreuse. Si Rimbaud a des capitaux à investir, il serait plus avisé de le faire en France. Et pourquoi pas par l'intermédiaire de sa famille ?

Rimbaud en glisse un mot à sa sœur avec laquelle, de son lit d'hôpital, il correspond de plus en plus souvent et à qui il se confie volontiers. Il attend impatiemment les lettres qu'elle lui adresse. Il est toutefois incapable de se représenter le visage d'Isabelle car elle non plus, il ne l'a pas vue depuis dix ans. À l'époque, elle n'était encore qu'une jeune fille assez timide et effacée, une personne fort différente de la trentenaire au visage disgracieux qu'elle est à présent, mais qui est toujours célibataire. Qu'il ne se la représente pas n'a aucune importance ! C'est si agréable de pouvoir être en relation épistolaire avec quelqu'un, sans aucune arrière-pensée, sans aucun calcul, et de lire sous sa plume des paroles rassurantes !

Encore qu'à la fin du mois de juin, Isabelle ait la mauvaise idée de lui dire que la gendarmerie est en train d'enquêter à son sujet, s'appuyant sur le fait que Rimbaud n'a jamais satisfait à ses obligations militaires, et qu'elle le recherche pour insoumission.

La nouvelle affole Rimbaud. N'a-t-il pas obtenu une dispense en 1874 ? Il voit se dresser devant lui le spectre de la prison. Il a peur qu'on ne vienne l'appréhender à l'hôpital et que le conseil de guerre ne se penche sur son cas et ne juge sa dispense irrecevable. Il sait que son infirmité ne changera rien. Que les autorités militaires, inflexibles, se moquent de savoir s'il est estropié ou pas. Il serait à l'article de la mort, ce serait pareil. Quelle déveine ! Quelle injustice ! Quelle tristesse !

Triste, il ne l'a jamais autant été.

Justement triste à en mourir.

Réduit dorénavant à clopiner, à béquiller, à se traîner, sur une seule jambe.

Unijambiste !

Une vie de misère, de misère infinie. Est-ce pour cela qu'il est venu au monde ? Est-ce pour cela qu'il existe ? Que peut faire au monde, se demande-t-il, un homme estropié ?

Vers la mi-juillet, après de nombreuses tentatives avortées et d'éprouvantes gymnastiques, il parvient à se tenir debout, à sautiller et à marcher plus ou moins à l'aide de béquilles. Il essaie aussi de se déplacer avec une jambe artificielle dont il a fait l'acquisition.

Ma jambe est coupée très haut, et il m'est difficile de garder l'équilibre. Je ne serai tranquille que quand je pourrai mettre une jambe artificielle, mais l'amputation cause des *névralgies dans le restant du membre*, et il est impossible de mettre une jambe mécanique avant que ces névralgies soient absolument passées, et il y a des amputés auxquels cela dure 4, 6, 8, 12 mois ! On me dit que cela ne dure jamais guère moins de deux mois. Si cela ne me dure que deux mois, je serai heureux. Je passerais ce temps-là à l'hôpital et j'aurais le bonheur de sortir avec deux jambes. Quant à sortir avec des béquilles, je ne vois pas à quoi cela peut servir. On ne peut monter ni descendre, c'est une affaire terrible. On s'expose à tomber et à s'estropier encore plus. J'avais pensé pouvoir aller chez vous passer quelques mois en attendant d'avoir la force de supporter la jambe artificielle, mais à présent je vois que c'est impossible.

Eh bien, je me résignerai à mon sort. Je mourrai où me jettera le destin [2].

De leurs côtés, les médecins qui s'occupent de lui se félicitent. Ils pensent que le plus dur est passé pour Rimbaud, et ils n'ont aucun motif de le garder plus longtemps à l'hôpital. Lui ne demande pas mieux, ayant assez de ce mouroir où, depuis deux mois, il est « exposé à attraper tous les jours la variole, le typhus et autres pestes qui y habitent [3] ».

Quand il en sort, il se fait conduire à la gare Saint-Charles et achète un billet de chemin de fer pour Voncq dont la petite gare, propriété de la Compagnie des Ardennes, n'est située qu'à environ trois kilomètres de Roche.

En dehors de la famille, personne, pas même Ernest Delahaye, n'est informé qu'il va être de retour au pays.

C'est Isabelle qu'il veut voir, Isabelle, la seule créature humaine qui lui a, à distance, tendu la main, et qui a daigné à sa façon partager ses souffrances.

Le voyage est exténuant, à telle enseigne que Rimbaud est épuisé et fiévreux lorsqu'il arrive enfin à Voncq où Isabelle est venue l'attendre sur le quai. Il la reconnaît tout de suite et la presse longuement contre lui. Il n'a jamais eu un pareil geste avec sa mère. Isabelle l'aide à se hisser dans une voiture qui les conduit à la ferme familiale.

Sa chambre au premier étage a beaucoup changé. Ou, plus exactement, Isabelle l'a décorée de rideaux neufs, de draps de fine toile et de jolis bouquets de fleurs.

Il écarquille les yeux et s'exclame : « C'est Versailles ici[4] ! »

Versailles ?

Non, sûrement pas.

Car, au vrai, il n'y a rien à faire à Roche, dans ce canton perdu des Ardennes qu'on appelle Terre-des-Loups, sinon y promener son spleen et sa tristesse, sa tristesse mortelle, et rester couché dans sa chambre, des heures entières, à regarder le vide, à ressasser des regrets, des souvenirs d'enfance et des pensées funestes. Parfois, il sort de sa malle quelques feuilles de papier sur lesquelles, à Harar, il a jeté des notes et les parcourt longuement en remuant les lèvres. Il rature l'un ou l'autre mot, corrige l'orthographe d'un nom propre, complète une phrase, aligne des chiffres.

La lumière du jour, il ne la supporte déjà plus. Il faut clore les volets, faire en sorte que la porte de la chambre soit toujours fermée.

Et puis, et puis surtout, il recommence à avoir très mal à son moignon et au bas du ventre. Il pense d'abord que c'est à cause de sa jambe artificielle achetée à Marseille, et il se fait prendre des mesures pour la remplacer. Il a beau toutefois consulter par la suite quelques médecins de campagne et de

Charleville, ingurgiter les potions qu'ils ont prescrites, recourir à « un simple remède de bonne femme[5] », à des tisanes de pavot, à des frictions, à des onctions ou à des massages, il souffre toujours autant. Ce qui déclenche des crises de désespoir, des larmes, des accès de colère, des râles, des imprécations, des blasphèmes, des nuits d'insomnie interminables... Et ce qui le pousse à se persuader que le seul remède de nature à atténuer ses horribles douleurs serait de retourner vivre à Harar.

Harar, Harar, Harar... Dans sa bouche, il n'y a plus que ce mot.

Le 23 août, accompagné de sa sœur, Rimbaud est de nouveau à la gare de Voncq. Mais cette fois, c'est pour aller vers le Sud. Et, si sa santé le permet, embarquer à Marseille dans un navire des Messageries maritimes qui l'emmènera dans le golfe d'Aden. En consultant un guide Joanne, il a lu que le départ de la ligne de la côte orientale d'Afrique, pour Alexandrie, Port-Saïd, Suez, Obock et Aden, s'effectue le 12 de chaque mois. Il s'embarquera donc le 12 septembre...

Ce voyage vers Marseille est encore plus harassant et plus cruel que le précédent. À chaque trépidation sur les rails, il grimace, se tient le moignon, se frotte l'aine et se met à geindre. Il essaie de se soulager en avalant quelques gouttes d'élixir bromuré, un breuvage nauséabond. À peine s'est-il assoupi qu'à Amagne, il faut déjà descendre du wagon, prendre place dans un fauteuil roulant puis monter dans un autre train à destination de Rethel.

Jusqu'à la gare de Strasbourg à Paris, c'est un

supplice de tous les instants. Aucune position ne lui sied. Le dos, les reins, les épaules, les bras et, surtout, l'épaule et l'aisselle droites et le moignon sont « autant de foyers atrocement douloureux[6] ».

Peut-être « serait-on plus efficacement soigné[7] » dans la capitale qu'à Marseille ?

D'une voix timide, Isabelle pose la question, mais Rimbaud secoue la tête. Non, il ne veut pas. Il exige qu'un fiacre le conduise sur-le-champ à la gare du PLM, boulevard Diderot.

Comment contrevenir à cette requête ?

Dans l'express qui file en direction de la Provence, il essaie de prendre un peu de nourriture, mais tout lui répugne. Avec l'énervement et la fièvre, il se met à délirer, affalé sur le siège de velours qui lui sert de couche, les traits blêmes et inondés de sueur. Un court instant, à la vue de l'uniforme d'un officier, il éclate de rire — un rire lugubre que la douleur engloutit aussitôt.

Passé Lyon, les villes et les villages se succèdent le long du Rhône. On voit les vignes, les moissons et les meules par la porte-fenêtre du compartiment qui ressemble à une « infernale prison » d'où il n'y a « aucun moyen de s'évader[8] », et Rimbaud divague toujours. C'est tout juste si ses membres endoloris, martyrisés, bougent encore un peu.

Quand le train entre à la gare Saint-Charles de Marseille, dans l'épaisse chaleur méridionale de ce mois d'août 1891, Isabelle, anéantie, n'a plus qu'une solution : conduire le plus vite possible en voiture son frère à l'hôpital, le même que celui où il a été opéré en mai, l'hôpital de la Conception, rue Saint-Pierre. Par crainte que les autorités militaires ne le retrouvent, elle l'inscrit sous le nom de Jean Rimbaud.

Les médecins sont plutôt étonnés de le revoir. Ils se consultent et concluent que la maladie dont souffre leur patient est due à une propagation par la moelle des os de l'affection cancéreuse qui a nécessité l'amputation de la jambe. Ils pensent qu'il est perdu.

Isabelle ne veut plus quitter son frère. Il n'a plus que la peau sur les os, il a les yeux enfoncés, il semble avoir le double de son âge. De loin en loin, il parvient à se nourrir, mais le fait même d'entrouvrir les lèvres et de sortir sa langue pour manger lui arrache des gémissements étouffés. Par moments, il parle tout seul ou parle à sa sœur, évoque de vagues et lointains souvenirs, des noms de gens qui ne lui disent rien ou presque, et dont elle se demande s'ils ont jamais existé ou s'ils sont le fruit de ses hallucinations et de ses cauchemars. Verlaine, Cabaner, Forain, Nouveau…

Le 5 octobre, elle rapporte les faits à sa mère :

À quoi bon lui dire que la fièvre, la toux et surtout l'inquiétude m'ont empêchée de me reposer : il a bien assez de ses propres maux.

Il se met alors à me raconter des choses invraisemblables qu'il imagine s'être passées dans l'hôpital pendant la nuit, et c'est la seule réminiscence de délire qui lui reste, mais elle est opiniâtre au point que, tous les matins et à plusieurs reprises pendant la journée, il me raconte la même absurdité, se fâchant que je n'y croie pas. Je l'écoute donc et cherche à le dissuader : il accuse les infirmiers et même les sœurs de choses abominables et qui ne peuvent exister ; je lui dis qu'il a sans doute rêvé, mais il ne veut pas en démordre et me traite de niaise et d'imbécile [9].

À l'instar de Mme Rimbaud, Isabelle est une catholique fervente, et elle serait peinée si Arthur trépassait sans avoir pu se confesser à l'aumônier de l'hôpital et recevoir la communion. Chaque fois qu'elle aborde le sujet, Rimbaud refuse. Il dit qu'il est athée, athée convaincu, et répète qu'il ne croit ni en Dieu, ni à ses saints, ni à l'Église. Et pour appuyer son refus, il profère des jurons et des blasphèmes. Cependant, à la fin du mois d'octobre, il accepte qu'un prêtre vienne s'entretenir avec lui. Il le fait non seulement pour apaiser et contenter Isabelle qu'il aime de tout son cœur, mais également parce qu'il a l'espoir, avec tout ce qu'il endure depuis qu'il a quitté l'Abyssinie et qu'il a été amputé de la jambe droite, que Dieu, ou Allah, ou une puissance supérieure, pourrait le guérir.

Sa tumeur cancéreuse, une espèce d'outre putride gonflée à l'extrême et s'étendant de sa hanche à son ventre, attire à présent des curieux à l'hôpital de la Conception. Les visiteurs, les autres patients et les médecins qui défilent dans sa chambre « restent muets et terrifiés devant ce cancer étrange [10] ». C'est comme s'ils se trouvaient en présence d'un phénomène à la foire. Comme s'ils se hasardaient, un tantinet mal à l'aise, dans le Grand Musée anatomique et ethnologique du Dr Spitzner qui serait en tournée à Marseille...

Rimbaud, anéanti, ne réalise même plus ce qui

lui arrive. Le 9 novembre pourtant, dans un ultime, incroyable et effrayant sursaut, il appelle sa sœur et lui dicte une lettre des plus bizarres destinée au directeur d'une mystérieuse compagnie maritime :

> Un lot : une dent seule.
> Un lot : deux dents.
> Un lot : trois dents.
> Un lot : quatre dents.
> Un lot : deux dents.
> Monsieur le Directeur,
> Je viens vous demander si je n'ai rien laissé à votre compte. Je désire changer aujourd'hui de ce service-ci dont je ne connais même pas le nom, mais en tout cas que ce soit le service d'Aphinar. Tous ces services sont là partout et moi, impotent, malheureux, je ne peux rien trouver, le premier chien dans la rue vous dira cela. Envoyez-moi donc le prix des services d'Aphinar à Suez. Je suis complètement paralysé, donc je désire me trouver de bonne heure à bord, dites-moi à quelle heure je dois être transporté à bord [11]...

Rongé par le cancer, Arthur Rimbaud s'éteint sur son lit d'hôpital le lendemain vers deux heures de l'après-midi, à l'âge de trente-sept ans.

Sans savoir que trois jours plus tôt, on publiait à Paris chez l'éditeur Léon Genonceaux, sous le titre de *Reliquaire* *, un volume de cent quatre-vingts pages regroupant ses poèmes.

Comme ils ont tous été écrits entre 1869 et 1872, ce sont bien là des *œuvres de jeunesse*...

* Ce volume a paru avec une préface de Rodolphe Darzens. Le premier recueil de vers de François Coppée, qui date de 1865, s'intitule *Le Reliquaire*.

ANNEXES

REPÈRES CHRONOLOGIQUES

1854. *20 octobre* : naissance d'Arthur Rimbaud, 12 rue Napoléon, à Charleville. Il est le second fils de Frédéric Rimbaud (né en 1814) et de Vitalie Cuif (née en 1825).

1858. *15 juin* : naissance de Vitalie Rimbaud, première sœur de Rimbaud.

1860. *Ier juin* : naissance d'Isabelle, deuxième sœur de Rimbaud.

1861. *Octobre* : il entre à l'institut Rossat de Charleville et se montre un écolier brillant.

1865. *Avril* : il est inscrit avec son frère aîné Frédéric (né en 1853) au collège de Charleville. Il se lie d'amitié avec Ernest Delahaye (né en 1853).

1868. *8 mai* : il compose en secret une ode latine.

1869. Trois de ses devoirs en vers latins sont publiés dans des revues : deux dans le *Moniteur de l'enseignement secondaire*, l'organe officiel de l'Académie de Douai, un troisième dans *La Revue pour tous*, un hebdomadaire dominical parisien très populaire.

1870. *2 janvier* : son tout premier poème en français, *Les Étrennes des orphelins*, est publié par *La Revue pour tous*.
14 janvier : Georges Izambard (né en 1848) est nommé professeur de rhétorique au collège de Charleville. Rimbaud est très impressionné par cet homme qui abandonne ses fonctions en juillet.
29 août : à l'insu des siens, il va à Paris en train. Ne pouvant payer son billet, il est incarcéré à la prison de Mazas. Il est libéré au bout de dix jours.
2 octobre : il fuit de nouveau. Il gagne les Ardennes belges

par Givet, puis Charleroi et Bruxelles, avant d'aller à Douai et de rentrer à Charleville.

1871. *Février* : Rimbaud se rend une fois encore à Paris et y reste une quinzaine de jours.

19 avril : il repart vers Paris où s'affrontent les communards et les versaillais, puis rebrousse chemin.

15 mai : Rimbaud envoie à Paul Demeny, poète ami d'Izambard, une déclaration poétique appelée plus tard *Lettre du voyant*.

Août : il écrit à Verlaine (né en 1844) et lui envoie quelques poèmes.

Vers le 10 septembre : il arrive à Paris chez Verlaine et loge chez les Mauté de Fleurville, les beaux-parents de Verlaine, ensuite dans divers petits garnis.

Octobre-décembre : il fréquente avec Verlaine des clubs littéraires comme les Vilains Bonshommes et le Cercle zutique pour lequel il travaille peu de temps.

1872. *Mars* : Rimbaud rentre à Charleville.

Juin : il revient à Paris.

7 juillet : il quitte Paris en compagnie de Verlaine qui abandonne sa femme, Mathilde Mauté (née en 1853), et son fils Georges (né en 1871).

9 juillet : Rimbaud et Verlaine s'installent à Bruxelles.

8 septembre : ils prennent un logement à Londres, Howland Street.

Vers la fin novembre : Rimbaud rentre seul à Charleville.

1873. *Janvier* : à l'appel de Verlaine, Rimbaud regagne Londres. Leur vie commune reprend.

4 avril : Rimbaud et Verlaine reviennent sur le continent.

12 avril : Rimbaud se rend à Roche, à la ferme de sa mère.

26 mai : il part de nouveau à Londres en compagnie de Verlaine.

3 juillet : après une querelle, Verlaine quitte précipitamment Rimbaud et gagne Bruxelles.

8 juillet : Rimbaud rejoint Verlaine à Bruxelles.

10 juillet : Verlaine tire deux coups de pistolet sur Rimbaud et le blesse à la main gauche. Après s'être fait soigner, il porte plainte à la police, puis retire sa plainte. Malgré quoi, Verlaine est condamné à deux ans de prison.

20 juillet : Rimbaud est de retour à Roche. Il écrit *Une saison en enfer.*

Octobre : *Une saison en enfer* paraît à compte d'auteur à l'Alliance typographique, à Bruxelles.

Novembre : Rimbaud se rend à Paris. Tout le monde lui tourne le dos.

1874. *Fin mars* : Rimbaud part à Londres avec Germain Nouveau (né en 1851). Ils logent Stamford Street. Rimbaud écrit *Les Illuminations.*

Juin : Germain Nouveau rentre en France.

Octobre-novembre : Rimbaud passe des annonces dans des journaux anglais et cherche un emploi.

Décembre : il regagne les Ardennes.

1875. *13 février* : il est à Stuttgart où il donne des cours.

Mars : il reçoit la visite de Verlaine qui cherche à le convertir.

Fin avril : il quitte Stuttgart et entreprend un long voyage jusqu'à Milan, après avoir franchi à pied les Alpes. Il va ensuite à Livourne. Une insolation l'oblige à rentrer en France.

Juillet : il est à Paris où il revoit certains des écrivains et des artistes qu'il a connus à l'époque des Vilains Bonshommes et du Cercle zutique.

Octobre : il se retrouve à Charleville et il suit assidûment des cours de piano.

18 décembre : mort de sa sœur, Vitalie.

1876. *Mars* : il arrive à Vienne, en Autriche. Il se fait détrousser et rentre en France à pied.

Mai : il s'engage dans l'armée coloniale des Indes néerlandaises et séjourne dans la caserne de Harderwijk, aux Pays-Bas.

10 juin : il s'embarque sur le *Prins van Oranje* à destination de Batavia.

Juillet : il se trouve dans un campement militaire à Java.

30 août : après avoir déserté, il monte dans un navire écossais en partance pour la Grande-Bretagne, *via* Le Cap et les Açores.

Décembre : du Havre où il est arrivé, il rentre à Charleville.

1877. *Avril* : il voyage en Allemagne et dans les pays scandinaves.

19 mai : à Brême, il dépose au consulat des États-Unis une demande (en anglais) d'enrôlement dans l'armée américaine.
Juin : il travaille dans un cirque ambulant à Stockholm et à Copenhague.
Septembre : il se rend à Marseille et prend un navire à destination d'Alexandrie. Malade, il est débarqué en Italie. Il visite Rome puis rentre dans sa famille.

1878. *Août-septembre* : pour la première fois de sa vie, il travaille à la ferme de sa mère à Roche.
20 octobre : il part à pied vers l'Italie.
17 novembre : mort à Dijon de son père, Frédéric Rimbaud.
19 novembre : à Gênes, il s'embarque pour l'Égypte.
Décembre : Rimbaud est recruté à Larnaca, sur l'île de Chypre, par une entreprise française de construction pour diriger un chantier.

1879. *Juin* : atteint de fièvre typhoïde, il quitte Chypre et rentre dans les Ardennes.

1880. *Mars* : il retourne à Chypre et se fait engager par l'administration britannique.
20 juillet : des ennuis le contraignent à quitter l'île. Après une escale à Alexandrie, il part vers la mer Rouge.
Août : il trouve du travail à Aden dans la firme française d'import-export Mazeran, Viannay, Bardey et Cie.
2 novembre : il est envoyé par sa firme à Harar, en Abyssinie.
13 décembre : il arrive enfin à Harar.

1881. *Janvier* : par lettre, il demande à sa mère de lui acheter un « bagage photographique ».
Septembre : il souhaite quitter Harar.

1882. *22 mars* : il retourne travailler à Aden, toujours pour la même firme.
Septembre : ses employeurs lui offrent un poste de directeur à Harar. Il l'accepte sans hésiter.

1883. Il s'acclimate plutôt bien à Harar. Mais des rumeurs de guerre et d'invasion rendent l'avenir incertain.

1884. *Janvier* : la firme Mazeran, Viannay, Bardey et Cie tombe en faillite.
Avril : les Bardey (les frères Pierre et Alfred) fondent une

nouvelle société d'import-export et engagent Rimbaud pour six mois.

Juin : Rimbaud est affecté à Aden.

1885. *10 janvier* : il signe avec les Bardey un nouveau contrat d'une durée d'un an. Son travail consiste à acheter du café.

Octobre : Rimbaud démissionne et s'associe au négociant Pierre Labatut pour conduire des armes au Choa dont le roi, Ménélik, est entré en conflit armé avec son suzerain, l'empereur Johannès IV.

Novembre : il arrive à Tadjourah pour préparer cette expédition.

1886. De nombreux contretemps (dont la maladie de Labatut) retardent le départ de la caravane.

Avril : Rimbaud s'allie à un autre négociant, Paul Soleillet, mais celui-ci décède inopinément.

Octobre : il se résout à prendre seul la tête du convoi d'armes et se met en route vers Ankober, la capitale du Choa.

1887. *6 février* : au terme d'un périple infernal, il atteint Ankober. Ménélik n'y est pas. Labatut ayant trouvé la mort, sa veuve réclame à Rimbaud le paiement de plusieurs dettes. Rimbaud fait la connaissance de l'ingénieur suisse Alfred Ilg. Il apprend que Ménélik est à Entotto et décide d'y aller. Ménélik lui achète les armes à vil prix.

1er mai : Rimbaud quitte Entotto pour Harar en compagnie de l'explorateur Jules Borelli.

Juillet : il est à Aden où il embarque à destination du Caire.

25 et 27 août : le journal *Le Bosphore égyptien* publie les notes de Rimbaud sur Harar et le Choa.

Octobre : Rimbaud est de retour à Aden.

1888. *Avril* : il s'occupe d'une nouvelle expédition d'armes pour Harar. L'idée lui vient de créer sa propre agence.

Mai : il signe à Aden un accord avec le négociant César Tian et va s'installer à Harar.

Septembre : il reçoit chez lui Borelli.

Décembre : il donne l'hospitalité à Ilg.

1889. *11 mars* : l'empereur Johannès IV meurt dans une bataille livrée à la frontière soudanaise contre des intégristes musulmans.

Juillet : Ménélik succède à Johannès IV.

1890. Comme il se débrouille bien tout seul à Harar, Rimbaud songe à casser son contrat avec Tian. Lors d'une promenade à cheval, il fait une mauvaise chute et a fort mal au genou droit.

1891. *Février* : les douleurs au genou deviennent de plus en plus insupportables.

7 avril : Rimbaud quitte Harar sur une civière et se fait transporter sur la côte pour consulter des médecins. Le voyage est extrêmement pénible.

Début mai : il est à l'hôpital européen d'Aden. Un médecin lui conseille de rentrer en France.

20 mai : il arrive à Marseille et se fait conduire à l'hôpital de la Conception. Les médecins prennent la décision de l'amputer de la jambe droite.

23 mai : alertée, Mme Rimbaud est au chevet de son fils.

27 mai : l'opération est pratiquée.

8 juin : Mme Rimbaud rentre chez elle.

23 juillet : Rimbaud prend le train pour les Ardennes. À Roche où il séjourne, son moignon le fait atrocement souffrir.

23 août : accompagné par sa sœur Isabelle, Rimbaud repart pour Marseille. Il espère monter dans un bateau à destination de la mer Rouge.

25 août : à moitié inconscient, il est de nouveau admis à l'hôpital de la Conception.

25 octobre : il accepte de recevoir à son chevet l'aumônier de l'hôpital.

9 novembre : il dicte à sa sœur une ultime lettre.

10 novembre : il meurt au début de l'après-midi.

RÉFÉRENCES BIBLIOGRAPHIQUES

ÉDITIONS ORIGINALES EN VOLUMES

Une saison en enfer, Bruxelles, Alliance typographique, 1873.

Les Illuminations, notice de Paul Verlaine, Paris, La Vogue, 1886 (ouvrage paru à l'insu de Rimbaud).

Reliquaire, préface de Rodolphe Darzens, Paris, Genonceaux, 1891 (ouvrage paru à l'insu de Rimbaud).

ÉDITIONS ORIGINALES POSTHUMES

Poèmes, Les Illuminations, Une saison en enfer, Vanier, 1892.

Poésies complètes, préface de Paul Verlaine, Vanier, 1895.

Œuvres de J.-A. Rimbaud, Mercure de France, 1898.

Lettres de J.-A. Rimbaud, Mercure de France, 1899.

Œuvres d'A. Rimbaud, Vers et prose, préface de Paul Claudel, Mercure de France, 1912.

Correspondance inédite (1870-1875), présentation de Roger Gilbert-Lecomte, Éditions des Cahiers libres, 1929.

Lettres de la vie littéraire de Rimbaud, présentation de Jean-Marie Carré, Gallimard, 1931.

Vers de collège, introduction de Jules Mouquet, Mercure de France, 1932.

Album zutique, préface de Pascal Pia, Cercle du livre précieux, 1961.

ÉDITIONS MODERNES

Œuvres complètes, Gallimard, coll. « Bibliothèque de la Pléiade », 1972 et 2007.

Correspondance, Fayard, 2007.

BIOGRAPHIES ET ESSAIS

La bibliographie rimbaldienne est considérable. Celle ci-après n'en constitue qu'une sélection et ne reprend que des ouvrages en français consacrés en totalité ou en très grande partie à la vie et aux œuvres de Rimbaud.

Yves Bonnefoy, *Rimbaud par lui-même*, Le Seuil, coll. « Écrivains de toujours », 1961.

Alain Borer, *Un sieur Rimbaud se disant négociant*, Lachenal et Ritter, 1984.

—, *Rimbaud en Abyssinie*, Le Seuil, coll. « Fiction et Cie », 1984.

—, *Rimbaud, l'heure de la fuite*, Gallimard, coll. « Découvertes », 1991.

—, *Rimbaud d'Arabie*, Le Seuil, coll. « Fiction et Cie », 1991.

Bernard Bousmanne, *Reviens, reviens, cher ami*, Calmann-Lévy, 2006.

Suzanne Briet, *Madame Rimbaud*, Minard, coll. « Avant-siècle », 1968.

Pierre Brunel, *Rimbaud*, Le Livre de Poche, coll. « Références », 2002.

Pierre Brunel, Matthieu Letourneux et Paule-Élise Boudou, *Rimbaud*, Paris, ADPF, 2004.

Michel Butor, *Improvisations sur Rimbaud*, La Différence, 1989.

Jean-Marie Carré, *La Vie aventureuse de Jean-Arthur Rimbaud*, Plon, 1926.

Jacques Castelnau, *Rimbaud*, Tallandier, 1944.

Jean Chauvel, *L'Aventure terrestre de Jean Arthur Rimbaud*, Seghers, coll. « L'Archipel », 1971.

Pierre Chavot et François de Villandry, *L'Abécédaire de Rimbaud*, Flammarion, 2001.

COLLECTIF, *Parade sauvage*, Charleville-Mézières, 21 numéros, 1984-2006.
COLLECTIF, *Rimbaud*, *Europe*, n° 107, 1954 ; n° 529-530, 1973.
COLLECTIF, *Rimbaud*, Hachette, coll. « Génies et Réalités », 1968.
COLLECTIF, *Rimbaud*, *Magazine littéraire*, n° 73, 1973.
Marcel COULON, *Le Problème de Rimbaud, poète maudit*, Nîmes, Gomez et Paris, Crès, 1923.
—, *La Vie de Rimbaud et de son œuvre*, Mercure de France, 1929.
Ernest DELAHAYE, *Rimbaud, l'artiste et l'être moral*, Messein, 1923.
André DHÔTEL, *Rimbaud et la révolte moderne*, Gallimard, 1962.
René ÉTIEMBLE, *Le Mythe de Rimbaud*, Gallimard, tome I : *Genèse du mythe*, tome II : *Structure du mythe*, 1954 et 1952.
—, *Le Sonnet des voyelles*, Gallimard, coll. « Essais », 1968.
René ÉTIEMBLE et Yassu GAUCLÈRE, *Rimbaud*, Gallimard, 1936.
Benjamin FONDANE, *Rimbaud le voyou*, Denoël et Steele, 1933.
André FONTAINAS, Verlaine-Rimbaud, Paris, Librairie de France, 1932.
Pierre GASCAR, *Rimbaud et la Commune*, Gallimard, coll. « Idées », 1971.
Robert GOFFIN, *Rimbaud vivant*, Bruxelles, Les Cahiers du Journal des poètes, 1937.
C.-A. HACKETT, *Rimbaud l'enfant*, Nizet, 1938.
—, *Autour de Rimbaud*, Klincksieck, 1967.
Georges IZAMBARD, *À Douai et à Charleville*, Kra, 1927 (curieusement, sur la couverture, l'ouvrage est attribué à Rimbaud).
Claude JEANCOLAS, *Les Voyages de Rimbaud*, Balland, 1991.
—, *Le Dictionnaire Rimbaud*, Balland, 1991.
—, *Rimbaud, l'album d'une vie*, Textuel, coll. « Passion », 1998.
Jean-Jacques LEFRÈRE, *Rimbaud*, Fayard, 2001.
—, *Rimbaud le disparu*, Buchet-Chastel, 2004.
Claude-Edmonde MAGNY, *Arthur Rimbaud*, Seghers, coll. « Poètes d'aujourd'hui », n° 12, 1949 et 1966.
Henri MATARASSO et Pierre PETITFILS, *Vie d'Arthur Rimbaud*, Hachette, 1962.
—, *Album Rimbaud*, Gallimard, coll. « Bibliothèque de la Pléiade », 1967.
Marguerite-Yerta MÉLÉRA, *Rimbaud*, Firmin-Didot et Cie, 1930.
—, *Résonances autour de Rimbaud*, Éditions du Myrte, 1946.
Henry MILLER, *Rimbaud*, Lausanne, Mermod, 1952.

Henri Mondor, *Rimbaud ou le génie impatient*, Gallimard, 1955.
[Jules Mouquet], *Rimbaud raconté par Paul Verlaine*, Mercure de France, 1934.
Frédéric Musso, *Rimbaud*, Charron, coll. « Les Géants », 1972.
Émilie Noulet, *Le Premier Visage de Rimbaud*, Bruxelles, Académie royale de langue et de littérature françaises de Belgique, 1973.
Madeleine Perrier, *Rimbaud, chemins de la création*, Gallimard, coll. « Essais », 1973.
Pierre Petitfils, *L'Œuvre et le visage d'Arthur Rimbaud*, Nizet, 1959.
—, *Rimbaud*, Julliard, coll. « Les Vivants », 1982 et 1991.
—, *Rimbaud au fil des ans*, Charleville-Mézières, Musée-bibliothèque Rimbaud et Centre culturel Rimbaud, 1984.
Isabelle Rimbaud, *Reliques*, Mercure de France, 1921.
Jacques Rivière, *Rimbaud*, Kra, 1930.
André Rolland de Renéville, *Rimbaud le voyant*, Au Sans Pareil, 1929.
François Ruchon, *Rimbaud*, Genève, Cailler, coll. « Documents iconographiques », 1946.
Victor Segalen, *Le Double Rimbaud*, Fata Morgana, coll. « Bibliothèque artistique et littéraire », 1986 (le texte a paru pour la première fois dans la revue *Mercure de France* en 1906).
Enid Starkie, *Rimbaud en Abyssinie*, Payot, 1938.
—, *Arthur Rimbaud*, Flammarion, 1982.
Jean-Luc Steinmetz, *Les Femmes de Rimbaud*, Zulma, 2000.
Georges Thinès, *Rimbaud maître du feu*, Amay, L'Arbre à paroles, 2004.
Paul Verlaine, *Arthur Rimbaud*, Vanier, coll. « Les Hommes d'aujourd'hui », n° 318, 1888.

NOTES

UNE FEMME DE DEVOIR

1. Arthur Rimbaud, *Proses et vers français de collège*, in *Œuvres complètes*, Gallimard, coll. « Bibliothèque de la Pléiade », 2007, p. 173.
2. *Ibid.*, p. 173 et 174.

PLACE DU SÉPULCRE

1. Arthur Rimbaud, *Invocation à Vénus*, in *Œuvres complètes, op. cit.*, p. 174 et 175.

TYRANNIE DOMESTIQUE

1. Arthur Rimbaud, *Correspondance*, Fayard, 2007.
2. Georges Izambard, *À Douai et à Charleville*, Kra, 1927.
3. *Ibid.*
4. Arthur Rimbaud, *À la musique*, in *Œuvres complètes, op. cit.*, p. 22.
5. Arthur Rimbaud, *Correspondance, op. cit.*
6. *Ibid.*
7. Georges Izambard, *À Douai et à Charleville, op. cit.*
8. Arthur Rimbaud, *Correspondance, op. cit.*
9. Arthur Rimbaud, *Poésies*, in *Œuvres complètes, op. cit.*, p. 25.
10. Arthur Rimbaud, *Correspondance, op. cit.*

BOHÉMIENNERIES

1. Arthur Rimbaud, *Correspondance, op. cit.*
2. Arthur Rimbaud, *Poésies*, in *Œuvres complètes, op. cit.*, p. 20 et 21.
3. Arthur Rimbaud, *Correspondance, op. cit.*
4. Arthur Rimbaud, *Poésies*, in *Œuvres complètes, op. cit.*, p. 29.
5. Georges Izambard, *À Douai et à Charleville, op. cit.*
6. Arthur Rimbaud, *Poésies*, in *Œuvres complètes, op. cit.*, p. 31 et 32.
7. Marc Danval, « Rimbaud au Cabaret Vert à Charleroi », in *Rimbaud vivant*, n° 46, juin 2007.
8. Arthur Rimbaud, *Au Cabaret Vert*, in *Œuvres complètes, op. cit.*, p. 32 et 33.

DANS LA GRISAILLE

1. Arthur Rimbaud, *Poésies*, in *Œuvres complètes, op. cit.* p. 35.
2. Théophile Gautier, *Tableaux de siège*, Paris, Charpentier, 1871.
3. Arthur Rimbaud, *Poésies*, in *Œuvres complètes, op. cit.*, p. 32.
4. Arthur Rimbaud, *Correspondance, op. cit.*
5. *Ibid.*
6. Arthur Rimbaud, *Les Corbeaux*, in *Œuvres complètes, op. cit.*, p. 36.

S'ENCRAPULER

1. Arthur Rimbaud, *Poésies*, in *Œuvres complètes, op. cit.*, p. 39 et 40.
2. Marguerite-Yerta Méléra, *Rimbaud*, Firmin-Didot et Cie, 1930.
3. Arthur Rimbaud, *Poésies*, in *Œuvres complètes, op. cit.*
4. Arthur Rimbaud, *Correspondance, op. cit.*
5. Georges Izambard, Lettre à Arthur Rimbaud du 15 (?) mai 1871, in Arthur Rimbaud, *Correspondance, op. cit.*
6. *Ibid.*

7. *Ibid.*

8. Paul Verlaine, *Correspondance générale I (1857-1885)*, Fayard, 2005.

DANS LE BOUDOIR DE MATHILDE

1. Ex-Madame Paul Verlaine, *Mémoires de ma vie*, Flammarion, 1935.

2. Félix Régamey, *Verlaine dessinateur*, Paris, Floury, 1896.

UN HÔTE INDÉSIRABLE

1. Arthur Rimbaud, *Poésies*, in *Œuvres complètes*, *op. cit.*

2. Roger Delage, *Emmanuel Chabrier*, Fayard, 1999.

3. Pascal Pia, introduction à l'*Album zutique*, Pauvert, 1962.

4. Arthur Rimbaud, *Les Lèvres closes*, in *Œuvres complètes*, *op. cit.*, p. 208.

5. *Ibid.*, p. 209.

6. Joris-Karl Huysmans, *Certains*, Stock, 1889.

L'ANGE DU SCANDALE

1. Arthur Rimbaud, *Le Bateau ivre*, in *Œuvres complètes*, *op. cit.*, p. 67 et 68.

2. *Ibid.*, p. 68 et 69.

3. Cité par Pierre Petitfils, *Rimbaud*, Nizet, 1959.

PLAN D'ÉVASION

1. Arthur Rimbaud, *Alchimie du verbe*, in *Œuvres complètes*, *op. cit.* p. 106.

2. Arthur Rimbaud, *Voyelles*, in *Œuvres complètes*, *op. cit.*, p. 53.

3. Paul Verlaine, *Correspondance générale I (1857-1885)*, *op. cit.*

4. *Ibid.*

5. Arthur Rimbaud, *Une saison en enfer*, in *Œuvres complètes, op. cit.*, p. 94.

6. Arthur Rimbaud, *Jeune ménage*, in *Œuvres complètes, op. cit.*, p. 81.

7. Paul Verlaine, *Mes prisons*, in *Œuvres en prose complètes*, Gallimard, coll. « Bibliothèque de la Pléiade », 1972, p. 326.

8. *Ibid*.

9. Arthur Rimbaud, *Vers nouveaux et anciens*, in *Œuvres complètes, op. cit.*, p. 88.

AVEC LES COMMUNARDS

1. Arthur Rimbaud, *Poésies*, in *Œuvres complètes, op. cit.*, p. 82 et 83.

2. Ex-Madame Paul Verlaine, *Mémoires de ma vie, op. cit.*

3. Paul Verlaine, *Birds in the Night*, *Romances sans paroles*, in *Œuvres poétiques complètes*, Gallimard, coll. « Bibliothèque de la Pléiade », 1962, p. 133.

4. Ex-Madame Paul Verlaine, *Mémoires de ma vie, op. cit.*

5. Arthur Rimbaud, *Correspondance*, *op. cit.*, p. 109.

6. Arthur Rimbaud, *Les Illuminations*, in *Œuvres complètes, op. cit.*, p. 142.

AU CŒUR DE LEUN'DEUN

1. V. P. Underwood, *Verlaine et l'Angleterre*, Nizet, 1956.

2. Arthur Rimbaud, *Vagabonds*, in *Les Illuminations*, *Œuvres complètes, op. cit.* p. 137.

LA BOBONNE

1. Jacques Castelnau, *Rimbaud*, Paris, Tallandier, 1944.

2. Arthur Rimbaud, *Villes*, in *Les Illuminations*, *Œuvres complètes, op. cit.*, p. 137.

3. *Ibid*., p. 138.

4. Arthur Rimbaud, Lettre à Ernest Delahaye (mai 1873), *Correspondance, op. cit.*
5. *Mouvement*, in *Les Illuminations, op. cit.*
6. François Porché, *Verlaine tel qu'il fut*, Flammarion, 1933.
7. Arthur Rimbaud, Lettre à Paul Verlaine du 4 juillet 1873, *Correspondance, op. cit.*
8. Arthur Rimbaud, Lettre à Paul Verlaine du 5 juillet 1873, *ibid.*

DEUX COUPS DE FEU À BRUXELLES

1. Arthur Rimbaud, *Correspondance, op. cit.*
2. Arthur Rimbaud, *Faim*, in *Une saison en enfer*, *Œuvres complètes, op. cit.*, p. 109 et 110.
3. *Ibid.*, p. 93.
4. Bernard Bousmanne, *Reviens, reviens, cher ami*, Calmann-Lévy, 2006.

MAUVAIS SANG

1. Déposition de Rimbaud devant le juge d'instruction t'Serstevens, in Arthur Rimbaud, *Correspondance, op. cit.*
2. Bernard Bousmanne, *Reviens, reviens, cher ami, op. cit.*
3. Arthur Rimbaud, *Correspondance, op. cit.*
4. Paul Verlaine, *Parallèlement*, in *Œuvres poétiques complètes, op. cit.*, p. 387.
5. Bernard Bousmanne, *Reviens, reviens, cher ami, op. cit.*
6. Arthur Rimbaud, *Une saison en enfer*, in *Œuvres complètes, op. cit.*, p. 93.
7. *Ibid.*, p. 94.
8. H. de Bouillane de Lacoste, appendice à l'édition critique d'*Une saison en enfer*, Mercure de France, 1941.
9. Léon Vérane, *Humilis poète errant*, Grasset, 1929.

LE FAUNE EST DE RETOUR

1. *Journal de Vitalie Rimbaud, in* Arthur Rimbaud, *Œuvres complètes, op. cit.* p. 827.
2. *Ibid.*, p. 828.
3. *Ibid.*
4. *Ibid.*, p. 829.
5. *Ibid.*, p. 830.
6. *Ibid.*, p. 832 et 831.
7. Lettre à Ernest Delahaye du 5 mars 1875, in Arthur Rimbaud, *Correspondance, op. cit.*
8. Paul Verlaine, *Sagesse*, in *Œuvres poétiques complètes, op. cit.*, p. 161.

DEÇÀ, DELÀ

1. Paul Verlaine, *Arthur Rimbaud « 1884 »*, in *Œuvres en prose complètes*, Gallimard, coll. « Bibliothèque de la Pléiade », 1972, p. 802.
2. Lettre à Ernest Delahaye du 14 octobre 1875. Arthur Rimbaud, *Correspondance, op. cit.*

RIMBALD LE MARIN

1. Arthur Rimbaud, *Parade*, in *Les Illuminations*, *Œuvres complètes, op. cit.*, p. 126.
2. *Ibid.*, p. 129.
3. *Ibid.*, p. 145 et 146.

CHYPRE ALLER-RETOUR

1. Propos rapportés par Louis Pierquin, in *Lettres de la vie littéraire d'Arthur Rimbaud*, Gallimard, 1931.
2. Arthur Rimbaud, *Correspondance, op. cit.*

3. Arthur Rimbaud, Lettre à sa famille de novembre 1878, *Correspondance, op. cit.*

4. Arthur Rimbaud, Lettre à sa famille du 24 avril 1879, *ibid.*

5. Ernest Delahaye, *Rimbaud*, Paris et Reims, Éditions de la Revue de Paris et de Champagne, 1906.

APPRENTI GÉOGRAPHE

1. Arthur Rimbaud, Lettre à sa famille du 2 novembre 1880, in *Correspondance, op. cit.*

2. Arthur Rimbaud, Lettre à sa famille du 15 février 1881, *ibid.*

3. Arthur Rimbaud, Lettre à sa famille du 4 mai 1881, *ibid.*

4. Arthur Rimbaud, Lettre à sa famille du 3 novembre 1882, *ibid.*

EN OGADEN

1. Arthur Rimbaud, Lettre à sa famille du 8 décembre 1882, in *Correspondance, op. cit.*

2. Arthur Rimbaud, Lettre à sa famille du 6 mai 1883, *ibid.*

3. *Ibid.*

4. Enid Starkie, *Rimbaud en Abyssinie*, Payot, 1938.

5. Arthur Rimbaud, Rapport sur l'Ogaden, *Correspondance, op. cit.*

6. Arthur Rimbaud, Lettre à sa famille du 24 avril 1884, *ibid.*

7. Arthur Rimbaud, Lettre à sa famille du 31 juillet 1884, *ibid.*

8. Arthur Rimbaud, Lettre à sa famille du 10 septembre 1884, *ibid.*

9. Arthur Rimbaud, Lettre à sa famille du 30 décembre 1884, *ibid.*

10. *Ibid.*

LES ARMES À LA MAIN

1. Arthur Rimbaud, Lettre à sa famille du 3 décembre 1885, in *Correspondance, op. cit.*

2. Lettre du 15 avril 1886, *ibid.*
3. *Ibid.*
4. *Ibid.*
5. Enid Starkie, *Rimbaud en Abyssinie, op. cit.*
6. Arthur Rimbaud, Lettre au directeur du *Bosphore égyptien* du 25 août 1887, in *Correspondance, op. cit.*
7. *Ibid.*
8. *Ibid.*

UNE EXISTENCE QUI « PÉRICLITE »

1. Arthur Rimbaud, Lettre à Émile de Gaspary du 30 juillet 1887, *Correspondance, op. cit.*
2. Arthur Rimbaud, Lettre à sa famille du 23 août 1887, *Correspondance, op. cit.*
3. *Ibid.*
4. Arthur Rimbaud, Lettre parue dans *Le Bosphore égyptien* des 25 et 27 août 1887, *Correspondance, op. cit.*
5. *Ibid.*
6. Arthur Rimbaud, Lettre à Alfred Bardey du 26 août 1887, *Correspondance, op. cit.*
7. Arthur Rimbaud, Lettre à sa famille du 4 août 1888, *Correspondance, op. cit.*
8. Arthur Rimbaud, Lettre à sa famille du 10 novembre 1888, *Correspondance, op. cit.*

LA TERREUR DES CHIENS

1. Arthur Rimbaud, Lettre à Alfred Ilg du 7 septembre 1889, *ibid.*
2. *Ibid.*
3. Arthur Rimbaud, Lettre à Alfred Ilg du 20 décembre 1889, *ibid.*
4. Arthur Rimbaud, Lettre à Alfred Ilg du 7 octobre 1889, *ibid.*
5. Arthur Rimbaud, Lettre à sa mère du 20 février 1891, *ibid.*
6. Arthur Rimbaud, Lettre à sa mère du 30 avril 1891, *ibid.*
7. *Ibid.*

1. Arthur Rimbaud, Lettre à sa famille du 21 mai 1891, *Correspondance, op. cit.*

2. Arthur Rimbaud, Lettre à sa sœur Isabelle du 24 juin 1891, *Correspondance, op. cit.*

3. Arthur Rimbaud, Lettre à sa sœur Isabelle du 20 juillet 1891, *Correspondance, op. cit.*

4. Isabelle Rimbaud, *Reliques*, Mercure de France, 1921.

5. *Ibid.*

6. *Ibid.*

7. *Ibid.*

8. *Ibid.*

9. Isabelle Rimbaud, Lettre à sa mère du 5 octobre 1891, in Arthur Rimbaud, *Correspondance, op. cit.*

10. Isabelle Rimbaud, *Reliques, op. cit.*

11. *Ibid.*

ANNEXES

FOLIO BIOGRAPHIES

Alain-Fournier, par ARIANE CHARTON
Alexandre le Grand, par JOËL SCHMIDT
Lou Andreas-Salomé, par DORIAN ASTOR
Attila, par ÉRIC DESCHODT. Prix « Coup de cœur en poche 2006 » décerné par *Le Point*.
Bach, par MARC LEBOUCHER
Joséphine Baker, par JACQUES PESSIS
Balzac, par FRANÇOIS TAILLANDIER
Baudelaire, par JEAN-BAPTISTE BARONIAN
Beethoven, par BERNARD FAUCONNIER
Sarah Bernhardt, par SOPHIE-AUDE PICON
Bouddha, par SOPHIE ROYER
Bougainville, par DOMINIQUE LE BRUN
James Brown, par STÉPHANE KOECHLIN
Lord Byron, par DANIEL SALVATORE SCHIFFER
Maria Callas, par RENÉ DE CECCATTY
Calvin, par JEAN-LUC MOUTON
Camus, par VIRGIL TANASE
Truman Capote, par LILIANE KERJAN
Le Caravage, par GÉRARD-JULIEN SALVY
Casanova, par MAXIME ROVERE
Céline, par YVES BUIN
Jules César, par JOËL SCHMIDT
Cézanne, par BERNARD FAUCONNIER. Prix de la biographie de la ville d'Hossegor 2007.
Chaplin, par MICHEL FAUCHEUX
Churchill, par SOPHIE DOUDET
Cléopâtre, par JOËL SCHMIDT
Albert Cohen, par FRANCK MÉDIONI
Colette, par MADELEINE LAZARD
Christophe Colomb, par MARIE-FRANCE SCHMIDT

Joseph Conrad, par MICHEL RENOUARD

Marie Curie, par JANINE TROTEREAU

Darwin, par JEAN-NOËL MOURET

Alexandra David-Néel, par JENNIFER LESIEUR

James Dean, par JEAN-PHILIPPE GUERAND

Debussy, par ARIANE CHARTON

Charles Dickens, par JEAN-PIERRE OHL

Diderot, par RAYMOND TROUSSON

Marlene Dietrich, par JEAN PAVANS

Dostoïevski, par VIRGIL TANASE

Alexandre Dumas, par SYLVAIN LEDDA

Albert Einstein, par LAURENT SEKSIK

Fellini, par BENITO MERLINO

Flaubert, par BERNARD FAUCONNIER

Freud, par RENÉ MAJOR et CHANTAL TALAGRAND

Gandhi, par CHRISTINE JORDIS. Prix du livre d'histoire de la ville de Courbevoie 2008.

Federico García Lorca, par ALBERT BENSOUSSAN

De Gaulle, par ÉRIC ROUSSEL

Geronimo, par OLIVIER DELAVAULT

George Gershwin, par FRANCK MÉDIONI

Goethe, par JOËL SCHMIDT

Goya, par MARIE-FRANCE SCHMIDT

Jimi Hendrix, par FRANCK MÉDIONI

Billie Holiday, par SYLVIA FOL

Victor Hugo, par SANDRINE FILLIPETTI

Ibsen, par JACQUES DE DECKER

Jésus, par CHRISTIANE RANCÉ

Janis Joplin, par JEAN-YVES REUZEAU

Kafka, par GÉRARD-GEORGES LEMAIRE

Gene Kelly, par ALAIN MASSON

Kennedy, par VINCENT MICHELOT

Kerouac, par YVES BUIN

Lafayette, par BERNARD VINCENT
Lapérouse, par ANNE PONS
Lawrence d'Arabie, par MICHEL RENOUARD
Franz Liszt, par FRÉDÉRIC MARTINEZ
Jack London, par BERNARD FAUCONNIER
Louis XIV, par ÉRIC DESCHODT
Louis XVI, par BERNARD VINCENT
Auguste et Louis Lumière, par MICHEL FAUCHEUX
Martin Luther King, par ALAIN FOIX
Machiavel, par HUBERT PROLONGEAU
Magritte, par MICHEL DRAGUET
Man Ray, par SERGE SANCHEZ
Bob Marley, par JEAN-PHILIPPE DE TONNAC
Maupassant, par FRÉDÉRIC MARTINEZ
Mermoz, par MICHEL FAUCHEUX
Michel-Ange, par NADINE SAUTEL
Mishima, par JENNIFER LESIEUR
Modigliani, par CHRISTIAN PARISOT
Moïse, par CHARLES SZLAKMANN
Molière, par CHRISTOPHE MORY
Marilyn Monroe, par ANNE PLANTAGENET
Jim Morrison, par JEAN-YVES REUZEAU
Mozart, par JEAN BLOT
Alfred de Musset, par ARIANE CHARTON
Napoléon, par PASCALE FAUTRIER
Gérard de Nerval, par GÉRARD COGEZ
Nietzsche, par DORIAN ASTOR
Pasolini, par RENÉ DE CECCATTY
Pasteur, par JANINE TROTEREAU
Édith Piaf, par ALBERT BENSOUSSAN
Picasso, par GILLES PLAZY
Marco Polo, par OLIVIER GERMAIN-THOMAS
Louis Renault, par JEAN-NOËL MOURET

Rimbaud, par JEAN-BAPTISTE BARONIAN. Prix littéraire 2011 du parlement de la Fédération Wallonie-Bruxelles.
Robespierre, par JOËL SCHMIDT
Rousseau, par RAYMOND TROUSSON
Saint-Exupéry, par VIRGIL TANASE. Prix de la biographie de la ville de Hossegor 2013.
George Sand, par MARTINE REID. Prix Ernest Montusès 2013.
Madame de Sévigné, par STÉPHANE MALTÈRE
Shakespeare, par CLAUDE MOURTHÉ
Stendhal, par SANDRINE FILLIPETTI
Jacques Tati, par JEAN-PHILIPPE GUERAND
Tchekhov, par VIRGIL TANASE
Henry David Thoreau, par MARIE BERTHOUMIEU et LAURA EL MAKKI
Toussaint Louverture, par ALAIN FOIX
Jules Vallès, par CORINNE SAMINADAYAR-PERRIN
Van Gogh, par DAVID HAZIOT. Prix d'Académie 2008 décerné par l'Académie Française (fondation Le Métais-Larivière).
Verdi, par ALBERT BENSOUSSAN
Verlaine, par JEAN-BAPTISTE BARONIAN
Boris Vian, par CLAIRE JULLIARD
Léonard de Vinci, par SOPHIE CHAUVEAU
Wagner, par JACQUES DE DECKER
Andy Warhol, par MERIAM KORICHI
George Washington, par LILIANE KERJAN
Oscar Wilde, par DANIEL SALVATORE SCHIFFER
Tennessee Williams, par LILIANE KERJAN. Prix du Grand Ouest 2011.
Virginia Woolf, par ALEXANDRA LEMASSON
Stefan Zweig, par CATHERINE SAUVAT

COLLECTION FOLIO

Dernières parutions

5599. Alexandre Duval-Stalla	*Claude Monet - Georges Clemenceau : une histoire, deux caractères*
5600. Nicolas Fargues	*La ligne de courtoisie*
5601. Paul Fournel	*La liseuse*
5602. Vénus Khoury-Ghata	*Le facteur des Abruzzes*
5603. Tuomas Kyrö	*Les tribulations d'un lapin en Laponie*
5605. Philippe Sollers	*L'Éclaircie*
5606. Collectif	*Un oui pour la vie ?*
5607. Éric Fottorino	*Petit éloge du Tour de France*
5608. E.T.A. Hoffmann	*Ignace Denner*
5609. Frédéric Martinez	*Petit éloge des vacances*
5610. Sylvia Plath	*Dimanche chez les Minton et autres nouvelles*
5611. Lucien	*« Sur des aventures que je n'ai pas eues ». Histoire véritable*
5612. Julian Barnes	*Une histoire du monde en dix chapitres ½*
5613. Raphaël Confiant	*Le gouverneur des dés*
5614. Gisèle Pineau	*Cent vies et des poussières*
5615. Nerval	*Sylvie*
5616. Salim Bachi	*Le chien d'Ulysse*
5617. Albert Camus	*Carnets I*
5618. Albert Camus	*Carnets II*
5619. Albert Camus	*Carnets III*
5620. Albert Camus	*Journaux de voyage*
5621. Paula Fox	*L'hiver le plus froid*
5622. Jérôme Garcin	*Galops*
5623. François Garde	*Ce qu'il advint du sauvage blanc*

5624. Franz-Olivier Giesbert *Dieu, ma mère et moi*
5625. Emmanuelle Guattari *La petite Borde*
5626. Nathalie Léger *Supplément à la vie de Barbara Loden*
5627. Herta Müller *Animal du cœur*
5628. J.-B. Pontalis *Avant*
5629. Bernhard Schlink *Mensonges d'été*
5630. William Styron *À tombeau ouvert*
5631. Boccace *Le Décaméron. Première journée*
5632. Isaac Babel *Une soirée chez l'impératrice*
5633. Saul Bellow *Un futur père*
5634. Belinda Cannone *Petit éloge du désir*
5635. Collectif *Faites vos jeux !*
5636. Collectif *Jouons encore avec les mots*
5637. Denis Diderot *Sur les femmes*
5638. Elsa Marpeau *Petit éloge des brunes*
5639. Edgar Allan Poe *Le sphinx*
5640. Virginia Woolf *Le quatuor à cordes*
5641. James Joyce *Ulysse*
5642. Stefan Zweig *Nouvelle du jeu d'échecs*
5643. Stefan Zweig *Amok*
5644. Patrick Chamoiseau *L'empreinte à Crusoé*
5645. Jonathan Coe *Désaccords imparfaits*
5646. Didier Daeninckx *Le Banquet des Affamés*
5647. Marc Dugain *Avenue des Géants*
5649. Sempé-Goscinny *Le Petit Nicolas, c'est Noël !*
5650. Joseph Kessel *Avec les Alcooliques Anonymes*
5651. Nathalie Kuperman *Les raisons de mon crime*
5652. Cesare Pavese *Le métier de vivre*
5653. Jean Rouaud *Une façon de chanter*
5654. Salman Rushdie *Joseph Anton*
5655. Lee Seug-U *Ici comme ailleurs*
5656. Tahar Ben Jelloun *Lettre à Matisse*
5657. Violette Leduc *Thérèse et Isabelle*
5658. Stefan Zweig *Angoisses*
5659. Raphaël Confiant *Rue des Syriens*
5660. Henri Barbusse *Le feu*

5661. Stefan Zweig	*Vingt-quatre heures de la vie d'une femme*
5662. M. Abouet/C. Oubrerie	*Aya de Yopougon, 1*
5663. M. Abouet/C. Oubrerie	*Aya de Yopougon, 2*
5664. Baru	*Fais péter les basses, Bruno !*
5665. William S. Burroughs/ Jack Kerouac	*Et les hippopotames ont bouilli vifs dans leurs piscines*
5666. Italo Calvino	*Cosmicomics, récits anciens et nouveaux*
5667. Italo Calvino	*Le château des destins croisés*
5668. Italo Calvino	*La journée d'un scrutateur*
5669. Italo Calvino	*La spéculation immobilière*
5670. Arthur Dreyfus	*Belle Famille*
5671. Erri De Luca	*Et il dit*
5672. Robert M. Edsel	*Monuments Men*
5673. Dave Eggers	*Zeitoun*
5674. Jean Giono	*Écrits pacifistes*
5675. Philippe Le Guillou	*Le pont des anges*
5676. Francesca Melandri	*Eva dort*
5677. Jean-Noël Pancrazi	*La montagne*
5678. Pascal Quignard	*Les solidarités mystérieuses*
5679. Leïb Rochman	*À pas aveugles de par le monde*
5680. Anne Wiazemsky	*Une année studieuse*
5681. Théophile Gautier	*L'Orient*
5682. Théophile Gautier	*Fortunio. Partie carrée. Spirite*
5683. Blaise Cendrars	*Histoires vraies*
5684. David McNeil	*28 boulevard des Capucines*
5685. Michel Tournier	*Je m'avance masqué*
5686. Mohammed Aïssaoui	*L'étoile jaune et le croissant*
5687. Sebastian Barry	*Du côté de Canaan*
5688. Tahar Ben Jelloun	*Le bonheur conjugal*
5689. Didier Daeninckx	*L'espoir en contrebande*
5690. Benoît Duteurtre	*À nous deux, Paris !*
5691. F. Scott Fitzgerald	*Contes de l'âge du jazz*
5692. Olivier Frébourg	*Gaston et Gustave*
5693. Tristan Garcia	*Les cordelettes de Browser*

5695. Bruno Le Maire	*Jours de pouvoir*
5696. Jean-Christophe Rufin	*Le grand Cœur*
5697. Philippe Sollers	*Fugues*
5698. Joy Sorman	*Comme une bête*
5699. Avraham B. Yehoshua	*Rétrospective*
5700. Émile Zola	*Contes à Ninon*
5701. Vassilis Alexakis	*L'enfant grec*
5702. Aurélien Bellanger	*La théorie de l'information*
5703. Antoine Compagnon	*La classe de rhéto*
5704. Philippe Djian	*"Oh..."*
5705. Marguerite Duras	*Outside* suivi de *Le monde extérieur*
5706. Joël Egloff	*Libellules*
5707. Leslie Kaplan	*Millefeuille*
5708. Scholastique Mukasonga	*Notre-Dame du Nil*
5709. Scholastique Mukasonga	*Inyenzi ou les Cafards*
5710. Erich Maria Remarque	*Après*
5711. Erich Maria Remarque	*Les camarades*
5712. Jorge Semprun	*Exercices de survie*
5713. Jón Kalman Stefánsson	*Le cœur de l'homme*
5714. Guillaume Apollinaire	*« Mon cher petit Lou »*
5715. Jorge Luis Borges	*Le Sud*
5716. Thérèse d'Avila	*Le Château intérieur*
5717. Chamfort	*Maximes*
5718. Ariane Charton	*Petit éloge de l'héroïsme*
5719. Collectif	*Le goût du zen*
5720. Collectif	*À vos marques !*
5721. Olympe de Gouges	*« Femme, réveille-toi ! »*
5722. Tristan Garcia	*Le saut de Malmö*
5723. Silvina Ocampo	*La musique de la pluie*
5724. Jules Verne	*Voyage au centre de la terre*
5725. J. G. Ballard	*La trilogie de béton*
5726. François Bégaudeau	*Un démocrate : Mick Jagger 1960-1969*
5727. Julio Cortázar	*Un certain Lucas*
5728. Julio Cortázar	*Nous l'aimons tant, Glenda*

5729.	Victor Hugo	*Le Livre des Tables*
5730.	Hillel Halkin	*Melisande ! Que sont les rêves ?*
5731.	Lian Hearn	*La maison de l'Arbre joueur*
5732.	Marie Nimier	*Je suis un homme*
5733.	Daniel Pennac	*Journal d'un corps*
5734.	Ricardo Piglia	*Cible nocturne*
5735.	Philip Roth	*Némésis*
5736.	Martin Winckler	*En souvenir d'André*
5737.	Martin Winckler	*La vacation*
5738.	Gerbrand Bakker	*Le détour*
5739.	Alessandro Baricco	*Emmaüs*
5740.	Catherine Cusset	*Indigo*
5741.	Sempé-Goscinny	*Le Petit Nicolas — 14. Le ballon*
5742.	Hubert Haddad	*Le peintre d'éventail*
5743.	Peter Handke	*Don Juan (raconté par lui-même)*
5744.	Antoine Bello	*Mateo*
5745.	Pascal Quignard	*Les désarçonnés*
5746.	Saul Bellow	*Herzog*
5747.	Saul Bellow	*La planète de Mr. Sammler*
5748.	Hugo Pratt	*Fable de Venise*
5749.	Hugo Pratt	*Les éthiopiques*
5750.	M. Abouet/C. Oubrerie	*Aya de Yopougon, 3*
5751.	M. Abouet/C. Oubrerie	*Aya de Yopougon, 4*
5752.	Guy de Maupassant	*Boule de suif*
5753.	Guy de Maupassant	*Le Horla*
5754.	Guy de Maupassant	*La Maison Tellier*
5755.	Guy de Maupassant	*Le Rosier de Madame Husson*
5756.	Guy de Maupassant	*La Petite Roque*
5757.	Guy de Maupassant	*Yvette*
5758.	Anonyme	*Fioretti*
5759.	Mohandas Gandhi	*En guise d'autobiographie*
5760.	Leonardo Sciascia	*La tante d'Amérique*
5761.	Prosper Mérimée	*La perle de Tolède*
5762.	Amos Oz	*Chanter*
5763.	Collectif	*La Grande Guerre des écrivains*
5764.	Claude Lanzmann	*La Tombe du divin plongeur*

5765. René Barjavel — *Le prince blessé*
5766. Rick Bass — *Le journal des cinq saisons*
5767. Jean-Paul Kauffmann — *Voyage à Bordeaux* suivi de *Voyage en Champagne*
5768. Joseph Kessel — *La piste fauve*
5769. Lanza del Vasto — *Le pèlerinage aux sources*
5770. Collectif — *Dans les archives inédites des services secrets*
5771. Denis Grozdanovitch — *La puissance discrète du hasard*
5772. Jean Guéhenno — *Journal des années noires. 1940-1944*
5773. Michèle Lesbre — *Écoute la pluie*
5774. Michèle Lesbre — *Victor Dojlida, une vie dans l'ombre*
5775. Patrick Modiano — *L'herbe des nuits*
5776. Rodrigo Rey Rosa — *Pierres enchantées*
5777. Christophe Tison — *Te rendre heureuse*
5778. Julian Barnes — *Une fille, qui danse*
5779. Jane Austen — *Mansfield Park*
5780. Emmanuèle Bernheim — *Tout s'est bien passé*
5781. Marlena de Blasi — *Un palais à Orvieto*
5782. Gérard de Cortanze — *Miroirs*
5783. Philippe Delerm — *Monsieur Spitzweg*
5784. F. Scott Fitzgerald — *La fêlure* et autres nouvelles
5785. David Foenkinos — *Je vais mieux*
5786. Guy Goffette — *Géronimo a mal au dos*
5787. Angela Huth — *Quand rentrent les marins*
5788. Maylis de Kerangal — *Dans les rapides*
5789. Bruno Le Maire — *Musique absolue*
5790. Jean-Marie Rouart — *Napoléon ou La destinée*
5791. Frédéric Roux — *Alias Ali*
5792. Ferdinand von Schirach — *Coupables*
5793. Julie Wolkenstein — *Adèle et moi*
5794. James Joyce — *Un petit nuage* et autres nouvelles
5795. Blaise Cendrars — *L'Amiral*

5796.	Collectif	*Pieds nus sur la terre sacrée.* Textes rassemblés par T. C. McLuhan
5797.	Ueda Akinari	*La maison dans les roseaux*
5798.	Alexandre Pouchkine	*Le coup de pistolet et autres récits de feu Ivan Pétrovitch Bielkine*
5799.	Sade	*Contes étranges*
5800.	Vénus Khoury-Ghata	*La fiancée était à dos d'âne*
5801.	Luc Lang	*Mother*
5802.	Jean-Loup Trassard	*L'homme des haies*
5803.	Emmanuelle Bayamack-Tam	*Si tout n'a pas péri avec mon innocence*
5804.	Pierre Jourde	*Paradis noirs*
5805.	Jérôme Garcin	*Bleus horizons*
5806.	Joanne Harris	*Des pêches pour Monsieur le curé*
5807.	Joanne Harris	*Chocolat*
5808.	Marie-Hélène Lafon	*Les pays*
5809.	Philippe Labro	*Le flûtiste invisible*
5810.	Collectif	*Vies imaginaires. De Plutarque à Michon*
5811.	Akira Mizubayashi	*Mélodie. Chronique d'une passion*
5812.	Amos Oz	*Entre amis*
5813.	Yasmina Reza	*Heureux les heureux*
5814.	Yasmina Reza	*Comment vous racontez la partie*
5815.	Meir Shalev	*Ma grand-mère russe et son aspirateur américain*
5816.	Italo Svevo	*La conscience de Zeno*
5817.	Sophie Van der Linden	*La fabrique du monde*
5818.	Mohammed Aissaoui	*Petit éloge des souvenirs*
5819.	Ingrid Astier	*Petit éloge de la nuit*
5820.	Denis Grozdanovitch	*Petit éloge du temps comme il va*
5821.	Akira Mizubayashi	*Petit éloge de l'errance*
5822.	Martin Amis	*Lionel Asbo, l'état de l'Angleterre*

5823. Matilde Asensi — *Le pays sous le ciel*
5824. Tahar Ben Jelloun — *Les raisins de la galère*
5825. Italo Calvino — *Si une nuit d'hiver un voyageur*
5827. Italo Calvino — *Collection de sable*
5828. Éric Fottorino — *Mon tour du « Monde »*
5829. Alexandre Postel — *Un homme effacé*
5830. Marie NDiaye — *Ladivine*
5831. Chantal Pelletier — *Cinq femmes chinoises*
5832. J.-B. Pontalis — *Marée basse marée haute*
5833. Jean-Christophe Rufin — *Immortelle randonnée. Compostelle malgré moi*
5834. Joseph Kessel — *En Syrie*
5835. F. Scott Fitzgerald — *Bernice se coiffe à la garçonne*
5836. Baltasar Gracian — *L'Art de vivre avec élégance*
5837. Montesquieu — *Plaisirs et bonheur et autres pensées*
5838. Ihara Saikaku — *Histoire du tonnelier tombé amoureux*
5839. Tang Zhen — *Des moyens de la sagesse*
5840. Montesquieu — *Mes pensées*
5841. Philippe Sollers — *Sade contre l'Être Suprême* précédé de *Sade dans le Temps*
5842. Philippe Sollers — *Portraits de femmes*
5843. Pierre Assouline — *Une question d'orgueil*
5844. François Bégaudeau — *Deux singes ou ma vie politique*
5845. Tonino Benacquista — *Nos gloires secrètes*
5846. Roberto Calasso — *La Folie Baudelaire*
5847. Erri De Luca — *Les poissons ne ferment pas les yeux*
5848. Erri De Luca — *Les saintes du scandale*
5849. François-Henri Désérable — *Tu montreras ma tête au peuple*
5850. Denise Epstein — *Survivre et vivre*
5851. Philippe Forest — *Le chat de Schrödinger*
5852. René Frégni — *Sous la ville rouge*
5853. François Garde — *Pour trois couronnes*
5854. Franz-Olivier Giesbert — *La cuisinière d'Himmler*
5855. Pascal Quignard — *Le lecteur*

5856. Collectif	*C'est la fête ! La littérature en fêtes*
5857. Stendhal	*Mémoires d'un touriste*
5858. Josyane Savigneau	*Point de côté*
5859. Arto Paasilinna	*Pauvres diables*
5860. Jean-Baptiste Del Amo	*Pornographia*
5861. Michel Déon	*À la légère*
5862. F. Scott Fitzgerald	*Beaux et damnés*
5863. Chimamanda Ngozi Adichie	*Autour de ton cou*
5864. Nelly Alard	*Moment d'un couple*
5865. Nathacha Appanah	*Blue Bay Palace*
5866. Julian Barnes	*Quand tout est déjà arrivé*
5867. Arnaud Cathrine	*Je ne retrouve personne*
5868. Nadine Gordimer	*Vivre à présent*
5869. Hélène Grémillon	*La garçonnière*
5870. Philippe Le Guillou	*Le donjon de Lonveigh*
5871. Gilles Leroy	*Nina Simone, roman*
5873. Daniel Pennac	*Ancien malade des hôpitaux de Paris*
5874. Jocelyne Saucier	*Il pleuvait des oiseaux*
5875. Frédéric Verger	*Arden*
5876. Guy de Maupassant	*Au soleil* suivi de *La Vie errante et autres voyages*
5877. Gustave Flaubert	*Un cœur simple*
5878. Nicolas Gogol	*Le Nez*
5879. Edgar Allan Poe	*Le Scarabée d'or*
5880. Honoré de Balzac	*Le Chef-d'œuvre inconnu*
5881. Prosper Mérimée	*Carmen*
5882. Franz Kafka	*La Métamorphose*
5883. Laura Alcoba	*Manèges. Petite histoire argentine*
5884. Tracy Chevalier	*La dernière fugitive*
5885. Christophe Ono-dit-Biot	*Plonger*
5886. Éric Fottorino	*Le marcheur de Fès*
5887. Françoise Giroud	*Histoire d'une femme libre*
5888. Jens Christian Grøndahl	*Les complémentaires*
5889. Yannick Haenel	*Les Renards pâles*
5890. Jean Hatzfeld	*Robert Mitchum ne revient pas*

Composition Bussière
Impression Maury Imprimeur
45330 Malesherbes
le 27 février 2015.
Dépôt légal : février 2015.
1er dépôt légal dans la collection : octobre 2009.
Numéro d'imprimeur : 196429.

ISBN 978-2-07-035548-8. / Imprimé en France.

286238